U0484890

从一粒微尘中窥得日月　在异世中寻找完美世界

辰东超高人气幻想之作　千万读者热烈追捧

完美世界

辰东 著

定价 34.80元/册

历经十年，终于迎来大结局！完美收官！

《完美世界》全31册全国火热销售中！

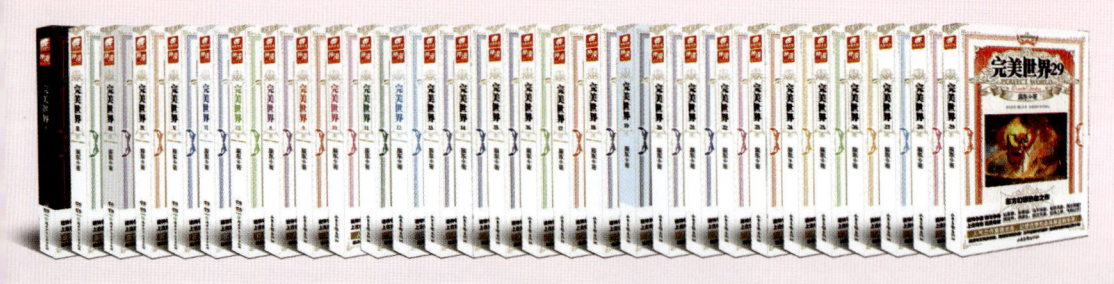

深空彼岸 5

辰东/著

时代出版传媒股份有限公司
安徽文艺出版社

图书在版编目（CIP）数据

深空彼岸. 5 / 辰东著. -- 合肥：安徽文艺出版社，2023.5
 ISBN 978-7-5396-7619-7

Ⅰ.①深… Ⅱ.①辰… Ⅲ.①长篇小说－中国－当代
Ⅳ.①I247.5

中国版本图书馆CIP数据核字(2022)第222062号

SHENKONG BI'AN 5
深空彼岸 5
辰东 著

出 版 人：姚　巍
责任编辑：李　芳
装帧设计：周艳芳　曹希予

出版发行：安徽文艺出版社　www.awpub.com
地　　址：合肥市翡翠路1118号　邮政编码：230071
营 销 部：(0551)63533889
印　　制：湖南天闻新华印务有限公司　电话：(0731)88387856

开本：710 mm×1000 mm　1/16　印张：20　字数：315千字
版次：2023年5月第1版
印次：2023年5月第1次印刷
定价：42.00元

（如发现印装质量问题，影响阅读，请与出版社联系调换）
版权所有，侵权必究

目录
CONTENTS

第206章 ▶▶▶ 战舰灭地仙	001
第207章 ▶▶▶ 报答	009
第208章 ▶▶▶ 修行太快	015
第209章 ▶▶▶ 晚宴	025
第210章 ▶▶▶ 适应与列仙相处的时代	031
第211章 ▶▶▶ 精神出窍	037
第212章 ▶▶▶ 欲抓超凡者	044
第213章 ▶▶▶ 新星第一次超凡之战匆匆落幕	050
第214章 ▶▶▶ 热议与毁灭	056
第215章 ▶▶▶ "王之蔑视"	063
第216章 ▶▶▶ 地仙之资	070
第217章 ▶▶▶ 盗内景	076
第218章 ▶▶▶ 分水岭级大事件	084
第219章 ▶▶▶ 超凡者败了	090
第220章 ▶▶▶ 大幕揭开	096
第221章 ▶▶▶ 反击	102
第222章 ▶▶▶ 深夜"惊雷"	109
第223章 ▶▶▶ 投资王煊	114
第224章 ▶▶▶ 比肩古代传说	121
第225章 ▶▶▶ 风暴	127
第226章 ▶▶▶ 突进	133
第227章 ▶▶▶ 内鬼	140
第228章 ▶▶▶ 决战准备就绪	147

第229章	牧城大战	155
第230章	"先下一城"	162
第231章	躁动的夜晚	169
第232章	决战	175
第233章	有何不敢	183
第234章	金刚怒目	189
第235章	剑指孙家	196
第236章	苦修门真经	204
第237章	形势复杂	211
第238章	树欲静而风不止	218
第239章	列仙有请	223
第240章	补足短板	230
第241章	广积粮	237
第242章	亵渎	243
第243章	屠"龙"开始	250
第244章	神与仙	256
第245章	击破神话	263
第246章	龙潭虎穴	269
第247章	让列仙动心	277
第248章	列仙祸	283
第249章	母舰重启	290
第250章	先下手为强	296
第251章	孙家秘库真正的主人	303
第252章	剑仙死了	309

第206章
战舰灭地仙

陈永杰注意到，女方士没有跟回来，暂时留在了密地中。

王煊猜测，过段时日，她多半会搭乘赵清菡、吴茵她们的飞船回归新星，这也让他长出一口气。

郑睿恢复了过来，没再被催眠了，对早先的大部分冒险经历有记忆，但涉及敏感事件，他则印象模糊，不明所以。

飞船上，周云放声痛哭，有失控的兆头，抱着郑睿，对其感激无比。

周云这些天在密地中担惊受怕，多次被怪物张开血盆大口追着咬，如果不是郑睿伸出"上帝之手"，他早就死了。

"服务员，拿酒来！"周云抹了一把眼泪，这样大喊道。

钟诚眼神怪异地看着他，提醒道："周哥，这是在飞船上，你哭蒙了。"

"飞船上有酒吗？都拿来，我请客！"周云喊道。

"看这小子留个寸头，长相有点野，原以为桀骜不驯，没想到一登飞船就哭了。"陈永杰感叹道。

"他是桀骜不驯，但经历这一遭，正常人都受不了。"王煊示意陈永杰向四处看去，活下来的人都呆坐着，更有不少人身体发抖。

在密地的这段日子，对这些人来说宛若在地狱数年那么煎熬，他们每天睁开眼睛就得跑，不敢在一个地方久留，一到黑夜就提心吊胆，怕自己活不到天亮。

他们经常眼睁睁地看着面前的同伴被怪物咬死，这样的噩梦，这样的经历，每天都在上演。

刚前往密地的时候，各路人马心气都很高，但现在没剩下几个人了，所有人都沉默着，也有人在落泪。

这次密地之旅死了一群老头子，那些想效仿钟庸活出第二世的老头子，足足死了十一个。

还有八个老头子见势不妙，来到密地不久就跑了，只能说他们太精明，发现一点异常现象，便果断跑路了。

反应稍慢的人，事后再想离开，却发现自己与外界失联了，根本逃离不了。

至于年轻一代组织的探险队，那就更惨了，很多支队伍加在一起有数百人，现在剩下多少？

王煊数了一遍，成功登上飞船的只有二十八人，九成人马被灭了。

"这次回去后，各家真要披麻戴孝了。"钟诚感叹道。一群老头子死了，老钟却活着，而且更年轻了。

如果半年后老钟从金蝉壳中爬出来，变成二三十岁的样子，估计要遭人恨。

"真不容易，去的时候还好好的，回来的时候大部分人没了。"周云稍微平静了下来。他认识的财团子弟死了六七个，除了躲在地仙城的几人外，外面的熟人几乎全死了。

"周哥，你知足吧，毕竟你还活着，并且吃到了灵药，实力提升了一大截。"钟诚说道。

"小诚，我觉得，回去后你们姐弟俩危险了。老钟坑人啊，估计很多人都想教训你们，你们最近还是避避风头吧。"周云说道。

钟晴撇嘴，道："关我们什么事？他们如果不服气，就去找我太爷爷呗！哦，我太爷爷去密地前就达到超凡了，现在不知道是什么境界。"

众人无语，老钟不好惹！他本身就是超级财团的掌舵人，现在还这么强，各方都对他颇为忌惮。

这时，餐车被推了过来，上面全是酒，众人不管是麻木的还是伤感抹眼泪的，都默默地接过酒，使劲往嘴里灌。

有些人被呛得咳嗽了起来，但依旧在喝。很快，有人痛哭出声，将心中恐惧、悲伤的情绪发泄了出来。

这些劫后余生、心里留下阴影的人哭着、絮叨着，释放各种负面情绪，各自表达心中的恐惧之情，说出惨烈的经历。

一群人又哭又笑，最后总算情绪稳定了。

飞船平安降落在褐星基地，这是邻近密地的一颗行星。

一群人踏在这片安全的土地上，全都长出一口气，终于逃离了那个怪物横行的世界。许多人发誓，这辈子都不会去探险了。

安排他们洗漱、进餐、简单休息后，各方就开始问话，了解密地的详情。

当得悉陈永杰晋升到超凡领域时，一些财团探险队以及这个基地的人全都震惊不已，严肃面对。

陈永杰自始至终都不落单，一直跟在周云、钟晴等人的身边，他怕有人给他来一发超级能量炮。

至于怎么回去，他决定了，选择的飞船必须有财团嫡系子弟或者掌权的老家伙乘坐，这样才稳妥。

因为，他怕飞船半路"被失事"。

连他的徒弟青木都安排过新术第一人奥列沙安详地离开，就更不要说他了，他对这里面的事清楚得很。

王煊成为宗师的事已经传开，这么年轻就成为宗师确实引人注目，意味着他潜力巨大，未来的成就必然无比惊人。

但有陈永杰顶在前面，还有钟庸在结蝉壳，两大超凡强者出现了，挡在风口浪尖上，他就没那么吸引人眼球了。

所以，王煊这个水下的"大鳄"很平和，享受着难得的宁静，在褐星基地的保护层中晒晒太阳，喝喝果汁。

"旧土有个王霄宗师，现在又多了小王宗师，他们都与老陈有关系，这……"有人产生了怀疑。

各方都在分析，不过重点依旧在陈永杰身上。

事实上，最先起疑的是钟晴，她一直在观察王煊。

"小……诚呢？钟晴，坐啊，悠闲地晒着异域的太阳，喝喝新鲜的果汁，挺好的。"

钟晴听着王煊的话，又看了一眼他喝的椰瓜汁，瞪了他一眼后转身就走。

王煊无语。

现在他们还无法离开，从密地回来要先被隔离两日，不断进行检测，怕将异星的超级病菌或者与超凡有关的物质以及神秘事物带回新星。

这是例行安排，探险队成员回来后都要接受这种隔离检测。当然，有时候像钟庸这种出格的人会跳过这一步。

周云走来，亲热地搂着王煊的肩膀，道："小王，多谢你在密地救我，回到新星后，海上酒会、飞船兜风等，我来安排，我要好好报答你。"

接着，周云又神秘兮兮地开口道："到时候绕过我舅舅老凌，将我表妹凌薇约出来。怎么样，我够意思吧？"

不远处，另一张躺椅上，钟诚开口道："小王，我姐说了，周哥不是好人。他去密地前在新术那边吃了大亏，好像因为争风吃醋，最后竟被一个女子痛揍了一顿，你别上了他的贼船。"

"小诚，这话我不爱听，难道要让小王上你姐的贼船不成？"

钟晴在远处狠狠地瞪了周云一眼。

……

"发现未知战船！"

"警报，星空中有未知战船疾速接近！"

基地中传来刺耳的警报声，探测器扫描到了星空中的异常现象，居然有三艘样式奇特的飞船在快速冲来。

褐星基地的人已经确定，这不是新星的飞船，也不是他们这边的，看其样子竟具备部分超凡属性。

在一艘飞船的前方，有一柄巨大的飞剑凌空，负责开路。

"这些飞船是怎么出现的？早先为什么没有扫描到它们？"

"疑似是从密地中出来的，所以显得很突兀，无法提前感知。"

"来者不善，快，击溃他们！"

陈永杰、王煊、钟晴等人也被惊动了，看着大屏幕上的战船，他们都很吃惊。

"歼灭他们，那是三颗超凡星球的人，这是追出来报复了！"陈永杰寒声道。

在密地外，太空探测器清晰地捕捉到了飞船的样式，以及那开路的巨大飞剑上的花纹，那花纹与羽化星、欧拉星、河洛星的兵器上的纹理相仿。

咚！

基地中早已开启防御光幕，同时，有战舰冲起，发出刺目的光束，轰击正在接近的三艘飞船。

咻！

事实上，对方也发起了攻击，三艘飞船先后发出恐怖的能量光束，锁定这片区域。

轰！

星空中发出可怕的光，双方对轰、拦截，光盾启动，能量激荡。

"有些意思，他们的飞船是科技与超凡力量结合的产物，这是一个新方向啊，不过目前他们的飞船落后于我们的战舰，他们不是我们的对手。"

确定对方不足以威胁到他们，基地中的人镇定下来。

"这片宇宙中，有四颗生命星球，其中一颗拥有高等超凡文明，另外三颗拥有普通超凡文明，目前来看，都威胁不到我们所在的宇宙星空。超凡能量在消退，这边连地仙都几乎绝迹了。"陈永杰告知基地的人一些重要情况。

轰！

来自河洛星的飞船被打爆，却有生物飞了出来，这生物绽放出刺目的光华。

"机械人？不对！像是超凡武器，那是某种傀儡兵器？"陈永杰低语。他被基地的人请来，作为顾问，讲解与超凡有关的东西。

那是一个金属人，高有十几米，身上刻满了符文，被新星的战舰清晰地扫描到了。

那个金属人爆发出耀眼的光华，疾速朝褐星而来。

"地仙级傀儡兵器！"陈永杰倒吸一口凉气。三颗超凡星球还是有些底蕴的，虽然没有了真正的地仙，但还存在这个级别的武器。

"无妨，我们检测到了它的能量波动，它可以毁坏战舰，但是没有机会接近我们。它比在新月出现的那个疑似列仙的生物差了一大截，不是一个级别的！"

新星这边的人越发有底气了。

轰！

一道道恐怖的能量光束飞了过去，星空中发生大爆炸，那个地仙级傀儡兵器挡不住战舰的轰击，被打爆了。

另外两艘飞船也解体了，从中各自飞出地仙级的傀儡武器。

三颗超凡星球各自派出一艘飞船，载着地仙级的战力，确实能毁掉新星的战舰，但无法临近。

传说中能够飞天遁地、活上漫长岁月的地仙，也挡不住新型战舰的轰击。

这让陈永杰心头大受触动，现阶段的他在新星还是低调点为好，出行报备就报备吧。

王煊也看到了这一幕，他双目深邃，打定主意居住在超级城市中，这样的话应该较为稳妥。

轰！

三个地仙级的傀儡先后被灭，星空中一片寂静。

密地中，女方士开口道："看到了吧？现世纠正错误，宇宙回归正常，科技文明重新焕发光彩，足以威胁到列仙。三年后，如果找不到路，侥幸逃出大幕活下来的列仙需要慢慢适应这个时代，不然处境堪忧。"

白孔雀沉默着点头。

两日后，王煊、陈永杰他们正式踏上归程，首先前往几光年之外的虫洞，从那里回归新星所在的宇宙星空。

"终于要彻底离开这片浩瀚的宇宙星海了！"许多人心有感触，有命活着回去就是福,他们再也不想来了。

王煊思绪飞扬,赵清菡、吴茵应该会回到新星,但他不知道今世还能不能见到"马大宗师"和那只爱臭美的黑色小狐狸。

等超凡能量消退后,它们还能保持灵性吗?它们是否会归于普通野兽之列?想到这些,王煊只能叹气。

这艘飞船上坐着钟晴、郑睿、周云,还有钟庸,以及几个身份不简单的中年人,他们要回去报告这边发现了几颗超凡星球的事。

如果没有这些人同船,陈永杰打死也不会上路。

"虫洞连着的这片浩瀚星海,算一片平行宇宙吗?还是说,只是宇宙较为偏远的一片星系?"王煊忍不住开口问道。

"怎样理解都可以,目前还没有明确的说法。"一名中年人开口。

目前,他们称这里为密地宇宙。

事实上,早先财团主要探索的是一个名为福地的地方,那里被称为福地宇宙。

多年前,福地超凡能量物质喷涌得厉害,已经无法接近,那里留下了很多实验室,更留下了大量探险者,与外界隔绝了。

"如果三年后超凡能量消退,那些人说不定可以回来,甚至要不了三年就会有转机。"

"多年过去,留在福地的人如果还活着,说不定有的很强了。"

王煊了解到,新星的人还制造不出虫洞,目前所发现的都是天然形成的,也可能是消逝的文明留下的。

现在,有人认为,一个虫洞连着一片平行宇宙;也有人认为,一个虫洞连着宇宙的一个角落。

"新术也是从一片星空中的某颗生命星球上挖掘出来的。"

在归途中,王煊了解到了很多关于深空的探索事件。

"西方那群人一直在探索巫师宇宙,神神秘秘的。"

这些话让王煊心中有了波澜,不知道超凡能量消退时是否会波及所有星球,从理论上来说，应该是全方位的。现世如果自我纠正的话，不会只针对一地。

"数年前，还发现了类似武侠世界的宇宙。"

陈永杰听闻后，顿时有了浓厚的兴趣。如果超凡能量消散，那里或许有些盼头，从那个世界带回来的秘籍，也许能给人一些启发。

轰！

飞船贯穿星门，从虫洞中冲了出来。

这里是一颗行星，被命名为深空第十九星，星球上有连着密地宇宙的星门。

此地距离新星有几光年，两颗星球保持一定的距离，以确保母星的安全。

飞船启动曲速引擎，几个小时后降落在新星上，他们回来了！

第207章
报答

新星，苏城，一栋栋摩天大楼矗立着，以复合材料建造的地标建筑几乎要插入云霄，顶部停着各种飞船。

半空中，各种小型飞艇快速穿梭，下方更有悬浮车往来，井然有序。

从蛮荒般的密地回来，远离了那些怪物，再次见到熟悉的景物、久违的城市、高大的建筑物，所有人都有种恍若隔世之感。

"回来了，我再也不走了！"刚下飞船没多久，周云直接趴在地上用力亲了一口，他是真情流露，打死他都不再去异域探险了。

哪怕有人告诉他，去了巫师世界，饮下魔法圣泉，立刻就能成为一位大巫师，他也不会去了，保命要紧。

有人哭，有人笑，活着回来的人毕竟是少数，数百人死在密地，其中有出名的探险家，也有财团的核心成员。

苏城位于新星中部地域，是一座规模很大的城市。

陈永杰暂时留了下来，他十分谨慎，如果没有重要人物前往旧土，他暂时不会回去。

王煊谢绝了周云、钟诚等人的邀请，刚回来他想低调一点，另外他也有些事情要处理。

王煊去重新买了手机，与钟诚、周云等人交换了联系方式。

"苏城，林教授的家就在这里。"王煊来到新星后，一直想找机会去拜访林教授，但因为去密地耽搁了下来。

在旧土实验班时，林教授对他照顾有加，回新星前，更是送给他一部极其珍贵的先秦方士的竹简经文，帮了他大忙。

开启内景地，需要先秦方士根法那个层次的经文才行。

如果没有这部经文，王煊即便触发"超感"，也开启不了内景地。

当初，林教授对他极好，不仅给他留了联系方式，还执意要帮他的忙，想将他带到新星来。

但王煊拒绝了，他不想林教授放下身段去求人。

这次，他要去见一下林教授，为这个老人治疗旧伤。

年轻时的林教授是一个顶级高手，在一次探险中，为了那部先秦竹简，他遭到能量武器的袭击，身体被洞穿，同时挨了一拳。

林教授能活下来已经算是奇迹了，但是他的旧术路彻底断了，身体自此以后也不好了，他只能做旧术的理论研究，在一所大学任职。

嘟！嘟！

王煊拨打林教授的号码。

很快那边就接通了，林教授略显疲倦的声音传来："你好，哪位？"

"林教授，是我，王煊，我来新星苏城了。"

"小王，你已经到新星了？！"林教授大吃一惊，问王煊在哪里，要去接他。

"不用，林教授，您在开元大学是吧？我自己过去。"

王煊购买了一些礼物，四十分钟后赶到了开元大学。开元大学在新星的综合排名很高，很有名气。

校园中银月树成片，满树银装素裹，雪白一片，拳头大的花朵在微风中摇曳，散发出清香，香味不是很浓郁，但闻之令人精神一振，心中宁静。

开元大学的环境极佳，王煊在路上看到不少学生在银月树下的草坪上看书，这种清静让他有些出神。

这种生活对他来说一去不复返了，他现在面对的是修行，是神话时代正在消逝的问题。

王煊看着来来往往的学生,想到了与秦诚一起在校园里看漂亮女生的事,当然,那是纯粹的欣赏。他们坐在路边的靠椅上,比较哪个系哪个班的女生最漂亮。最终,他们得出结论:赵女神似乎最有魅力。

王煊坐在路边,看着往来的学生,拨通了秦诚的手机。

"老王,你急死我了,二十多天啊,杳无音讯,怎么都联系不上你,你没事吧?"

电话那端,传来秦诚噼里啪啦的话语,关心之情溢于言表。秦诚知道王煊去了密地,却没想到他一下子消失了这么久,以为他出事了。

王煊笑道:"我在苏城,准备去看林教授。你在哪里?赶紧过来,我请你吃蒜蓉山螺和炖黄金蘑菇。"

电话那一边,秦诚的呼吸略微停顿,他相当震惊,老王这是在说笑吗?

秦诚很清楚那两样东西多么珍稀,连财团都只能用它们煲汤或泡酒,因为量太少了,他当初不过是玩笑话而已。

很快,他"清醒"过来,老王肯定是在说笑。

"替我向林教授问好。什么山螺、黄金蘑菇,先记着吧,我现在还在新月上呢。老苦修士非要留我一段时间,传我拳法,教我一些经文。"秦诚原本应该可以调到新星去。

"赶紧到新星来,有些机缘错过就没有了!"王煊告诉秦诚。

秦诚顿时睁大了眼睛,道:"老王,你说的那些不会是真的吧?你在密地中横行霸道,当了一次王霸天?!"

"也没什么,就是当了一次王无敌。你赶紧吧!"王煊身上确实有很多好东西,他想治好林教授的旧疾,让林教授恢复健康,也想让好友全面提升身体素质,踏出走上旧术路的关键一步。

"好,我现在就去订船票,和我师父告别!"秦诚激动无比,他真的有些无法想象,老王到底在密地做了什么,居然比财团收获都大!

开元大学,各类新学科几乎都有,拥有人体潜能研究学院,其中就包括旧术、新术等相关领域。

"扑哧！"有人嗤笑，那是一个青春、活力十足的美女，她身穿白色的练功服，身高有一米七左右，身材挺拔，应该是个学生。

她在那里笑王煊："王无敌？你真敢说话啊，这里可是开元大学，无论是旧术还是新术，可都是能排进前五名的。看你的样子，不像是我们学校的学生，那么自信，有些过头了吧。"

"还行吧。"王煊笑道，不想多解释。

"哟，你还真是自信满满，年轻人不要太自负。我认识的那些人一个比一个厉害，技进乎道，但都无比谦逊，没有一个像你这样的。要不要我给你介绍两个人，与你切磋下？"这个容貌出众的美女有些看不惯王煊，一副要找人收拾他的样子。

"没兴趣，我不欺负还在上学的小朋友。"王煊微笑道。事实上，就算对方把他们的祖师爷请来，他都不想理。

"你等着，我去找人！"这个美女被气得够呛。

"别，我认输！"王煊也只是闲得无聊，和人斗斗嘴而已，他可不想没事找事。

但这个美女一看他那种敷衍的样子就来气，道："王无敌，哼……"

这时，林教授来了，他看到王煊后非常高兴，道："小王，想不到你自己来新星了，我最近原本已经协调好了，给你争取了一个名额，想让你来我们学院读研。"

尽管不需要这种帮助，但王煊还是很感谢林教授，他快速走过去，扶住了林教授。

"林教授，这是您以前的学生？刚才他可自负了，还自称什么王无敌。"那个美女学生开口。

"周佳啊，你不用当真，小王最爱开玩笑了。"林教授知道这个丫头难缠，她本身很有背景，认识一些十分厉害的人物。

他笑了笑，带王煊离开了。

"小王，去我家里。"林教授的家在校园外不远的小区中，小区环境很好，有成片的竹林，还有个小湖。

总的来说，新星这边很宜居，小区里普遍都有山水园景，景观别致。

"你怎么还带了这么多东西？我这边真的什么都不缺。"林教授摇头，他的工资足够满足他一切的花销。

"这是我的心意，再说，这次我带给您的东西可不一般，会给您惊喜。"王煊笑道。

"我老伴最近和人组团去旅游了，儿子在另一座城市工作，女儿最不省心，说要给我找什么秘药，跑到西洲去了，半个月没回来了。"进了家门后，家里稍显冷清，林教授向王煊介绍了一下家里的情况。

"小王，我不喝酒，你怎么还买酒？"林教授诧异地道。他五脏不好，当年被人打伤，这么多年都有问题。

王煊郑重地道："这不是酒，林教授，您赶紧喝下，我这次是专门为治您的旧疾而来的。"

这也算是他的一个心愿，以报答林教授之恩。

"什么？"林教授不解。

"我最近去了一趟密地，您就不要多问了，赶紧喝吧。"王煊催促道。

林教授震惊不已，小王冒险去过密地了！他虽然不知道密地的确切位置，但是知道那个地方极其危险，各路探险队动辄全军覆灭。

林教授张了张嘴，什么话都说不出来了。在王煊的催促下，他仰头开始豪饮，这是混了超凡蜂王浆的地仙泉。

地仙泉的效果立竿见影，林教授的身体顿时发光，体内发生激烈的变化，新陈代谢的速度大幅度提升。

林教授吃惊得睁大了眼睛，简直有些不敢相信。他觉得多年的胸闷症状在快速消退，同时感觉到了一股新生的气息，有种蓬勃的生命力在他的体内产生。

"您什么都不用做，不用管，我想最多明天，您的身体应该就会彻底好转，不会留下什么问题。"

王煊有绝对的自信，因为他亲身体验过，他在密地多次受重伤，都能借地仙泉快速痊愈。

地仙泉能为人延续寿命五十年，单这种生命力量就足以改变一切。此外，还有超凡蜂王浆混在当中，效果更为惊人。

林教授激动不已，他觉得自己的旧疾应该能彻底痊愈，并且身体状态会恢复到巅峰期，甚至变得更好。

他嘴唇发抖，自然意识到了这是不可想象的奇药，小王实在太有心了，给予了他一次新生的机会！

"林教授，您什么都不要说，更不用说'谢'字，这是我有能力做到的事，不算什么。"

一个小时后，秦诚联系王煊，告诉他，自己已经从新月来到苏城，下飞船了。

王煊心想，还真是快啊！

"你过来吧。"王煊告诉秦诚林教授家的地址，并且让他来时多买些蒜等调料。

不久后，王煊出去接人，居然在小区外再次看到了那个美女学生，他诧异道："你没事追着我做什么？"

对方一怔，而后被气笑了，道："我在校园外也有住所，就住在这里，你居然说我追着你？好，王无敌是吧，你稍等，我一定要找人和你切磋！"

王煊没有理会她，等到秦诚后，带着他就走。

"老王，真有你的，一会儿我要大展厨艺！"在路上，秦诚就激动坏了。

晚间，秦诚在厨房鼓捣，很有成就感，蒜蓉山螺、乌鸡炖黄金蘑菇全都迸放光芒，有种让人毛孔舒张开来的特殊芬芳，居然都出自他的手。

"什么财团，什么顶尖的探险组织，还不如老王一次密地之旅的收获大。开饭！"秦诚喊道。

林教授满脸笑容，很享受这种充满喜悦的气氛。

王煊的手机响了，他神色一凝，来电号码并不陌生，当初她告诉过他。

这是凌薇在新星的手机号码，他已经很久没跟她联系了，她竟在这个时候打了过来，自然知道他来到了新星。

是谁告诉她的？

"周云的嘴……大概率是周云那个大嘴巴吧。"王煊自语。

第208章
修行太快

王煊思忖,他和凌薇多久没有联系了?这个号码还是她大二时候告诉他,坚持让他背下来的。到大三结束时,两人便几乎断了往来。

王煊知道,如果自己来新星,多半会与凌薇重逢,毕竟有不少熟悉的同学在这边,免不了小聚。但他没想到,凌薇这次主动将电话打了过来。

王煊有些出神,电话连响了三声,他低头看着,手指没有滑动,那边就突然挂掉了。

"林教授,老王,吃饭!两种食材,六种吃法,让你们尝尝厨神的手艺!"秦诚招呼王煊和林教授赶紧吃饭。

王煊看了一眼手机,把手机收了起来,快速走了过来。

秦诚在那里搓着手,一副迫不及待的样子。

食材就那么几样,但秦诚做了一桌子菜,看起来很丰盛。

"乌鸡黄金蘑菇汤,你们来闻一闻,这香味浓郁得都快传到新月上去了,估计我师父都闻到了!"秦诚笑着说道。

乌鸡只是点缀,刚打开砂锅盖,金色的蘑菇片便喷出一片绚烂的金光,氤氲灵雾蒸腾,诱人的香气扑入鼻端,让人恨不得立刻喝上一碗。

林教授不禁神色一动,食材居然发光,香气这么浓,光看着就让人食指大动,这在古代都算灵药宴了吧?

"乌鸡炖黄金蘑菇,选取优质的六年老母鸡,以秦家秘传几百年的御膳房手艺熬煮两个小时而成，吃的是人间美味，品的却是沉淀几百年的传统文化古韵，可谓匠心独运，传世珍肴留芬芳。"

秦诚满脸笑容，在那里吹牛。

黄金蘑菇咕嘟嘟冒着热气，锅中有一团朦胧的金光覆盖，相当神异，至于芬芳早已扑鼻而来。

"我告诉你们，这乌鸡绝对新鲜，是我路过开元大学时从一座小山坡上亲手抓来的，抓它可费劲儿了。"

林教授与王煊一听，脸色顿时变了，这小子都干了什么混账事，居然在大学偷鸡吃？

"开个玩笑，我敢做这种事吗？还不被一群学生追着打？老母鸡是我在超市买的。"秦诚笑道。

然后他又看向王煊，道："不过，这种事咱们又不是没干过。大二时，咱俩不是在学校的湖里捉了只七斤重的老甲鱼嘛，别说，那味儿真香！"

林教授无语。

"你闭嘴吧！"王煊赶紧阻止秦诚。这种黑历史没必要揭出来，再让秦诚张嘴，他还不知道要说什么呢。

接着，爆炒黄金蘑菇被端出厨房，秦诚自己都忍不住了，把菜放到桌子上后，直接动手，向嘴里塞了一块发光的蘑菇，烫得他龇牙咧嘴，从嘴里向外喷金光。

秦诚叫道："神仙宴啊，这是古代那群修士的吃法，今天我们也有口福了！来吧，开动！"

饭桌上，浓郁的香气早已弥散开来，让人馋涎欲滴，再加上点点金光荡漾，十分诱人。

王煊开口道："其实，价值最大的是山螺，这东西在古代是地仙的下酒小菜，常人饱餐一顿，可以续命十年。"

蒜蓉山螺散发着朦胧的光辉，带着芬芳的气味，一看就是超凡的灵物。

"地仙享用的……食材？！"秦诚震惊，果断一口吞掉黄金蘑菇，连味道都没有品尝就咽了，然后直接将一个拳头大的山螺送到鼻端，先闻了一口，顿时吸进去一片发光的雾气，他觉得毛孔都舒张开了。

"林教授，赶紧开动啊！"王煊招呼道。

林教授也被镇住了，黄金蘑菇让他神色一动，这东西居然是神话中的食材，地仙才能品尝到的美味，这就有些惊人了。

他如坠梦中，这种东西小王都能找到，小王到底达到什么境界了？

林教授是见过世面的人，曾帮一些老财团养生，深知他们在追求长寿，甚至渴求长生，不时从深空中带回来各种珍稀食材。但那些所谓奇珍，从量到质，同王煊带回来的东西比起来，就有些不足了。

林教授听闻，某个财团掌舵者的滋补圣品也不过半个月吃一次，荔枝那么大的一个山螺，说是仙珍。

当时，林教授很震惊，财团竟然连仙家食材都能享用。现在回头看，他忽然发现，财团吃得很节省。

他眼前是什么？满桌子发光的山螺！地仙的下酒菜搁这里都快摆不下了。

"开吃！"林教授也挽起袖子，大口开动，满嘴都是光。

从来不晒美食照的林教授，也忍不住拍了几张照片，但最后又快速而果断地删除了。这种照片别说发出去，保存在手机里都容易出事，他一点痕迹都没留。

林教授觉得，留一两个山螺壳把玩就可以了。

"我舌头都快化掉了，太美妙了！这吃的不是美味，而是时光啊，我向天夺来十年。哈哈，我觉得我要羽化飞升了！"

秦诚大快朵颐，到了现在，他鼻子里都开始向外冒光了。

王煊道："你们也不用将它想得多神奇，这只是地仙的下酒小菜，算不上什么仙宴，等以后有机会，说不定我们能采集到真正的列仙食材。"

"我觉得，蒜蓉的其实还没有清蒸的好吃，清蒸就能保留原始的鲜香味道。"林教授点评道。他觉得自己身体滚烫，旧疾应该痊愈了！

喝了那么多地仙泉，现在又吃地仙小菜滋补，林教授全身生命活性大增，边吃边出汗，代谢出各种杂质、毒素等。

"要鲜美香甜的话，还是直接切片蘸料这种吃法好。你们尝尝这个。"王煊说道，取出地仙泉。

"老王，这是什么饮料？既有清香味儿，也有蜂王浆味儿，但没那么好喝啊。"秦诚抱怨道。

"喝吧，这东西再过三年，可能就再也没有了。喝上一升，保你多活几十年！"王煊郑重地说道。

他相信眼前这两人，也没什么好隐瞒的，告诉他们，这东西能真正改命，让人长久地活在世间。

"这个仙浆真鲜美，我要喝个饱！"

经过地仙泉、山螺、黄金蘑菇等大补物的滋养，林教授的脸色以肉眼可见的速度红润起来，精气神开始变得旺盛，原本浑浊的双眼都有光了。

林教授青壮年时是一个赫赫有名的顶级高手，现在旧疾痊愈，当即恢复了一部分力量。

王煊道："不急，这需要一个过程。我估计一两个月后，林教授就会重新成为一名旧术高手。"

林教授越吃越热，不断出汗，浑身黏糊糊的，毒素、杂质等不断排出体外。

"我怎么越吃身体越臭了？"秦诚也遇到了这个问题。

"你的体质在改善，毒素与杂质随着汗液排出来了。"王煊告知秦诚。

地仙泉、超凡蜂王浆、山螺可以提升两人的生命力，好处巨大。而黄金蘑菇则是一种灵药，可让人突破，提升实力。

"我觉得自己力量变强了，体内有秘力缓缓流动，我这是快要成为一个高手了吗？"秦诚有些不确定，也有些震惊。

"放心吧，你肯定能突破。"王煊很有把握，他带回来的一堆灵药如果还不能让秦诚突破，那就真见鬼了，又不是晋阶超凡，只是凡人领域的破关而已。

"秦诚会变得很强，小王，你是不是强到了我有些不敢想象的程度？"林教授迟疑地问道。

王煊看出林教授的神色有些异样，觉得一定有事，便问他怎么了。

林教授没有隐瞒，他当年的对头来历不简单，是几个师兄弟，其中一个师弟在另一所大学任教，放话在高校旧术对抗时要针对林教授的学生。

"就是将您胸口打伤的那个对头？"秦诚问道。林教授就是在那一战中被重创的。

"是！"林教授点头道。

"我帮您处理掉他们！"王煊开口。

林教授摇头拒绝，道："不要。新星法律很严，真出事儿的话很容易引起大麻烦，你不要乱来。况且当年之战已经过去了，我早已放下了。"

王煊道："秦诚，你来报林教授的研究生，正好有资格从新月下来了，你在开元大学读研吧。"

秦诚一脸蒙，他要重返校园读研？听起来很不错，只是这人生的起伏让他有点应接不暇。

"对方的人身手很强。"林教授说道。他自然明白王煊的意思，王煊这是让秦诚去教训对方的弟子。

"无妨。秦诚，你赶紧吃，然后去洗个澡，我再帮你炼化药性。"王煊催促秦诚，主要是嫌他满身是汗，太臭了。

不久后，王煊亲自动手，以超凡手段助秦诚催发药性，以超凡秘力牵引，让秦诚全身血肉共振。

一刹那，秦诚全身发光，秘力涌现，五脏共鸣，释放自身潜能，借药性冲关。

原本王煊想让秦诚自己慢慢提升，随着药性化开，他的血肉得到滋养，未来一段时间，他必然会逐步破关。但现在王煊觉得可以帮秦诚加快点速度，同时教他一些拳法、经文等，让他去为林教授出口气。

"我突破了，变强了，我似乎是……超级强者了！"秦诚浑身泛着光泽，激动得不停颤抖。

王煊摇头，道："你还差得远，慢慢来，今天就到这里吧。"

"对方是什么来头？"王煊问道。

"近代以来，以旧术正统自居。"林教授告知王煊。

相传，对方所在的家族祖上出过真仙，而且不止一位，在古代是赫赫有名的修行家族。

到了近代，旧术没落，那些古老的世家几乎销声匿迹了，只有他们这个家族还活跃着，完好地传承下来，便以旧术正统自居。

近代以来，别的家族远远无法和这个家族相比。即便旧术没落，他们族中也出过宗师。

"旧术四老以及陈永杰的师父，都算散修崛起，虽然个人实力强，但论底蕴与过去几代人的影响力，远无法和这个家族相比。"

王煊心头一动，道："哦，以前听说新星有个年岁很大的宗师，为了续命，强行练某种激活五脏的秘法，结果把自己练死了。这个宗师就是来自这个家族吧？"

林教授点头，道："那个老者很强，当年一只脚已经迈进大宗师的行列了，但还是练功练得五脏腐烂而死。"

王煊讶异，道："在这个时代，能练到接近大宗师的层次，确实了不起，是个人物！"

不过，即便这一家族底蕴深厚，家中有列仙秘法，王煊也不怎么在意。

这个家族在古代确实厉害，但是，时代不同了，再辉煌的世家也得落幕，在超凡者面前掀不起太大的风浪。

"这个家族在古代出过不止一位真仙，罕有家族能这样，他们的经文多半不简单！"

王煊越琢磨越觉得这个家族在古代还真不是一般的厉害，没几个家族可以接连出现仙人！

不知道三年后，这个家族是否有真仙回来。

"秦诚，我再帮你炼化一下药性。"王煊觉得自己短期内多帮秦诚提升实力为好，他要真对上那个家族教导出的弟子，可别出什么意外。

"啊——"秦诚痛苦地叫着。这次就不是享受了，他被王煊拍击，骨髓都在共鸣，五脏簌簌抖动，秘力激发，他觉得自己要炸开了。

不过，有超凡者观看他体内的情况，他不可能出意外。

"我觉得自己又变强了！林教授，到时候我帮您出气！另外，您自己也能恢复过来，去找对头报仇。实在不行，还有老王兜底呢！"

虽然王煊没有说自己在什么境界，但林教授与秦诚都意识到，他应该很强，超出了他们的预估。

林教授邀请王煊留宿，王煊婉拒了，他带着秦诚回去，准备让陈永杰教给秦诚一些合适的拳法、经文等。

"林教授，我可能会在苏城居住一段时间，以后我们会常见面的。"王煊说道。

王煊和秦诚两人离开小区，刚到外面就看到了开元大学外的林地中有几人在练功。

"老王，看美女！"秦诚道。

"不看！"王煊转身，不想去看，因为他认识其中一个练功的人，正是那个美女学生。

"像模像样，这几人都有两下子。"秦诚点评道。他刚刚突破，觉得自己的眼力都跟着提升了一大截。

周佳闻言，回头看到王煊后不禁一怔，但很快又来了精神，道："要不咱们切磋一下？"

"可以！"秦诚点头。

"这个人的朋友自称王无敌，你们一会儿小心点，狠狠地教训他们一顿！"周佳提醒身边的几个人。

砰！

这才一开始，秦诚就被踹了一脚，顿时酒醒了。对方下脚有点狠，踹得他胸口很痛。

他深吸了一口气，道："我要认真了！"

砰砰砰！

秦诚将那个男子从林地中打到草地间,最后又一脚将其踹进湖里去了。

"还有没有人要切磋?"秦诚喊话。

"我来!"又一个人冲了过来。

扑通!

……

最终,四个人被秦诚踹进了湖中。他又冲周佳露齿一笑,道:"咱们也切磋一下?"

周佳转身就跑,嗖嗖嗖,很快就没影了,消失在开元大学中,连鞋都跑丢了一只,她怕秦诚把她也踹进湖中。

"小样儿,还想趁我喝多了将我踹进湖里,现在你们自己去和甲鱼比赛游泳吧。"秦诚站在湖边大笑着,和王煊一起离去。

"老陈,你觉得我最近突飞猛进,实力大幅度增长,这样正常吗?"

晚间,王煊将秦诚带到酒店,让陈永杰教秦诚一些合适的秘法,同时他也询问陈永杰,自己的修行速度是不是太快了。

陈永杰真想教训他一顿,他故意的吧,刺激自己这个旧土第一人?

"我的修行速度太快了。可是,我又没有觉得根基不稳,相反根基很扎实,底子足够厚。"

陈永杰听到这种话,血液流速加快,感觉自己被恶意针对了,王煊这是在向他炫耀吗?

"太快是不是不好?"王煊问道。

陈永杰看王煊一脸凝重之色,还在那里叹息,真想给王煊一拳,但是,他怕自己现在打不过这小子了。

"快什么?没听说过古代有百日筑基之说吗?你这是正常水准!"陈永杰没好气地说道。

王煊长出一口气,道:"嗯,那我就放心了。我也就是最近这两个多月突飞猛进,我当再接再厉,我认为我还可以更强!"

陈永杰想问问他,你这是认真的吗?你还想要多强?还想要多快?

"你们在说什么？"秦诚一脸蒙，老王到底有多强了，这个旧土第一人的脸色似乎有些异样。

"明天有个晚宴，财团中的一些人请我吃饭，你们也去吧，和他们的人熟悉一下。"陈永杰看向王煊道。

"不想去。"王煊不想露面，不愿暴露在那些人的目光下，被他们分析与研究，只想蛰伏着，低调点活得自在。

另外，他想赶紧回元城一趟，去救个人。

"去吧，有好处，有些事情还是需要和他们合作的。科技文明璀璨，我们现在打不过啊！"陈永杰感叹道。

而后，陈永杰又神秘兮兮地低语道："若和他们混熟了，他们说不定就会请我们去家里做客，看看他们的书房，欣赏下他们的藏品。你要知道，只要靠近，我们就能捕捉到那些密封的经文。"

"有道理！"王煊郑重地点头道。

陈永杰顿时笑了起来。

这一刻，两人精神抖擞。

"我们是不是得研究一下，怎么才能靠近老钟的书房？"王煊问道。

"这难度不是一般的大，不过事在人为，仔细想想，肯定有办法！"陈永杰说道。

"虽然听不明白，但我觉得，你们两个现在有点不像好人！"秦诚在那里嘀咕着。

"去，练拳去！"陈永杰将秦诚赶到另一个房间去了。

次日晚间，元初大厦顶层金碧辉煌，用异域的奇异晶体打磨成的吊灯流动着梦幻般的光彩。大厅中摆着的几棵灵树，满树花蕾，芬芳扑鼻，让所有来客都觉得心神宁静。

这里气氛不错，宾客很多，除了财团子弟，还有一些出名的探险家。

王煊看到了一些熟人，比如，在那里嘚瑟的周云，以及身穿晚礼服的钟晴。

"你……"接着，王煊身边走过一个人，那人有些惊异地回头看向他。

"老凌!"王煊立刻和那人打招呼。

凌启明闻言,脸色瞬间变了,朝远处看了一眼。

很快,王煊也注意到了,凌薇站在宴会大厅的一角。

"老凌!"又有人这么喊,陈永杰走了过来,右手拍在凌启明的肩头上。

第209章 晚宴

凌启明心情复杂，早年，王煊很客气地喊他凌叔，谦逊而有礼貌。自从两人在新月再次相见，王煊就直接喊他老凌了！

王煊礼貌地解释过，这是为了让他安心。一时间，凌启明百感交集。

当转头看向陈永杰时，凌启明心中更不淡定了，陈永杰喊他老凌也就罢了，偏偏这个让许多人送过花圈的陈永杰，居然变得这么年轻。

凌启明不敢相信自己的眼睛，老陈这是逆生长了？老陈现在看起来也就三十岁左右，妥妥地变成青年了。

陈永杰这种充满青春气息的长相，以及笑眯眯地喊老凌的样子，让凌启明心里很不是滋味。

超凡真好啊！许多财团所追求的不就是长生吗？而陈永杰已经走在了这条路上。凌启明心绪起伏，无法平静。

他轻叹了一声，与陈永杰碰杯，道："陈永杰，咱们年轻时也没少在旧土打交道，关系不错，没想到一转眼二三十年过去了，你走到了这一步。陈超凡，新星与旧土第一人，可与岁月相抗了。"

陈永杰也叹息道："一转眼，我们这代人都老了。至于你说的第一人，我不敢当啊，压力很大。没有人可以一生高歌，说不定有一天神话就消逝了，我最多只是这个时代激起得较高的一朵浪花，而大浪随时会落下，那时我终究会被拍得粉身碎骨。多年后再看你我，都是岁月面前凋落的黄叶，只是有的叶片稍微晚坠落片刻罢了。"

两个五十出头的人，说的话居然这么沉重。王煊也不好喊凌启明为老凌了，默默地敬了他一杯酒，转身离去。

"老凌，我跟你说，你可能做了一件错事。"陈永杰盯着王煊的背影说道。

"你有话说？"凌启明看看他，又看向王煊的背影。

陈永杰点头道："就冲咱们年轻时一起探索过先秦方士的旧居，一起欣赏与点评过那个时代最漂亮的姑娘，我想提醒你一下。"

凌启明神情恍惚，回忆起年轻时的一些荒唐事，摇了摇头，又看向陈永杰。

陈永杰很严肃地道："王煊他以后的成就会极高，在旧术这条路上能走得非常远，超过你我的想象！作为老友，我只能说这么多了。"

凌启明声音低沉，道："大家都说他现在已是宗师了，比你年轻时都要强一大截，数年后，他很可能就是王超凡？"

"数年后，他会比你想象的还要强！"陈永杰郑重地说道，他脸上很少出现这种神色。

凌启明顿时心中一惊，瞳孔收缩。他是个聪明人，不然也不会在他们这一系的财团中被视为接班人之一。

"老凌，咱们关系不错，我才和你多说了几句。以后你如果看王煊不顺眼，无视他就好了，不要有什么动作，不要尝试阻击。不然的话，你先要面对的就是我陈超凡！"陈永杰说完，转身离去。

凌启明仰头喝尽杯中的酒，然后，他发现，那不是钟家姑娘吗？她带着一本泛黄的书去找王煊了，悄然送给他一本经文秘册？！

凌启明不得不多想。钟庸这个人很强大，现在更是练了一种异常的秘术，身体结出蝉壳，只要复苏，大概率就无人可抗衡！

钟庸的重孙女送给王煊经文，这是什么意思？在密地时，钟庸看好他吗？曾对后人有过什么吩咐吗？

"看到没有？他和你父亲关系缓和了，刚才还碰了一杯呢。不过，钟晴怎么过去了？"远处的角落中，周云正在与凌薇交谈。他现在与平日不一样，表情很严肃，看着场中的王煊与钟晴，皱起了眉头。

周云看向凌薇，道："你们之间应该聊一聊，我去将钟晴喊走。"

大厅中，几棵灵树流光溢彩，芬芳扑鼻。

来自异域的奇石被摆成景观，闪闪发光，更有几个怪物被制成标本，引人围观。

钟晴穿着高跟鞋，以及束腰、开衩的晚礼服，实在吸引人眼球。她袅娜而来，在水晶灯下显得更加清纯甜美，频频向跟她打招呼的人微笑点头。

"《九劫玄身》？"王煊讶然，钟家这点还不错，很讲信用。

无论是钟诚当初说送给他"写真经文"，还是钟庸说用《九劫玄身》与陈永杰交换地仙泉，最后都履行了诺言。

在密地时，钟庸留了一手，只给了陈永杰半部《九劫玄身》。毫无疑问，钟庸叮嘱过钟晴，安全回归新星后，可送出全本。

"多谢！"王煊将经文收了起来。《九劫玄身》与《丈六金身》对他练石板经书有大用，是极佳的辅助经文。

钟晴道："我私下里也用经书跟赵赵换了地仙泉，在密地给了她《五色金丹元神术》。按照约定，回到新星后，我还要再给她一篇顶级的经文，她说让我直接给你。你想要什么类型的秘法？下次我给你。"

王煊想了想，开口道："锻炼肉身的顶尖经文，或者极致强大的精神法门。"

"好！"

钟晴看着王煊，目光灼灼，绕行了几步，像在仔细打量他，最后小声道："王煊，王霄，是不是一个人？"

她早就有所怀疑，今天终于开口询问了。

事到如今，王煊也无所谓了，真身与化身对外展现的都是宗师层次的战力，暴露与否对他没什么太大的影响。

只是，"王霄"有点招新术领域的人忌恨罢了。

王煊笑了笑，没有说话。

附近,许多人看着这边,钟晴漂亮精致,加上身份非同一般,确实非常吸引人的眼球。

周云走来,想要跟他们打招呼。

这时,一个四五十岁的中年男子出现,他虽然不再年轻,但依旧帅气,更有种成熟的魅力。

"赵叔!"周云与钟晴都跟他打招呼,他则点了点头,示意自己要与王煊聊一聊。

"我是清菡的父亲赵泽峻。"中年男子自我介绍,颇为郑重,脸上带着一丝忧色。

"赵叔。"王煊礼貌地称呼中年男子,但没有太靠近。自从经过凌启明的"洗礼"后,他与这类人交谈已经有了经验。

虽然他与赵清菡关系亲近,初次见她父亲也有好感,但是过于接近的话,这类人的想法会很多,他只要以平常心应对就可以了。

"我听说在密地时,你多次救清菡,我很感激。"赵泽峻沉声道,"和我说说清菡的具体情况吧,我很担心她。"

王煊理解他的心情,身为父母,子女陷落在怪物横行的密地中,谁不忧虑?

王煊慢慢讲述,告知赵泽峻,赵清菡目前没有危险,而且可能有不小的机缘。

尽管新星人会觉得被会说话的老狐狸带走有点诡异,但也不是不能理解,连列仙都被证实存在,还有什么不能接受的?

王煊讲得很细致,当然,关于他与赵清菡的一些事他没说,以免眼前这个帅大叔化身"老凌第二",成为"护女狂魔",一切还是等赵清菡回来再说吧。

看到赵泽峻拉着王煊在那里低语,认真听王煊说,不时问上几句,还不时点头,远处的凌启明不禁轻轻一叹。

他已经从自己的外甥周云那里了解到了不少情况,在密地中,王煊与赵清菡走得很近,两人一同经历生死磨难,又共同进入地仙城。

他看向自己的女儿凌薇,发现她正转过身去,慢慢远去,只留下一道背影。

王煊与赵泽峻谈了很久,最后赵泽峻拍了拍王煊的肩头,道:"小王,谢谢你。以后有事,或者有什么麻烦,你尽可以联系我。"

他塞给王煊一张银色的名片,转身离去。

……

三个老头子、五个中年人正和陈永杰相谈甚欢,几人恭喜陈永杰晋升超凡领域。这次晚宴明面上就是为了给陈永杰庆贺才举办的。

而后,他们提及一个很重要的目的。

"老陈,你是超凡者,有足够强的实力,我们刚才说的神圣龙蛋你真不动心?它蕴含着海量的生命能量,可以助你迈出一大步!"

"还有那魔法圣泉,喝下去就能成为大巫师,是神圣大药啊!"

他们谈到西方人正在寻找机缘的那颗星球,传闻那里很吸引人。

目前,西方的财团不断派出舰队,遣出高手,想得到神圣龙蛋与魔法圣泉,获得长久的寿命。

消息传过来后,东方这边的老头子,各个财团中一些位高权重的人,也有点坐不住了,准备派人去那里争夺机缘。

陈永杰能不动心吗?那里连神圣龙蛋与魔法圣泉都有,太神秘了,他确实想去见识一番,但他又怕被人留在那里,回不来了。

"小王,你是老王?!"钟诚找到王煊,眼神不善,双眼瞪得很大,低声问道,"我姐说的。你……真的也是老王?"

"你还差我一本经文、半部写真呢!"王煊觉得没有必要瞒着了,既然他们猜出来了,自己不如大方地承认。

"我……"钟诚目瞪口呆。

"来,我给你介绍个新朋友,他叫秦诚,名字和你挺有缘的。"王煊找到了和一个美女聊得正欢的秦诚。

"小王,过来!"陈永杰喊王煊,然后将神圣龙蛋与魔法圣泉的事告诉了他。

三个老头子、五个中年人都面露异色,陈永杰很看重这个年轻人啊,居然将这种事情告诉他。五个中年人中，包括凌启明与赵泽峻。

陈永杰开口道："各位，小王很像年轻时的我，喜欢钻研旧术，如果你们各家有些另类的经文，可以交给他试着练练。他的悟性连我都很佩服，我老陈在这里承诺，如果他能练出一些名堂，我必有厚报。"

王煊一听就明白了，老陈到了超凡领域后，有一定的底气，终于开始打各家书房的主意了，他今天迈出了第一步，后面肯定会有别的门道。

第 210 章
适应与列仙相处的时代

王煊能不动心吗？他对新星财团收藏的历代典籍眼热久矣，但一直以来没有机会接近。

"如今我们坐飞船，可以在外太空捕捉到一些奇异的能量物质，帮财团头子调理下身体，取信于他们，借此机会……"

陈永杰释放精神领域，暗中传音。

王煊不得不叹，老陈有些明目张胆啊，就这么当着几人的面与他"商量"。

"我觉得可行，是个不错的思路。"王煊认可陈永杰的想法。财团所求不就是长命吗？他与陈永杰都有手段可以达到这个目的。

有些奇异物质适合养生，比如内景地中的神秘因子，即超物质。但有些就不好说了，比如X物质，它不仅会严重损伤走新术路的人的肉身，还会引发各种病变。

又比如N物质，那是从一颗异星上收集到的，可以抵消X物质带来的伤害，曾在新月上被用来对付列仙。

到目前为止，以新星的技术根本无法分离各种能量因子，只能从某一颗星球大量汲取空气后压缩，整体带走。

所有的能量因子无形无质，似乎没有物理属性，但是修行的人能感知到。

"我已经明白了新术为人续命的手段，是从其他人身上无情地剥夺生命力，将所得转赠给另外一个人，相当残忍！"

陈永杰神色严肃,新术的手段太歹毒了,给财团高层续命,意味着取走了另外一些人的生命力。

王煊一听,眼神顿时冷了下来。这和他们不是一个路数,手段异常狠毒,他觉得有必要铲除使用这种手段的人!

"居然要无辜者付出,不除掉这些人的话,以后可能会出大乱子!"王煊也以精神领域与陈永杰交流。

陈永杰点头道:"嗯。还好,这种异术目前只有新术领域的高层掌握,属于核心秘密,没有流传开来。"

这种异术对那些人十分重要,是他们立足的根本所在。

他们用这种异术为财团头子续命数载,因此得到重视,受到财团头子青睐,从而获取大量的资源,新术在这些年也得以迅猛发展。

"新术是在哪片星空发现的?那里到底什么状况?"王煊问道。到现在为止,他对新术所知还十分有限呢。

倒是陈永杰与旧土有关部门合作后,了解到许多惊人的秘密。

"在异域,虫洞连着的一片星空,或许是平行宇宙,或许是我们这片浩瀚宇宙中不曾探测到的一个角落。"

陈永杰告知王煊,那颗星球很不简单,被大雾笼罩着,所有新术都是从那里挖掘出来的。

"怎么说呢,从有关部门解密的卷宗来看,那里像是失败的试验场,留下了大量的新术!"

陈永杰怀疑,有高等超凡文明提前洞悉了天地巨变即将来临,现世在自我纠错,所以曾试验各种新术。

一切都是为了活下去!

王煊倒吸一口凉气,这……太神秘、太恐怖了,宇宙无人知道的一个角落中,有人试验新术,结果却失败了。

王煊猜测道:"是列仙透过大幕,将秘密告诉了某个高等超凡文明,并提供了一些理论,让他们试验?"

陈永杰道:"不见得是列仙,也有可能是西方体系中成神的存在,或者宇宙中的其他神秘族群。"

陈永杰还觉得,那些人对旧术也有所了解,在新术中可以看到相当一部分旧术的痕迹。

不过,有关部门的卷宗中着重记载,那里发现的尸骨大部分像是超级物种。

"新术领域的人将那颗行星称为超星或者神星,这与他们将新术称为超术或神术相对应。"

"超星宇宙吗?有机会倒要去见识一下。"王煊说道。

陈永杰语气很沉重,道:"最好不要轻易踏足,我认为那里有些秘密,新术领域的人一直没有泄露。目前那里被他们与几个财团把持了。"

王煊心头一惊,道:"你说奥列沙真是新术第一人吗?在那颗超星上,是否还有更厉害的新术强者?毕竟他们经营二三十年了,万一有一部分厉害的人物一直躲在那里没有回来。"

"这……很有可能啊!"陈永杰心头一动,事实上,他也有过怀疑。既然那个地方适合新术修行,说不定有人常年蛰伏在异域,将合作的财团都骗过了,始终躲在超星上。

奥列沙或许不是新术领域唯一的超凡者!

"这意味着,我们得谨慎点,别被人反下毒手!"陈永杰心中警报拉响,不敢大意了。他与王煊刚才还计划铲除新术领域的高层,根除那种残忍的异术,但现在看来要小心点了。

两人以精神领域暗中交流的同时,陈永杰同财团中的重要人物高谈阔论、谈笑风生。

"旧术领域有一些养生的秘密,渐渐被我们挖掘出来了。"陈永杰这种话果然吸引了三个老头子的注意力,他们眼中有光芒亮起。

他们最感兴趣的还是活得久远,在这个时代,财团的终极目标是——长生!

陈永杰笑道:"我适合打打杀杀,这种养生的古法是小王挖掘出来的,小王对人体长寿的研究比我更透彻。"

"小王，有什么需要的，可以直接和我们说。"一个老头子和蔼可亲地开口。

"我阅读了大量古籍，也是刚刚摸索出一些门道而已，还需要完善。"王煊谦虚地说道。

陈永杰道："小王找到了一些古法，如果付出代价，大概率能为人续命。"

有人谦逊，就得有人高调点，不然的话，这些人说不定还真以为旧术领域的人只能找到一些鸡肋般的养生法。

在场的人神色一动，连凌启明都目光灼灼地看向王煊，他自然也想多活数十年，甚至回到青春年少时。

到了这个层次的人都很注重养生，不然的话，凌启明上次也不会出现在新月的广寒宫中，服食天价山螺。

"小王，到时候我送你几本养生经，你多参考下。"一个老头子说道。

"嗯，不如开个养生殿……"

……

三个老头子最积极，开始试探，想亲身感受一下旧术领域的续命手段。

王煊依旧低调。三个老头子想借此机会体验，让他白白为几人续命？显然是多想了。

无论是王煊还是陈永杰，都很沉得住气。有底气才能更淡定，也才能更让人重视。

随后，王煊与陈永杰又以精神领域交谈了一会儿。

"新星不仅有可灭地仙、可杀超凡者的战舰悬在我们头顶上方，说不定还藏着新术领域的大鳄呢，我们最近要留神。"陈永杰自我反省。

王煊神色凝重，道："你说，新星上是否有列仙提前回来了？"

由不得他不多想，密地的白孔雀付出惨重的代价提前回归了，既然它能提前回归，那么就有可能有第二例，甚至第三例！

陈永杰心一沉，身体都绷紧了，越是深思，他越是眉头深锁，想到恐怖之处，他不禁起了一身鸡皮疙瘩。

"不得不防啊！"陈永杰叹道。

然后，他看向王煊，这小子还没暴露呢，只是个"宗师"。如果有列仙在现世中，大概会率先盯上超凡者。

"所以，老陈，你要低调啊，不要飘。"王煊琢磨了一会儿，觉得即便达到超凡了，在新星也不能放松警惕。

列仙融入现世，掌控高科技手段，甚至活在财团中，那样的话就太恐怖了！不仅女方士会走这一步，如果现世中还有其他真仙，估计也正在融入这个时代，努力学习与消化这一切。

"我怎么觉得，新星变成真实的恐怖剧场了，这一切可能正在发生！"陈永杰心里有点发毛。

"所以，我们可能要渐渐适应与真仙相处的年代，接下来的三年里，你我身边或许有张仙人，或许有吕洞宾，或许有嫦娥仙子，或许有陈抟，或许有九天玄女……但你我刚开始有可能认不出来。"

王煊这种话一出口，自己都愣住了，这有很大的概率会成为现实！

绝顶列仙应该有少数能活着并逃回来，现在说不定就有人在"偷渡"了。

红衣女妖仙就在这么做，随时会现身！

"这是什么恐怖的年代……"陈永杰头皮有些发麻，深想下去，现世将会让人深感惊悚，传说中的人物回归，可能就活在他们的身边。

那是一群怎样的人物？都是历代最厉害的角色，不仅实力强大，而且一个比一个精明，不然也活不到现在。

任何一位真仙来到现世，绝对都是极其难缠的角色，不好对付。

"要学会与列仙共处的时代到来了？"陈永杰喃喃道。他只盼三年过后，现世纠错，将仙人都打落到凡人层次。

"我有点想回旧土了。"陈永杰自语道。不过，他又想到，旧土的"真仙怪物"多半比新星更多，毕竟那里有各种神话传说。

王煊道："也不用自己吓自己，我估摸着，他们的首选还是密地、福地那种地方，毕竟那种地方有浓郁的超物质。他们在付出惨烈代价的情况下，真要回归超物质枯竭的新星或旧土，没有神秘因子及时补充，可能承受不了。"

王煊与陈永杰一同分析，认为回到新星与旧土的列仙实力会下降很多，不见得能碾压他们这样的超凡者。

两人一番密语，探讨各种有可能出现的情况以及怎么应对这些情况。

"不用过于忧虑，他们真要能掌控一切，就没有必要偷偷摸摸的了。"陈永杰沉住气。

王煊道："你还记得当初我开启内景地放出的那个儒雅而飘逸的男子吗？"

"记得！"陈永杰郑重地点头。

当时，王煊见到了女剑仙，也放出了白虎，并引出了红衣女妖仙。此外还有个男子，内景地一开，他对王煊与陈永杰举杯示意，微微一笑，便飞走了。

现在想来，男子的那一笑很洒脱，也很深沉啊！

王煊道："只要我们自己不飘，不认为除了战舰外，自己在单体战斗中已经无敌了，那么问题就不会非常严重。"

陈永杰点头道："嗯，稳重点吧，说不定哪天遇到一个人，就是苦修门先祖真身。"

"是啊，说不定我常念叨的老张，某天就住到了我的隔壁，保不准哪天九天玄女就与我们在这座城市偶遇。"

王煊想着那些可能出现的场景，既期待，又感觉十分恐怖。传说中的那些人，负有盛名的列仙，很难说真身到底如何，在现世中是善还是恶！

第211章
精神出窍

两人聊了很多，该准备的还是要准备，各种预案要琢磨清楚。

至于财团找陈永杰去寻找神圣龙蛋、探索巫师宇宙的事，陈永杰与王煊都觉得现阶段果断拒绝就是了。

他们跑过去拼死拼活，说不定连命都会丢掉，不见得能得到什么好处，眼下没有必要犯险。

这些财团都是吃人不吐骨头的主儿，他们的诉求很难实现，但凡能看到的利益都不会平白分给别人。

王煊说道："要不要提前引爆一些危险点？我总觉得我们在明，被人在暗中盯着的感觉很不好。"

"如果有人想对付我们，大概率已经考虑实施了。"陈永杰说道。他换位思考如果是他会怎么做。究竟是展开闪电战，发出雷霆一击，还是从长计议，等待最佳狩猎时刻？

陈永杰思忖了片刻，然后看向王煊，道："要不，你当香饵？"

"老陈，你的老毛病又犯了！"王煊神色不善地看向他。

……

陈永杰与三个老头子去深聊了，毕竟这个宴会明面上是给陈永杰面子，为祝贺他成为超凡者才举办的。

周云走来，轻摇手中的酒杯，漾出酒香，与王煊碰了一杯，道："你与凌薇聊了吗？"

"刚才一直有人找我，没有机会，现在她已经离去了。"王煊抿了一口琥珀色的酒，双眼深邃，看向落地窗外的城市夜景。

窗外，摩天大楼一栋栋，来自深空的奇异树种栽满道路两旁，叶片在夜晚闪烁着斑斓光彩，悬空车川流不息，光芒交织。

周云一怔，道："我刚才出去送个女伴而已，没想到你们居然没有碰面、没有交流。"

他直接拨通了凌薇的手机，问她在哪里。

"她在楼顶看夜景，或许正在与你看同一片景。"周云开口，没有了往日的笑容，难得地很严肃。

"走吧，出去透透风，去楼顶看看夜景。"周云走向出口，回头看了王煊一眼。

王煊点头，跟着他离开宽阔的大厅，远离水晶灯光下的喧哗。

周云带着王煊登上楼顶，不禁一怔，因为宽大的天台上只有一些小型飞船，并没有凌薇的身影。

他们向护栏走去，这里更空旷。

周云皱着眉头，再次拨打电话，问道："薇薇，你在哪里？"

而后，他放下电话，眺望远方的夜景。

苏城很美，此时夜色正浓，不远处一个湖泊有灯光表演，水浪腾起，大雾散开成为幕布，在灯光照耀下，各种神话景物交织，宛若仙境。

周云沉默了片刻，轻叹了一口气，道："她身体不舒服，先回去了。"

王煊点了点头，双手扶着栏杆，遥望苏城外的景物，地平线尽头，依稀可见一些山影。

"老王，你坑死我了！"钟诚来了，大声嚷嚷着，说王煊是个骗子，看到周云后，又赶紧闭嘴了。

"还差半部'写真经文'呢，早点给我！"王煊瞥了钟诚一眼。然后，他就没有理会钟诚了，只是盯着夜景出神。

不久后，王煊看出了一些异常情况，即便在夜里，他依旧能够看到那些山影，山势不俗，带着雾霭。

"那是什么地方？雾气挺重。"

"寒雾山。"周云告知王煊，那里海拔较高，常年低温，白雾弥漫，算苏城附近较为有名的景点。

王煊心头一动，精神瞬间出窍。这是他踏足超凡领域后，第一次在新星这样做。

"那是什么？"王煊震惊。他的精神越过霓虹灯闪烁的城市，眺望远方的寒雾山，黑暗的山影上白雾涌动，有淡淡的绿色光晕闪烁，隐约能看到一些身影在晃动。

接着，他发现了几只巨大的飞禽展翅，那当真是铺天盖地，竟遮住了天上的月亮！

王煊的精神立刻回归肉身，心头悸动。

谁说新星这里什么都没有，找不到古代留下的痕迹？那绝对是骗人的，故意蒙蔽大众！

王煊的精神在肉身中施展最强经文，精神领域实质化，双目射出慑人的光束，再次盯着寒雾山。

然而，那里除了有迷雾外，一切都很正常，没有其他东西。

只有精神出窍才能看到异常景象！

王煊神色凝重，唯有出现精神天眼的人才能看到那一切吗？在逝地中他看到了瘆灵，而刚才那些又是什么？

无论那是什么，新星绝对不简单，有着非同一般的过去。

王煊深吸一口气，再次精神出窍。虽然他心里有些发毛，但是依旧想看清楚那里到底是什么状况。

天地间一片漆黑，一轮碧绿的"月亮"悬空，闪着冷冽的光芒，接着它眨动了一下，让王煊头皮发麻。

那是一只黑色巨禽的眼睛，朝这边扫了一眼！

接着，庞大如同乌云般的黑影掠过，那只惊人的异禽没入寒雾山，天上的月亮又出现了。

山上，大雾翻涌，绿色光晕中好像有个寨子，里面有影影绰绰的生物，而且不在少数。

那是什么地方？

王煊精神回归后，身体略微有些僵硬，不得不多想。

新星科技发达，文明之光普照深空，但是居然有这种异常现象，像有一片鬼地与现实世界接壤，那里的东西让他脊背生寒。

这个世间越来越神秘了，列仙要回来了，而现实世界的城市边缘也似乎有什么东西。

新星远没有他想象中的那么纯净，隐藏着很大的秘密！

王煊出神间，周围多了几道身影，都是年轻人。

"小钟，给我一杯酒。"王煊回过神来后，发现钟晴就在不远处，手里摇动着晶莹的酒杯，不禁脱口而出。

秦诚等人也来了。

钟晴瞪向王煊，他居然当众这么称呼她！

"老王，你额头怎么冒汗了？"秦诚赶紧岔开话题。

"什么状况？"周云问道。

"没什么。"王煊不敢精神出窍了，寒雾山太异常了，甚至整颗新星都有问题。

他从秦诚那里接过一杯酒，平静了下来，问道："新星到底有没有挖掘出过不一般的东西？"

"应该没有。"周云摇头道。

"有少量遗迹，但不多。"钟晴开口。

王煊详细问了下，可惜钟晴所知也有限，只是听钟庸说过一些。

王煊盯着寒雾山看了很久，最后离开楼顶，回到了灯光璀璨的大厅中。

……

在这个夜晚，其他地方也有人在谈论超凡，提到了陈永杰与王煊。

"武夫中，还真有人成了气候，踏出那一步成为超凡者，比我们秦家更先接触到那个领域！"一个中年男子很是不快地道。

秦家研究出了月光圣苦修士，烈阳圣苦修士的研究也到了关键时刻，却被卡在超凡之下，无论怎么试验都失败了。

"我儿子死在了新月上，当时那里有不少武夫，却没有一个人敢进月坑将他背出来！那些武夫不能为我所用，实力再强又有什么用？这种不稳定因素都该趁早铲除！"

那个中年男子是秦鸿，他曾在新月上搅起很大的波澜，以战舰轰击列仙。

当然，这件事背后有深层次的原因，不是他一个人的决定，其他财团也有那方面的意思，想要试探一下列仙究竟有多强，战舰是否可以对抗。

"陈永杰踏入了超凡领域，如果能够得到他的超凡之血，送给实验室解析就好了，必然能让我秦家的烈阳圣苦修士出世！"

秦鸿走来走去，骂道："这群武夫，还不如一条狗有用，狗至少给根骨头就会摇尾巴。修行者要坐大了吗？不服管控，要他们有什么用！"

"一群老头子不够果断啊，顾忌太多。"秦鸿念叨着。

"我们自己找人杀了他，研究他的超凡之体，正好可以完善烈阳圣苦修士。"房间中，秦鸿的影子保镖开口。

"你想什么呢？！"秦鸿冷冷地看了他一眼，道，"风口浪尖上，让我自己去折腾？"

一群老头子不点头的话，他能动用的资源有限，连开艘战舰都要申请。

"陈永杰已经是超凡者了，打不死就要担心被他暗杀。对付他的话，不动用超常规武器估计不行。"

秦鸿恶狠狠地瞪了一眼影子保镖，道："以后你给我注意点，别乱说话！"

"是！"影子保镖低头道。

"今天，应该有人联系我们这边，要购买微型机械人吧？"秦鸿问道。

"昨天就有人联系了，今天又催促了两次。"影子保镖告知秦鸿。

"那些人昨天刚从密地回来，便有人忍不住了，我知道他们是谁，卖给他们，看戏！"秦鸿冷笑道，"告诉实验室的人，现在都给我老实点，本分一些，不要去打陈永杰的主意，不要给我惹事！后面，超凡血液会有的，可以通过地下渠道购买，总有人会忍不住出手的！"

次日，王煊动身前往元城。

大多数东方人居住在中洲。

苏城位于中洲中部区域，而元城则是中洲最西部的城市。

王煊乘坐飞船，仅一个小时而已，便从苏城到了元城。

他初来新星时就住在元城，在小区中看到一个很可怜的小女孩，得了天人五衰病。

那个孩子让人揪心，自己都要死了，还反过来安慰她的妈妈，等她死后，让她的妈妈再生个弟弟。其实她不知道，她的父亲早在几个月前就去世了。

当时，王煊听着小女孩稚嫩的声音，心中大受触动。

那个时候，王煊便决定，如果能帮助她，他便尝试一下。

王煊通过赵清菡了解到，这种病目前无法根治，各大财团中的病人都在吃采摘自密地的可暂时缓解天人五衰病的药。

这次王煊在密地中采摘到了一些这样的药，这不是什么灵药，却能暂时缓解天人五衰病。

进入熟悉的小区，王煊看到了一些依稀有印象的人，却没见到乐乐与她的母亲，摁她家的门铃也无人开门。

"你问乐乐啊，太可怜了这一家人，半个月前，她就发重病，被送进重症监护室了，大概率……没了。她的妈妈只回来过一趟，失魂落魄，放声痛哭，然后就离开了这里，再也没有出现。"

"真是让人揪心，这一家人太可怜了。"

……

王煊离开小区，退订了房子。

他一声长叹，怎么也没料到会是这样的结局，小女孩死了吗？

他进密地时顺带采摘了一些可暂时缓解天人五衰病的药，原本想尽一份力，可惜太迟了。

王煊摇头，人间不如意事十之八九，但他还是觉得那一家人过于悲惨。

他想到了小女孩抱着雪白的小猫孤独地坐在长椅上自言自语的那些话。

她死后，想埋在周河边，因为，她和她的妈妈约定了，以后每年星星鱼洄游，飞满夜空的时候，她的妈妈和爸爸都要去看她。

"其实，我真的想天天见到他们，我不想和他们分开，可又怕他们伤心，所以我和妈妈约定，每年的这个时候他们去看我一次。"

那时，小女孩一个人说这些话时是落着泪的，她让小猫每年提醒她的妈妈，有了弟弟也不要彻底忘了她，每年去看她一次就可以。

王煊记得，小女孩和他聊天时，眼中露出希冀的光芒，希望他每年都去周河看星星鱼。

那天和小女孩告别，他走出去很远，她还抱着小猫在后方看着他，久久不愿收回目光。

"我去看看你！"王煊来到了元城外的周河河畔，只能发出一声叹息，他不是列仙，无力改变什么。

……

半个小时后，周河河畔的树林中出现了几个机械人。机械人道："王先生吗？我们老板想和你聊一聊。"

"没心情，不想见。"

"还是见一见吧，我们的自毁装置能将这里夷为平地，即便是大宗师，多半也很难走脱。"机械人平静地开口。

"你们这是绑架我？"王煊问道。

"你可以这样理解。"一个机械人点头道。

第 212 章
欲抓超凡者

小女孩乐乐死了，那可怜兮兮的小小身影和那带着泪痕的小脸似乎还在他眼前晃动。王煊心情不好，结果现在还有人要来绑架他！

这是哪方势力？

"能炸死大宗师？你们有好几个机械人，要不离我远点，选一两个自爆试试看，真有那么大威力吗？"

机械人发出冰冷的声音："人类，你在践踏我的尊严！我是智能机械人，不是一百年前的老旧机器人，不允许你侮辱我的人格。"

机械人说出不带感情的话语，然后直接展示了一段立体影像：瞬间，方圆数百米都被光覆盖了，到处都在焚烧着，地面塌陷，化为岩浆地。

"看到了吗？这是模拟结果。如果你执意与伟大的机械族为敌，那么我就执行第八准则，清除你身为人类的一切物理痕迹。"

王煊有些出神，他刚来新星时，就在元城遇到了一个清爽利落的短发美女向导，两人一路聊得很投机，最后他才得知她是赵氏1025。

他不得不一阵感慨，新星的机械人确实都很智能。

"行吧，我和你们走一趟。"王煊心情恶劣，刚回到新星就得知了小女孩的死讯，现在还有人这样肆无忌惮地针对他。

他要去看一看，究竟是谁敢将手伸得这么长！

"很高兴为你服务，我们正式通知你，现在你已经是我们的俘虏，请配合。"

王煊原本阴沉着脸,结果听到这种话,还真是想生气又气不起来。

"我有些疲累,你们找辆车载我走。"

"身为俘虏,你有权提一定的要求,这个……可以满足。"五个机械人咔咔作响,开始变身,组成了一辆充满金属质感的越野车。

王煊一言不发地坐上车,看着窗外的周河,一时有些出神。

越野车沿着河畔行进,速度很快,一路向元城外西部的云雾高原而去,那个地方很原始。

一直到日落,车还没有到目的地。

现在已经是星星鱼洄游季节的末尾,在夜色中,有零星的鱼儿飞起,像一盏盏放飞的小灯笼,发出柔和的光芒。

王煊沉默地看着,他发现,杀敌时自己心硬如铁,但想到那些弱小、可怜的人,他的心又会很柔软。

他终究还是来迟了,没能救下那个孩子。星星鱼发出朦胧的光晕,仿佛映照出那个孩子带着泪却努力在笑的脆弱而又纯净的面孔。

"还有多久?提供晚餐吗?"王煊不耐烦地问道。

"到了。"机械越野车回应,载着王煊进入密林中。车子越发颠簸,最后车底的金属轮子化成爪臂,开始在山地中奔跑。

云雾高原是中洲最大的无人区,有九十多万平方千米,当初王煊第一次寻找密地时就误入了这里,当了十几天野人。

这片原始森林中有许多秘密基地,它们隶属于财团等相关组织,当中有各种残酷的训练营。

十几分钟后,机械越野车载着王煊到了目的地。一面山壁裂开了,出现漆黑的门,机械车快速驶入其中。

车一进来,山壁便闭合了,周围先是漆黑一片,伸手不见五指,但很快前方的通道中就亮起灯来。

王煊立刻意识到这不是一个善地,因为沿途他看到一些尸骸被随意地丢弃,有的被挂在山壁上，有的被泡在实验器皿中。

这是一个人体实验基地吗？王煊眼神森冷，杀意浮现。

地下基地很大，沿途所见，似乎都是失败的实验产物。这是为了震慑初次来这里的人，还是懒得处理这些失败的产物？

"尊敬的王宗师，欢迎来到十一号训练营。"机械车平静地开口。

途中，王煊看到一些人全副武装，拿着冷兵器进行格斗。

地下也有射击场，一些身手敏捷的黑衣人在射击，其中一部分人竟真的在射杀竞争者。

王煊心头一动，这里不仅做残忍的活体实验，而且还有冷血佣兵训练营？这次他还真来到了一处重地！

在一片空旷的地带，他看到几艘小型飞船，似乎随时能冲出地表去参战。

"你们是什么组织？"王煊问道。

"对不起，我们权限不够，无法回答。"依旧是机械而冰冷的回应。

在地下行驶足够远的距离后，机械车停了下来，接受数十重扫描，被检查了一遍又一遍，看来已经接近重地。

机械车载着王煊连着过了十几重厚重的金属门，那是枪械都难以轰开的特殊合金门。

王煊眼神冷漠，看来今夜能够斩杀有分量的人物，最起码要毁掉这个巨大的基地。无论哪个组织，若一个耗费巨资修建的设施完善的基地被毁，估计都要心头滴血。

重重金属门后的区域充满科技感，王煊已经来到了最重要的核心区域。

"祝你有个愉快的夜晚。"机械越野车变形，化成机械人。几个机械人在王煊手臂上和腿上留下了机械枷锁，将他控制住了。

"友情提醒，请不要挣扎，这种合金枷锁，即便十位大宗师联手都挣不断。"

很快，前方出现四个银白色的机械人，这是极高等的智能体，有六米以上高，能击落小型飞船。

作为智能机械人中的顶级个体，这种机械人造价异常昂贵，无论是材质还是能量系统，都是前沿科技的产物。

这种银白色的机械人，只要有一个出现在战场中，都能获得碾压性的胜利，这是未来深空战士的模板。

"真是顺利得出人意料啊！王宗师还是很识时务的，没有进行无谓的反抗，这样，你我都省心省力。"一个三十几岁、身体健硕的男子微笑着道。

这男子坐在一张金属桌后面，眼睛炯炯有神，镇静而从容地打量着王煊。

"你们是什么人？"王煊问道。

"哦，我们是灰血组织，跟王宗师也算老朋友了。此前我们在旧土的分部派出一些人想借王宗师的人头一用，不想被你拒绝了，你还杀了我们一些人，双方闹得很不愉快啊。"男子郑辉笑着说道。

他站了起来，高近两米，力量感十足，虽然在笑，眼神却带着冷意。

王煊面色沉了下来，心底杀意升腾。遇上真正的仇人了，他对这个组织没有一点好感，恨不得将他们连根拔起。

在旧土时，他多次遇到危险，全都是拜这个组织所赐。这个组织一而再再而三地暗杀他，现在又来绑架他，真是变本加厉。

他现在都是宗师了，这些人还敢针对他，实在张狂得不得了！

"这次是谁花钱请你们动手的，小宋吗？"王煊寒声道。

郑辉笑了笑，没有回应这个问题。

他双手撑在金属台面上，俯视着王煊，道："你虽然身为宗师，但又算得了什么？如果我们的高等机械人被允许带到旧土去，就不会有现在的你了，你的人头早就被借来了。"

王煊冷漠地看向他，这是在耀武扬威吗？

"很不甘心是吧？毕竟是宗师啊，何等不凡，练旧术走到这一步，又这么年轻，当真惊艳新星与旧土两地。可惜啊，时代不同了，真要正面对抗的话，在新星派出高等机械人时，宗师也无法抗衡！"

郑辉嘴角带着一丝残忍的笑，无情地打击、奚落对手，充分体现了胜利者那种志得意满的姿态。

王煊心中很平静，没有搭理他，更没有什么怒火，王煊在想的是，怎么重创灰血组织！

灰血组织在新星势力极大，属于地下世界的巨头，比在旧土的影响大很多。

这个组织有自己的佣兵团，更有自己的杀手训练营，有人说，他们背后可能还有大财团的影子，实力深不可测。

"你在车上悄悄给陈永杰发消息了是吧？嗯，意料之中，其实我们就是在等你联系他啊。"郑辉俯视着王煊，脸上露出笑意，道，"王宗师，你不要太高估自己，你真的不算什么。这次我们不怎么在意你，真正想对付的是陈永杰！"

郑辉说到这里，第一次畅快地笑了起来，不加掩饰。

王煊脸色冷漠，对方明知老陈是超凡者还要对付他，看来这次结的网很大很牢，杀伤力多半极强，会闹出巨大的动静。

王煊依旧没有理郑辉，因为他的精神领域早已探察到，这根本不是郑辉的真身，而只是个机械人。

"这个地下基地看起来很广阔是吧？陈永杰要来了，这是我们特意给他准备的战场。反正这里已经暴露了，前期有其他敌对组织知道了这里，我们准备放弃了，就留给陈永杰当葬身之地吧，哈哈！""郑辉"大笑道。

王煊分出一部分精神在这里探索，这次他要杀鸡儆猴！

他不仅要杀郑辉，还要去对付灰血组织的高层。这种堪比财团的大势力真要被撼动，绝对会引发大地震，震慑到与新星相关的群体。

"我知道，你对陈永杰很有信心，但是，你可能不知道，新星的水很深啊。即便是超凡者，也不是不可抗衡的。你知道我们灰血组织的最高层目标是什么吗？是成神，灰血神灵！今天陈永杰会成为实验台上的材料，我们在等待他到来，等待他将自己送进实验室。算算时间，他大概率不会让我们等很久吧，大幕将揭开。"

"行，让我看一看灰血组织怎么对付老陈，我期待这场大戏正式开始！"王煊收回外放的那部分精神力，目光灼灼。

他还真想知道，除了杀伤力的确极其可怖的科技武器外，他们还有什么手段，新星有所谓神灵吗？！

第213章
新星第一次超凡之战匆匆落幕

"呵呵，马上就看到了，不急啊。真是很期待，很多人私下联系过我们了，想要陈永杰的超凡血肉去做研究，这次能卖个大价钱！"

中年男子微笑着，很从容。等陈永杰到来，一场"盛宴"就要开启了。

虽然中年男子只是个机械人，但是神似真人，是郑辉的"复制体"，而郑辉的真身正在通过监视画面操控这一切。

王煊问道："你们绑架我，只是为了吸引老陈过来？我这个宗师在你们眼中这么没有价值吗？"

"很遗憾，宗师真不值一提。在新星这片土地上除掉你不难，今日，你只算个添头，主菜是陈永杰。""郑辉"摊手道。

王煊评估，如果对方利用如同钢铁丛林般密密麻麻的科技武器围剿超凡者，双方要付出怎样的代价。

"走了，我们提前去迎接陈永杰。""郑辉"吩咐还留守地下基地的小部分人立刻撤离。

然后，"郑辉"让四名高等机械人变形，组成一艘飞行器，将王煊锁在里面，自己也进入其中，坐在主控位置。

"我们在外面等着观看一场盛世'烟花'，欣赏超凡者垂死挣扎，真是迫不及待啊！""郑辉"将王煊的手机留在基地中。

然后，他们离开地下，到了外面，由高等机械人组成的飞行器降落在一座山头上，远远地对着基地所在的方向。

一个小时后，一艘银色的飞船载着陈永杰，出现在这片山林上空。

陈永杰关系很硬，竟调用了一艘飞船！

飞船里面有个老者陪着陈永杰，因为陈永杰怕死，没有财团的重要成员跟着，他不敢坐飞船横跨长空。

离地面还很高，陈永杰就直接跃了下来。

"老陈，这个基地空了，他们多半要等你进去后，以科技武器发起攻击。"王煊精神出窍，波动剧烈，在这片山林中对陈永杰传音。

"你自己解决不就行了？非得把我钓过来！"陈永杰不满道。

"我是宗师，不适合动手。你是超凡者，还爱钓鱼，一切都在朝你期待的方向发展。我感觉今天会有大网，更会有大鱼，等着收获吧！"

王煊告知陈永杰，他在这里捕捉那些人的精神思维，知道了灰血组织的另一处重要基地，到时候去连锅端掉。

陈永杰联系远空银色飞船中的人，让他们帮忙屏蔽这片山林的信号，干扰此地与外界的联系，他不想超凡之战被外界的人看到。

陈永杰一闪身，冲进地下基地中。

但下一刻，他又悄无声息地离开了，他周身都在散发超物质，以超凡能量隔绝自身，没入山林深处。

"强脉冲干扰？不让我们观看了，可惜。""郑辉"颇感遗憾，屏幕上的一切都消失了。

"郑辉"等了片刻，说道："差不多了，引爆！"

轰！

远方，一道巨大的能量光束击中那片山林，地下基地被引爆，彻底毁掉了。

"有专业人士分析过，超凡者的肉身很强，就算在爆炸中也能留下一些。可惜了，不能将完整的超凡身体送上实验台，浪费啊！""郑辉"遗憾地道。

"郑辉"盯着那片烟尘冲天、山峰崩碎的基地，道："打扫战场，搜集超凡血肉，如果他没死的话，就补上一刀！"

在"郑辉"身边，三个银白色的机械人留下三道残影，发出音爆，从山头俯冲了下去。

王煊神色一动，这种高等机械人的动力装置很强，对付大宗师没什么问题。

陈永杰披头散发、衣衫破烂、满身是血地跑了出来——当然，那血是他自己涂抹的兽血。

陈永杰一眼看到三个高等机械人飞了过来，快速躲避它们的射击，真要被那种能量光束打中，他肯定承受不住。

那种能量光束能击落小型飞船！

陈永杰形成精神领域后，可以感知危险，此时他不断闪躲，能量光束全都被他避开了。

超凡者在山林中像鬼魅般移动，看起来违反了人类应该遵循的物理规则，那种力量与速度超出常人的想象。

咻！

一个机械人身高六米，手持五米的合金长刀，从半空跃下，劈向陈永杰。

这一刀下去，就算是一座小山头都能削断，根本不是人类所能承受的！

可是，陈永杰避开了。

咻咻！

另外两道刀光亮起，各自横扫而来，截断了陈永杰的所有退路。

"郑辉"开口道："看到了吗？这就是科技文明！高等机械人的反应速度远超人类，两者的力量差距更大！"

王煊没理"郑辉"，因为王煊知道，战斗该结束了，老陈不是刚踏足超凡领域的人，而是能横扫采药级强者的怪物！

到了老陈这个层次，已经能够以无匹的精神力控物，可以施展御剑术了！

咔嚓！

三个高等机械人内部传来奇异的声响，能量火花四溅——陈永杰以精神控物撕断了机械人内部的精密器件。

"怎么可能？！""郑辉"惊叫。

王煊不想听其叽叽歪歪了，精神力扩张，铰断了这个"复制体"内部的元器件，也无声地毁掉了那个银白色高等机械人。

至此，每台价值都数以亿计的造价昂贵的高等机械人全都瘫痪了。

这种机械人单论攻击力，的确能毁掉超凡者的肉身，迷雾、燃灯层次的超凡者，还不见得能奈何这种机械人。但它们内部的精密器件是脆弱的，精神控物一个扫荡就能毁掉。

"老钱，你确信没有人会开着战舰过来，远距离轰击我？"陈永杰联系远处的银色飞船中的老者。

飞船中的老者笑呵呵地说道："放心好了，新星有新星的规矩，新星的人不能在本土随便动用战舰，除非遇到危及本土的特殊状况，不然一有冲突就动用这种大杀器，山川还不被打烂？"

但陈永杰依旧没有放松，还是将精神领域提升到了极致，万一远空的战舰来一发轰击，他可没地方说理去。

突然，陈永杰毛骨悚然，浑身起了一层鸡皮疙瘩。他疾速逃遁，但很快他就发现自己不是被战舰锁定的。

威胁就在山林中，在他的周围，有无数肉眼很难看到的细小的颗粒环绕着他。

他的精神领域辨清了那是什么。

那是微型机械人，一个这样的微型机械人没什么，但如果随着呼吸，大量微型机械人进入体内，足以摧毁五脏六腑。

对于宗师来说，这是大杀器，一不留神就会被袭！

陈永杰神色阴冷，躲在密林中，催动精神领域横扫周围。

那些微型机械人是分散的、稀疏的，不断悄然发动，想要无声地钻入他体内，没有精神领域的人防不胜防。

簌簌！

陈永杰的周围像下起了灰尘雨，大量的微型机械人坠地。

陈永杰花费了很长时间，才清理干净那些微不可见的威胁。他脸色难看，新星的科技武器值得警惕。

轰隆！

三个内部精密器件断裂的高等机械人突然发生大爆炸，整片林地都被火光淹没了，化成岩浆地。

陈永杰惨叫，全身衣服焦黑，逃出山林。

王煊确信老陈依旧是装的，那种大爆炸他能提前避开。

如果有危险，作为护道人，王煊自然早就冲过去了。他现在倒也动了，但只是动口喊道："老陈，你没事吧？"

"我受重伤了！"陈永杰动用秘法，从毛孔中向外逼出一些血液。

陈永杰真实地感受到了实力不暴露的好处，现在脏活累活全让他干了，而王煊却坐在山头上看着他大战。

他也想保留实力，让财团与各大组织低估他。

"老陈，你怎样了？"远空的银色飞船上，那个老者和陈永杰通话。

"我受伤了，但还死不了，不用担心。"陈永杰回应道。

"他满身是血，踉踉跄跄的，的确受重伤了，该我们解决他了！"远处的一座山头上，有人开口。

然后，这个人无声无息地没入山林。在他后面，还有个披着黑色斗篷的女子，像幽灵般从原地消失。

王煊早就感应到了有敌意在远处的山林中出现，他实在震惊，新星上真的有其他超凡者？可能是新术领域的人来了，要消灭老陈，断了旧术的根！

虽然王煊与陈永杰早就猜到了奥列沙可能不是新术领域唯一的超凡者，但这一猜测真正被证实时，还是让王煊心头沉重。

新术发源地都有什么？最厉害的人物是否现身了？

发现超凡者后，王煊动了！

"陈永杰，奥列沙在旧土是被你杀的吧？你还侮辱他，使他'被空难'！今天，你活不了了！"一个人冷森森地开口道。这个人有着棕色短发，身材健硕，五十岁出头的样子，但真实年龄不得而知。

那名女子留着黑色的长发,眼睛略带淡蓝色,周身超凡力量激荡。

在他们看来,陈永杰一个月前还是垂死的大宗师,后来装死,踏足超凡领域,也不过是迷雾层次。所以,他们先请灰血组织的人出手,自己隐在暗中,准备在关键时刻下杀手。

他们一个在燃灯层次,一个在迷雾层次,此时眼神冷酷,逼近陈永杰。

"嗯?"很快,他们觉察到不对劲。

陈永杰身体发出金光,带着汪洋般的力量,锁定了他们。

两人大为震惊,怎么会有这种人,一个月而已,就超越燃灯层次了?

这一男一女来时信心十足,但现在突然像两只兔子般分头跃起,准备大逃亡。

轰!

陈永杰一巴掌拍出,直接将那个男子挡住了,丈六金身璀璨,光芒将那个男子淹没。轰的一声,那个男子化为灰烬。

那个女子则被一柄飞剑劈中,那是王煊劈出来的。

超凡血液虽然珍贵,但王煊不想收集。为免惹出麻烦,他掌心发出一片光焰,将那个女子也化为了灰烬。

"走吧,从灰血组织开始!"王煊说道。

既然对方想击杀超凡者,闹出大动静,他愿意成全对方。数千米外有该组织的一个真正的基地,其重要成员与设备都在那里。

"老钱,你先走吧,我带小王去历练一番,就不乘坐飞船回去了。"陈永杰联系银色飞船中的老者。

然后,陈永杰与王煊一起消失在了密林深处。

当日,他们来到了灰血组织在云雾高原的真正的核心基地,不只郑辉,其他重要人物也在这里。

这里有灰血组织的"神灵"级实验室!

第 214 章
热议与毁灭

"钱老,这是大战的影像,但只拍摄到一部分。陈永杰周围应该有无比浓郁的超物质,冲击到了我们的昆虫探测器,九成仪器都被毁掉了!"

银色飞船中,有人向那个老者禀报,然后出现立体投影,播放陈永杰战斗的部分画面。

"有些惊人啊!高等机械人的成本数以亿计,其物理攻击极强,被认为在个体战斗中没有对手,是未来深空超级战士的雏形,可在超凡者面前居然依旧不堪一击!"

钱安,七十多岁,是钱系财团的高层之一,与陈永杰关系不错,不久前就是他将陈永杰送过来的。

"不只我们在拍摄,附近还有其他不知来历的微型探测器出没。"有人说道。

钱安点头,这可以理解,超凡者回归新星后第一次出手,必然备受瞩目,各方一定会想尽办法接近大战现场,以拿到第一手资料。

"有人发布视频了,那是超凡之战的视频!"有人惊呼。

在这个后文明时代,网络资讯尤为发达,纸质媒体几乎已经没有了,都早已转为网络运营,各大平台竞争激烈。

任何能引发轰动的消息,都会是各平台锁定的目标。

陈永杰、钟庸成了超凡者,自然引发各方关注,各大平台都在捕捉他们的消息。

钟庸没指望了，各方根本接近不了。至于陈永杰，自然早被人盯上了。

只是这次，各平台应该没那么快才对。陈永杰第一时间坐飞船赶到，只有少数财团与组织跟上了节奏，利用昆虫探测器拍摄到了模糊的视频。

"谁在泄密？"

"可能是有人铤而走险赚黑钱，将视频以天价私下卖给了平台。"

财团与大组织获取第一手资料，是为了研究超凡者，根本不会卖消息去赚那点小钱。

一段模糊的视频在短短的半个小时内冲上了热榜，虽然目前还在热榜的最后一名，但按照这个趋势，进入前十应该没问题。

"假的吧？这小伙子是谁啊？赤手空拳就和机械人对战，活腻了吧！"

许多人看过视频后，都在议论，不怎么相信人类可以和机械人对战。

"离谱啊！作为深空动力研究所的专业人士，我可以告诉你们，那是高等机械人，在单体战斗中无敌，即便是人类的修行者也根本不是它的对手，它连小型飞船都能击落。"

"三个高等机械人凌空扑击，手中的合金长刀足以将山峰劈开，怎么会败给一个留着板寸的青年呢？"

大多数人不相信，还将陈永杰当成了一个青年。

很快，另一段模糊的视频出现，从不同的角度还原了那场战斗。

并且，有专业的解说员告知人们，陈永杰是一个超凡者。

"超凡者能对抗高等机械人，神话照进了现实？！"

普通人对超凡者所知有限，这个解说顿时引发了热议。

虽然视频经过了还原处理，但是陈永杰的画面依旧模糊，所有人都认为他是个青年。这一天，"平头哥"火了。

大众看热闹，真正的修行者以及各大财团与组织却心头沉重，认真研究与分析着大战的视频。

"那就是所谓超凡手段吗？他利用超物质，干扰并毁掉了高等机械人！"

几个大组织在内部分析、研究超凡者。

"我们的昆虫探测器很多被毁掉了，都是昂贵的精密仪器，为了捕捉超凡者的身影，成本有些高！"

他们对比不同的时间段、不同的地点，依据陈永杰外放的超物质毁掉的昆虫探测器数量，画出一条曲线。而后，他们更是建立了模型。

"陈永杰周围的超物质中混有莫名的元素，这种元素不可分析，存在诸多变量，我们获取的资料还是不够多。"

有时候，他们的昆虫探测器损毁非常严重，陈永杰展现出的战力却一般，而有时候则完全相反。

"那些变量中可能有精神力量，那些精神力量发挥了极其可怕的作用！"某些组织中，个别顾问严肃地说道。这些顾问对古代神话与超凡者研究得较多，通过古籍和传说解析出了不少东西。

……

网络平台上，超凡之战引发了轰动。

尽管很多人不怎么相信，但是超凡之战的热议程度仍相当高。

"高等机械人自杀式爆炸都奈何不了那个平头青年，这要是真的，我也想去修行了。"

一些人将信将疑，毕竟新术开始在新星盛行，如果有更强大的超凡者，人们也不是不会相信。

"咦，又出现了一个年轻人！他没动手啊，在那种场合下他都无比从容，应该也是超凡者，该不会是寸头青年的师兄弟吧？"

人们看到了王煊模糊的样子，但没有捕捉到他出手的画面，因为那一刻干扰太强烈了，附近的探测器都被毁掉了。

各大组织非常重视，反复研究那几段模糊的影像。

"在那个王煊出现后，陈永杰散发的超物质突然大幅度增强，将附近的探测器都冲击得毁掉了。看样子，陈永杰很在乎那个王煊，极有可能把他当成传人，怕他出事，于是对他严加保护。"

各大组织对比分析后，发现在那个时间节点，超物质像火山喷发般喷涌，整片山林中布置的天价探测器全被毁灭了！

"换个思路，普通人看过模糊的视频后，都在问那个后出现的年轻人会不会是寸头青年的师兄弟！"

"有没有一种可能，那个王煊其实是一个极其厉害的超凡者，比陈永杰还可怕，所以他一出现，就引得超物质像洪水决堤般涌现？"

"不会吧？他还那么年轻，如果他是超凡者，那简直不可想象，那他比古代传说中的大教弟子都厉害。"

"那一瞬间，如同火山喷发般的超物质如果都是源自他，那他绝对比陈永杰还强大啊，这不太可能吧？"

……

有人注意到了王煊，想重点研究他。

在科技发达的年代，没有人可以保住所有秘密，人的一举一动总会留下痕迹。

王煊与陈永杰进入原始密林后，疾速前行，赶往灰血组织在云雾高原的真正的重地。

新术领域果然还有超凡者，而且就在新星上，他们肯定比王煊与陈永杰还先迈入超凡领域，隐藏得相当深。

"在新术的源头超星上，是否还有真正的大鳄？"陈永杰觉得己方以前小觑新术了。

那些人十分沉得住气，一直蛰伏着，想等到足够强大的时候，给财团来一下狠的吗？

"以后，财团会不会被颠覆？"

王煊道："不见得。新术领域与几个财团有深度合作，我怀疑，有的财团知道他们，并掌控着他们。"

陈永杰顿时严肃起来，如果是这种情况，那么那些财团就太有威胁了，既有明面上可与地仙抗衡的战舰，又初步接触了超凡力量。

"新星的大势力在剧烈变化中，到了最后，有的组织多半会越来越强，而有的可能会没落，被人瓜分。"

现在有的财团还在想着获取超凡血肉，进行解析；而有的财团疑似已经掌控了少数超凡者，野心勃勃，不断积淀非常规力量。

两人出现在灰血组织那处重地的一百五十千米外。

"有些麻烦。这里有很多微型机械人以及各种扫描装置，还有大量的监控设备，我们稍微接近就会被发现。"

他们探出精神领域，察觉到这片山林中分布着各种微型仪器。

"你保护我的肉身，我精神出窍去探察一下！"王煊说道。

陈永杰听闻，一阵无语。他也能精神出窍，但是这样跑出去那么远，他可不想尝试，会累死人的。

毕竟，他们还没有踏足真正的逍遥游大境界，不可能做到"朝游北海暮苍梧"，现阶段也就在附近徘徊较为合适。

"你确定能跑出去那么远？"

王煊也没有试过自己的极限，于是说道："我试试看。"

然后，他便盘坐下来，精神离体。还好，在这片密林中他没有看到离奇、恐怖的景物。

唰的一声，王煊精神出窍，快如闪电般远去，无视那些监控仪器，最后没入地下。

这片基地很广阔，王煊前行一千五百米后，还只探索到一部分区域，但他已经有些吃力了。

深入两千米后，他觉得很疲惫。

深入两千五百米后，他竟昏昏欲睡，这可不是好现象，他不敢再冒险了。

宏大的地下基地中，各种生物实验室中浸泡着大量怪物，有些是密地的物种，还有些王煊不认识。

一些实验室以活人作为实验体，在某片区域更是堆积着大量骸骨。

这种事情如果传出去，绝对会引发舆论风暴，灰血组织完全不将人命当回事，肆意进行各种人体实验。

此外，还有各种训练营在培养杀手。

更有专门的机械人队伍，力量惊人，一旦被放出去，就能轻易毁掉一地。

地下还有飞船区域，停着一些小型飞船。

王煊精神回归肉身，大口喘息，赶紧喝地仙泉，然后运转最强经文。这比进行一场大战还要累人。

"为免玉石俱焚，我们闯进去后得立刻毁掉几处重要地带，快速拿下几个控制室。"

"就这么杀进去？"

"试试看用纯粹的超凡力量能不能扫平这里。"

"那行吧！"

两人震动出精神能量，也释放超凡能量，摧毁附近所有的探测器——他们不想留下什么影像。

轰的一声，陈永杰和王煊冲入地下基地。这次他们没有丝毫手软，一瞬间电闪雷鸣，那些杀手像稻草人般被掀飞了一片。

咔嚓！

闪电过后，一队机械人成为废铁。

很快，地下传来巨大的爆炸声，一些控制室被毁掉了。

高等机械人有十几个，它们第一时间带着钢铁丛林般的普通机械人队伍奔跑而来，以高能武器对着王煊和陈永杰扫射。

可是，地下掩体众多，地形迂回曲折，机械人难以第一时间以火力覆盖两人。

陈永杰和王煊全力以赴，成片的机械人闪烁着能量火花，内部的精密芯片等都被毁掉了。远远望去，一片钢铁丛林僵在原地，全都不动了。

轰！

能量炮在地下基地中开火，也不顾地下的各种设施了，疯狂朝两人所在的区域攻击。

地下广阔，道路很多，两人一路疾速潜行，横扫灰血组织的人。

这一天，在灰血组织第十区，不知道有多少训练营的杀手被击毙。

有人启动小型飞船想要逃离，他们简直不敢想象，在他们的地盘，他们竟需要这样狼狈逃亡。

轰！

这片区域发生大爆炸，陈永杰将瘫痪了的高等机械人投掷了出去，引爆了它们的能源装置，让小型飞船区域发出炽烈的火光。

"这里没有所谓神灵，没有超凡者？！"

两人横扫地下基地，不想耽搁太久，一路无坚不摧，破坏力实在太惊人了。

当王煊找到目标时，郑辉简直不敢相信自己的眼睛。王煊催动一柄飞剑，将郑辉身边的一些机械人毁坏了。

飞剑绽放出璀璨无比的光华，所过之处，连厚重的合金门都挡不住。

王煊与陈永杰抓住郑辉以及两个身份更高的灰血组织的成员后，第一时间冲上地表，定时引爆地下的武器库。

"累死老夫了！"陈永杰喘着粗气，周身滚烫，超物质能量扩散。

他感觉精疲力竭，因为在这场雷霆般的出击中，他的精神领域与肉身同时爆发，全力摧毁一切，不仅要杀敌，也要破坏那些探测器。

郑辉与两个灰血组织的高层听到这句话，大受震撼的同时，心里不由得诅咒起来：毁灭了一个基地啊，你只是累吗？！

王煊也很疲惫，这次力量全面爆发，不亚于一场真正的超凡大决战！

轰！

灰血组织第十区，这片极其重要的基地发生大爆炸，全面毁灭了。

这一天，新星各大财团与组织收到消息时，全都无比震惊！

第215章
"王之蔑视"

灰血组织在新星名气非常大，在各种传闻中，很多流血事件都与这个组织有关。

"今天，有人教训了灰血组织！"

这则消息像长了翅膀般，瞬间传遍各大财团与顶尖的大组织，引起震动。

"超凡者竟然可以做到这一步？！"有人震惊，陈永杰刚从密地回来，就立刻有了这种大手笔。

灰血组织也就有十个左右分部，现在直接被人毁掉一个，绝对损失惨重，这在外人看来有些不可思议。

因为出手的只有两个人，那两个人干净利落地将一个地下核心基地摧毁了，他们要是袭击某些组织的首脑，肯定能迅速得手！

一时间，各方都被惊到了，不得不深思，陈永杰之所以这么做，有被逼迫的成分，但也有震慑的成分。

这是要让各方掂量一下，谁要是想针对他，那就要做好付出惨烈代价的准备！

"吹散神话的迷雾，超凡者正在从传说接近现实，难道我们要逐渐适应与超凡者共处吗？"有人沉声道。

"人类的个体实力竟能达到这一步，在很短的时间内就让灰血组织十分之一的家底没了，这种事想想就让人不寒而栗！"

有些大财团的核心成员得到消息后，脸色都变了，看来超凡者出行必须报备了，没有商量的余地。

在他们看来，这都不算人类了，属于极度危险的"物种"，两个人而已，就抵得上一个恐怖的杀手组织！

"主要还是陈永杰，他是超凡者，那个王煊只是宗师！"有人纠正道。

"不！那个王煊出现时，林地中的超物质不正常，像是山洪暴发，万一他也是超凡者呢？"某些组织的顾问神色凝重，没有将王煊彻底排除在外。

"如果那些超物质真的是因为他的出现而大幅度扩张的，那说明，他才是第一号危险人物，其能量等级比陈永杰还高！"有人提出这种观点。

大组织最不缺的就是人，既然有所怀疑，那就需要做相应的预案。

"让人跟进，仔细研究下这个王煊！如果他是超凡者，那就说明陈永杰一直在为他打掩护啊，简直是惊雷！"

即便王煊小心谨慎，但自这一日开始，他也被人盯上了！

那些财团与顶尖的大组织各自有高效的体系，一旦认真起来，十分可怕，王煊可能会暴露。

有人做了一张陈永杰徒手撕裂高等机械人的图，并将其传到了网络上，顿时火爆极了。不需要文字描述，这张图自带话题与流量。

"平头哥"不负众望，冲入热榜前十！

接着，有人将钟庸扛着战舰跑的那张图找了出来，与陈永杰徒手撕裂六米高的高等机械人的图片对比。

"时代真的不同了，新星与旧土都有人成为超凡者，神话就出现在我们的身边！"

有大平台请来专业人士解读这两张图片，告知大众，现实世界中真的有超凡者，古代的一些传说是真的。

这种言论自然引发了热议，普通民众经历了一次巨大的冲击。

很快，有人又放出了一张图，这张图中共有三个人物，有扛着战舰跑的钟庸的背影，也有手撕机械人的陈永杰的正面照，还有一个年轻人的侧影。这个年轻人站在高处，微笑着看向那两人。

这张图意味深长，绝对是有人故意做出来的。

尽管陈永杰的正脸很朦胧，王煊的侧影更是非常模糊，但意思很明显。

"这是在告诉我们，还有第三个超凡者，而且这个超凡者更为年轻吗？"

相关圈子里的人一眼看出，这是有人在试探，故意放出来的，一些组织的顾问的怀疑起了效果。

"老钟扛着战舰跑，老陈将最强机械人撂倒，还有个神秘青年露出谜一般的微笑。"

不知怎么传出这样一句话，引发了轰动与热烈讨论。

有人在引导舆论，想让"寸头青年"冲上热榜第七名，而话题的封面就是那张"三人图"。

"不会吧，我怎么看着这张图里的其中一个人是老王啊？这是有人要将王煊推向风口浪尖。"

钟诚第一时间发现状况，喊他姐姐过来看热榜上的资讯。

……

一艘豪华游艇上，周云和朋友一起出海，举行海上派对，他又开始了丰富多彩的生活。

周云也注意到了热榜，立刻向一群朋友吹嘘："看到没有？陈永杰，真正的超凡者，我曾与他同行，一起在密地中征战。啊……小王也登上了热榜，还发出了'王之蔑视'，在那里俯瞰两大超凡者！"

虽然图中的人面容模糊，但周云一眼就认出了那张"三人图"中的神秘青年是王煊。

"周云，你不会在吹牛吧？我们知道你进了密地，但是，那些怪物，还有地仙城，有那么离谱吗？"

"是啊，陈超凡我们已经知道了，这个发出'王之蔑视'的人是谁？"

游艇上，一群年轻的男女有一部分来自财团与大组织，身份都不简单。

"我兄弟，王煊！那可是敢在密地中消灭异域大宗师的猛人，死在他手中的怪物就更不用说了，在地仙城更是震慑一群异域强者，现在想来，他该不会真是超凡者吧？！"

周云说到这里，吓了一大跳。他仔细回想在地仙城的经历，王煊与陈永杰曾向一群异域强者收保护费，十分强势。

而后，周云摇了摇头，道："他应该还不是超凡者，太年轻了！现阶段他要是能走到那一步，将来会达到什么高度？要不了几年，他多半就会成为地仙！"

有人立时来了精神，道："周云，要不你将他请出来？这人似乎很有意思啊，你将他请来跟我们一块儿聚聚，反正大家都是年轻人，肯定玩得到一块儿。"

一个漂亮的女生美眸灿灿，附和道："对啊，将这个发出'王之蔑视'的人喊来一块儿玩，让我们看一看未来的超凡者！"

……

凌启明看着网络平台上的图片，皱着眉头思忖。别人不信王煊是超凡者，他却想到了很多，心中不平静。

他想到了陈永杰对他说的那些话，一时间有些出神。

中洲最西部的区域，云雾高原上，一片密林中，惨叫声瘆人。

王煊弹指，震断了郑辉的整条右臂。

早先，郑辉控制机械人"复制体"开口，说王煊不过是个添头，是用来钓陈永杰的，结果真的把陈永杰钓来了。

但是，结局对郑辉来说不太美好。

他干了什么事？用一个大鳄钓鱼，引来了另一个大鳄，两个大鳄在极短的时间内将他们灰血组织的一个分部给毁掉了。

他这是在主动招灾，自取灭亡！

"你杀了我也没用，我没什么可说的。事实上，我真的不知道总部在哪里，我们都是单线联系，听从总部的命令行事，我没去过那里！"

"好好说话！"王煊又弹了一指，郑辉的一条腿受伤了。

对这种冷血的杀手组织的分部负责人，王煊一点也不手软，他亲眼看到地下基地中进行着各种泯灭人性的实验，就没打算饶过这个组织的人。

陈永杰对另外两人也没手软，一巴掌拍了过去。

灰血组织的三个人嘴巴都很严，不愧是杀手头子，即便身受重创，他们也不松口。

不过，王煊与陈永杰也没打算让他们招供，只是在有意引导，然后以精神领域捕捉他们的思维，从而获取秘密。

可惜，这三个人真的不知道灰血组织的总部所在地。

这个恐怖的组织保密措施做得很到位，下面的人都只是被动接受命令，根本不知道核心层的底细，各分部之间也没有任何联系。

"什么都不知道，要你们何用！"陈永杰一巴掌拍出，其中一个人顿时飞出去二十几米远，在密林中丧命。

郑辉与剩下的那个人脸色煞白。

他们知道，自己也马上要死了。最后这一刻，他们还是有些惊惧的，深感组织惹上了天大的麻烦。

"没想到你也是超凡者，这太意外了。你这么年轻，这件事如果传到外界去，估计所有组织都要震动！"

郑辉刚说完，就看到一柄飞剑劈来。他也丧命了，什么都没有剩下。

"老陈，你说现在是否有列仙回归了，正在观察新星的一切，并通过发达的网络资讯看到了你我的消息？"

"有可能！"

……

两人离开云雾高原，进入西部的大城市——元城，这时已是深夜。

之前那次绑架，让王煊的手机没了，他在元城重新购买了一部。

"老陈，你成网络红人了！"

不久后，他们坐上一辆悬空列车，疾速驶向中洲中部区域的苏城。在车上，陈永杰的脸色很难看。

他想低调点，结果有人仿佛在拿着放大镜观察他，还将他送上了热榜，现在他已经冲到热榜第五名了！

这也就罢了，大家居然称呼他为"平头哥"！

陈永杰决定，从今天开始留长发，改变形象！

"别说我了，你也快暴露了。新星科技发达，各种手段令人防不胜防，无论你怎么隐藏，都会留下蛛丝马迹。现在，连'王之蔑视'都给你散布出去了，说明有人开始怀疑你了。"

王煊点头，不过现在他也没什么可担心的，他居住在人口上千万的城市中，城中还有财团，真有人敢开战舰来毁灭一座城吗？

不敢毁城的话，其他武器对他无效，现在的他已经相当有底气了！

王煊已经做好了暴露的准备。

悬空列车速度很快，但终究远不如飞船，他们第二天清晨才回到苏城。

一大早，就有很多人联系陈永杰，都是各种宴请、各种聚会。

陈永杰与王煊毁掉了灰血组织的一个分部，一夜过去，事情仍在发酵，影响力更大了，各方都想与他们近距离接触。

陈永杰客气地与人交谈，有的邀请他婉拒了，有的则真的推不掉，接下来他有的忙了。他问王煊去不去。

"不去！"王煊一口拒绝。

"咦，这个地方我们得去，有人请我们去欣赏他收藏的古代秘籍！"陈永杰接了一个电话后，露出笑意。

"有人主动邀请我们去看秘籍？！"王煊顿时愣住了，这实在太意外了。

陈永杰点头道："旧术在我们手上显现出非凡的力量，散发出璀璨的光芒，有人想拉拢我们也正常。"

他又补充道："趁现在有些财团还不知道超凡者全部的能力，不知道我们能盗取秘籍上的文字，赶紧收集！"

"就怕他们不会将好东西拿出来。"王煊说道。财团与大组织从来不会做吃亏的买卖。

"嗯，先看看再说。"陈永杰点头道。

请他们去看秘籍的人正是钱家那个和陈永杰关系不错，曾送他去云雾高原的老头子。

晚霞染红半边天时，王煊与陈永杰来到了钱家在苏城外的庄园中，有人领他们来到一座本土教祖庭前。

钱家的人介绍，这里的一砖一瓦都是从旧土运过来的，这是一座历史悠久的本土教祖庭。

钱安早就等在本土教祖庭门口了。

刚一接近，王煊就神色一动，这个地方的神秘因子不算少，在超物质枯竭的新星上，这种地方几乎可以让人修行！

他心跳加快，这样的地方绝对有羽化奇物，是能让他开启内景地的净土，也是能让他陷入险境的古代陷阱！

第216章
地仙之资

晚霞并不凄艳，反而红得灿烂，染在建筑物上，落在人身上，使之泛出微红与淡金的光彩。

钱安七十五岁了，但不显老，精神矍铄，穿着练功服，手持经卷，颇有种出世的味道。

在他的背后，是一座规模不是很大的本土教祖庭。

一砖一瓦都有古韵，晚霞映照着院墙，瓦片泛着淡金色光晕，整座本土教祖庭坐落在红尘中，颇具仙气。

钱安满脸笑容，很热情地迎接陈永杰与王煊，带他们进入本土教祖庭。

"人老了，我现在追求的只是心灵上的宁静。"钱安神色平和地道。

陈永杰点头道："其实，人到头来追求的都是心境的平和啊，但需要一个过程。有些人达成了自己的人生目标，最终归于田园，将心神寄托于山水间；而有些人挫折不断，身体受苦，精神困顿，挣扎不出，逃脱不了，历经磨难，最终也只能去追求心无波澜。"

说到这里，陈永杰笑了笑，道："老钱，你是前者，心境圆满了；我是后者，还在尘世中苦熬，挣脱不了。"

钱安摇头道："老陈，你要是这样说，我真想和你换一换，我愿成为超凡者，从此逍遥人世间。什么心灵宁静，都只是自己欺骗自己啊。如果年富力强，血气方刚，我愿意过这种生活吗？一切还不是迫不得已，人老了，没法儿折腾了。"

"我看你心态挺好的。"陈永杰笑道。

钱安也笑了，道："我的心态……唉！你看，我身边的人都这么青春、富有活力，说明我在怀念过去啊！看着他们，我才能品味年轻时的美好时光。"

王煊看了一眼钱安身边的助理，那是个相当年轻漂亮的姑娘。

陈永杰道："你这是享受生活。而我呢，被人惦记着，还在努力自保中。"

"老陈，你真的很猛，这次吓到了不少人。还有小王，年轻有为，不少人开始关注你了，因为你比当年的陈永杰都要强一大截，未来可期！"

王煊眉毛微挑，道："谁在捧杀我？我跌跌撞撞，在密地中吃了一些灵药才侥幸走到这一步，有人要害我啊。"

钱安微笑道："小王，你不要自谦，也不要低估各家的顾问团。他们对神话的解析相当到位，有人甚至怀疑你现在已经是超凡者了。"

他们进入院中，在晚霞的映照下，神秘因子缓缓波动着，随着有人走来而扬起，王煊可以清晰地看到。

"将我与两位超凡者放在一起，我能说什么？再这么下去，我会出事的。"王煊将一些神秘因子纳入身体中。

他与陈永杰在云雾高原大战，终究损失了一些超物质，长时间下去肯定不行，需要坐飞船到外太空去补充。

新星地表各种能量物质太稀薄了，近乎枯竭。

如果各家都有这样的古迹，那简直是一片又一片净土，他们哪里还需要乘飞船去九天外采集精气？

"年轻，有强大的实力，疑似是超凡者，还这么低调，了不起！"钱安赞叹道。

他没等王煊说话，又道："小王，有女朋友吗？你看我身边这姑娘如何？年轻漂亮，有能力，刚上大二就自己创业，有了一家收益很高的网络科技公司。"

王煊无语，这老头儿刚跟自己见面就要当媒人？

钱安身边一个青春洋溢的姑娘翻白眼，道："爷爷，你在说什么！"

王煊哑然，他还以为这个新出现的靓丽姑娘是钱安的助理之一呢，没想到是钱安的孙女。

"钱芊，你看到的这个年轻人有可能成为地仙，是个难得的'潜力股'啊。"钱安笑道。

王煊自然不会当真，都什么年代了，强如财团的钱家怎么可能需要这样的联姻？老钱不过是为了拉近彼此的关系，故意打趣而已。

"王哥！"钱芊叫了一声。这姑娘分寸拿捏得很好，笑容可亲，大眼眨动，很容易让人生出好感。

但也仅此罢了，双方都不会把钱安的话当真。

钱安又喊过来一个名为钱瑞的年轻男子，让他多和王煊走动，多向王煊请教修行上遇到的问题。

不大的本土教祖庭中，老一辈、年轻一辈的人都有，全是钱安安排的，这样，不管老少都有话题可聊，气氛会更融洽。

钱安很客气，对陈永杰与王煊十分热情，没有财团核心成员的高姿态。

"老陈，你放心，即便各家有微词，有担忧，我也会坚定地站在你这边，向他们解释清楚。时代不同了，若不接受超凡者屹立在新星上，早晚会出事。"钱安郑重地说道。这是相当直接的表态。

而后，他又问陈永杰有什么诉求。

"其实，我做这一切都是为了自保，谁没事儿愿意杀伐？有人委托灰血这个恐怖的组织对付我，想要我的命啊。"陈永杰沉声道。

他表态，他成为超凡者后，没有什么大的诉求，只想安心修炼。只要没有人打扰他平静的修行生活，他想当个普通人，没事的时候研究下养生与续命之法。

显然，陈永杰是通过钱安向各方释放信号：别想那么多，他没什么野心，不想与各方为敌。

"这个年代科技发达，连地仙都可以消灭，我能翻起什么浪花？我是一个遵纪守法的好公民。"陈永杰很认真地强调。

钱安笑着点头，道："我知道你，只是有的人想法多一些，比如，他们担心出行时被超凡者斩首。"

不出意外，钱安也是代表一部分人发声，财团与大组织习惯了掌控一切，现在出现了变数，便心有顾虑。

陈永杰摇头道："我正要说这件事。这次我在云雾高原遇到了新术领域的超凡者，虽然被我重创，但他最后还是逃走了。他们隐藏得很深，不知道究竟有多少人。这还只是新星，在新术的发源地——那颗超星上，到底隐藏着多少大鳄？这些大鳄又强到了什么层次？财团与各大组织要注意了，我感觉会出祸事！"

陈永杰想得很明白，不能只有他与王煊暴露，一定要将新术领域的人揪出来，让各大组织去盯着。

"哦！"钱安对此很重视，神色变得无比严肃。

无论是王煊还是陈永杰，都察觉到了钱安这一刹那的情绪波动，捕捉到了他的一些思维。

虽然钱安听了陈永杰的话后心里十分震惊，但其实钱系财团对此不是毫无察觉，他很清楚，新术领域出现了变数，且背后有大财团在支撑与掌控。

所以，钱家最近与陈永杰来往密切，其实各方都有准备。

瞬间，王煊与陈永杰大致了解到，新星这边各方关系错综复杂。

这一次，钱安邀请陈永杰来鉴赏自己收藏的秘籍只是借口，更多的是试探，有合作的意向。

双方虽然话说得没那么直白，但都在谈笑间摸了对方的底，确定彼此利益上没什么冲突，可以走得更近。

"来，老陈、小王，看一看我的收藏品。我这人虽然练旧术没什么天赋，练拳只为强身健体，但还是找到了一些不错的秘籍。"

钱安将他们带进一座殿宇中，里面摆放着一排排书架，书架上有各种秘籍。

到了这里后，神秘因子更为浓郁了，王煊确信，这座本土教祖庭不简单，那件羽化奇物异常惊人，能量波动十分剧烈，当年在这里羽化登仙的人一定极强！

"这是从旧土终南山搬运来的本土教祖庭。"钱安告知两人。

王煊神色一动，有谁曾在终南山成仙？这有迹可循。

王煊与陈永杰迅速去看那些秘籍，秘籍确实不少，其中有拳谱，有体术秘籍，但大多是凡人练的旧术秘籍。

两人对视一眼，他们猜中了，财团家的珍稀秘籍没那么容易看到，这里没摆出来，财团果然不会做赔本的买卖。

不过，王煊依旧以强大的精神领域扫过一些拳谱，用心去记，未来如果超凡能量消退，这些拳谱会很有用。

即便是现在，这些拳谱对他来说也有一定的借鉴价值，可以完善他的修行之路。

"老陈、小王，我这边还有个书架，上面有几本不太一样的书，书中说得云里雾里的，像神话般。不知道这几本书对你们有没有用，如果有价值的话，你们帮老头我养养生吧。我到了这个年纪，还是想多活几年的。"钱安开口，脸上带着笑容。

他这话说得很直接了，他有好东西，但是他想体验一下早先聚会时两人说过的养生秘法。

王煊与陈永杰都笑了，这是计划中的"安排"，两人也有此意，不这样的话，他们怎么能接近各家的书房？

陈永杰道："我练的都是杀伐功法，小王研究的是养生与长寿的法门，找他吧。"

在另一座殿宇中，王煊与陈永杰神色一动，这里虽然只有六本经书，却展现了一个完整的修行体系。

这是金丹大道的修炼之法！

他们练了不少旧术，但是关于结成金丹这条路，关于这个方向的具体典籍，了解得不多。

不管以后是否要走金丹大道，这种典籍对他们来说都很重要，值得研读与借鉴。

当即，王煊请钱安坐下，开始接引这座本土教祖庭内的神秘因子，将之不断注入钱安的身体中。

效果极为明显，片刻间，钱安的脸就红润起来，到了最后，整个人仿佛有了一层淡淡的光彩。

旁边，钱芊与钱瑞都惊呆了。他们看到，自己祖父身上有柔和的光在缓缓流动，身体排出大量的汗液。老头子舒服得都哼哼出来了，腰杆挺得越来越直，原本混浊的眼睛竟灿灿生辉！

"这是……真的，还是假的？"两人也想试试。

在这个过程中，王煊不断拍击钱安身体的各个部位，以掩饰自己接引神秘因子的真相。当然，这种手法也是有作用的，可以活血，让神秘因子更好地发挥作用。

"真神奇！我感觉身轻体健，精神格外旺盛，仿佛年轻了不少！"钱安大为震撼。

王煊点头，他接引来神秘因子，疏理其老化的经脉，活化其血肉，对其自然有莫大的好处。

预期的效果达到了，王煊不介意在这里多接引一些神秘因子，帮钱安不断改善体质。有了钱安这个例子，广告效应会很惊人，王煊应该能陆续敲开一些老家伙的书房的门。

"小王，如果近期遇上一些事，你不搭理就是了。有些人闲不住，想法多，你不用理会！"钱安得到好处后，开口提醒王煊。

王煊立刻明白，有些人想搞事情，想从他这里入手吗？还是说，有财团对他十分怀疑，想揭开他的秘密？

他皱眉，如果是一般的试探也就罢了，如果有人硬逼着他变强，那些人千万不要后悔！

第217章
盗内景

"小王，这种养生法，是仅这一次有效，还是以后还能进行？"钱安问道。这很重要，他颇为期待。

王煊告诉他，养生循序渐进，正常来说，续命数载没问题！

钱安的双目瞬间炯炯有神，根本不像是老年人的眼睛，脸上挂满笑容，连皱纹都舒展开了。

他们聊得更投机了，很快，钱安亲自取出一本经书送给王煊与陈永杰看，那竟是传说中的《五色金丹本经》！

它是金丹大道领域的绝世秘篇之一！

王煊曾接触过这篇经文涉及精神的部分绝学，名为"五色金丹元神术"，是赵清菡帮他从钟晴那里交换来的。

王煊与陈永杰对视一眼，刚才他们两个准备精神出窍，在本土教祖庭中趄摸下，看是否还有更惊人的经文，谁知钱安自己送出了一本重量级经文！

在现世中，这已经属于顶尖秘籍了。

"没了。"陈永杰精神出窍，转悠了一圈，确信本土教祖庭中没有其他秘籍了，想来钱家的经书也不会都放在这里。

王煊开口对钱安说道："我休息下，一会儿再帮你活血，催发五脏活性，效果还能再上一个台阶。"

既然得到了顶尖秘籍，他也想有所表示。

同时，他更想精神出窍，去看一看这里的羽化奇物，试试以精神天眼观察会有什么不同。

王煊闭上双目不动了，陈永杰守着他的肉身，同时与钱安聊天。

王煊精神离体，瞬间看到了不一样的东西——神秘因子从主殿那里扩张开来，像是涟漪荡漾。

他快速接近，这里有半截铜墙，真是以黄铜浇铸而成的，遭过雷劈，曾熔化过。

它只剩下半米高，被砌在主殿的墙壁间，只露出一部分。

羽化奇物是铜墙内部的一块骨，骨内残存着部分精神能量。

王煊第一次以精神天眼这样观察，心中恍然，有所明悟。

那残存的精神为一道虚淡的影子，它沉眠着，安静无声。在它背后有一道朦胧的缝隙，那道缝隙像连着一个模糊的世界，而那个模糊的世界正向外逸散神秘因子。

王煊谨慎地接近，发现那道影子像死去了一般，仿佛不以精神触动，它就永远不会醒来。

他心头一震，避开那道影子，牵引朦胧缝隙间的神秘因子，并向里窥探。

那里面是……内景地！

一位羽化登仙者曾经的内景地！

王煊让自己平静下来，片刻后，他再次接近，又一次窥探里面的情况。

内景地中也有一道虚淡的影子，安静，没有声息。

他思绪万千，第一次洞彻真相，所谓羽化奇物之所以能开启内景地，原来有着这样的本质。

王煊拥有精神天眼，比以前更进一步了解到了真相。

如果他激活外面那道虚淡的影子，使之与内景地中的那道影子共鸣，便会开启列仙留下的内景地，两道影子合一，昔日成仙者的残破精神便能复苏！

王煊尝试从那道朦胧的缝隙中直接汲取神秘因子，顿时牵引出浓郁的物质，滋养了他的精神。

竟可以这样?!

他看着这道缝隙,感觉自己的精神体能偷渡进去,但是他没乱来,那样做相当冒险,动静过大,会惊醒里面的影子。

王煊牵引出一条由神秘因子汇成的小溪,浓郁的粒子流将他的精神包裹了,而后他赶紧离开,不敢太过冲动。

陈永杰第一时间觉察到不对劲,周围的神秘物质明显激增!

王煊的肉身很快被那种因子覆盖,五脏六腑都在发光,全身有了一层晶莹的光辉。

"小王这是……?"钱安大吃一惊。

钱瑞、钱芊也呆了,他们第一次看到这样全身发光的男子,神色庄严,宛若神明盘坐,被一层光晕笼罩着。

王煊催动最强经文,消化吸收这浓郁的物质,直到身体达到饱和状态。

"我不是说了吗?小王擅长养生之道,他在修行,恢复体力。"陈永杰面不改色地回应道,心却在剧跳。

小王这是在盗取列仙内景地中的珍稀物质?!

不久,王煊再次精神出窍,帮陈永杰牵引来一片浓郁的神秘因子,并告诉他具体情况。

"精神天眼,观察入微,能发现并避开列仙的影子,还能这样用?"陈永杰羡慕得不得了。

王煊没有再次牵引内景地中的珍稀物质,他怕过于频繁,惊醒那两道影子。仅这两次获得的浓郁物质就足够他与陈永杰补充身体所需,远超过他们在云雾高原的消耗了。

然后,王煊又帮钱安调理了一遍身体。这次他给予钱安的神秘因子更多,钱安当场印堂发光,唬得钱芊与钱瑞瞠目结舌。

"你觉得,你以精神天眼带路,我们能偷渡进那片内景地吗?"陈永杰动心了,暗中问道。

王煊摇头道:"可能不行。一旦进去,估计会惊醒里面的影子,不到万不得已，我们还是不要冒险。"

经过王煊的疏理，钱安声音洪亮，整个人神采奕奕，身体有无限的活力。他喜悦、激动无比，晚间设宴款待陈永杰和王煊，可谓宾主尽欢。

最后，钱安亲自将两人送到庄园外，派专车将他们送走。

王煊在苏城住了下来，准备暂时在这座城市落脚。

接下来的几日，陈永杰不时赴宴，与各方接触。他与王煊灭掉灰血组织一个分部的事还在发酵中，影响力巨大。

王煊没有再去参与那些聚会，他在思考后面的路：是否要走金丹、元婴路线？怎样才能快速提升自己？

这些天，秦诚忙着报考林教授的研究生，想要进开元大学的人体潜能研究学院，准备和所谓旧术正统一脉教导出来的弟子门徒碰撞一下。

当年林教授被人打伤，秦诚想帮林教授出口恶气，有王煊支持，他很有底气。

他喝过地仙泉，更服食过灵药，血肉得到了滋养，最近好处开始显现，实力开始慢慢提升，每天都能感觉到自己在变强。

"老王，你有什么打算？最近看你安静得如同石头般，在想什么呢？"秦诚问道。

"在想后面的路，在想怎样才能成为地仙，怎么对付如今还活着但实力严重衰退的真仙。"王煊平静地说道。

秦诚发呆，感觉两个人没活在一片天地中，还能愉快地交谈吗？

过了片刻，秦诚才道："别说那么远了，近期你有什么打算？比如挣钱养家，交个女朋友。如果你没有合适的目标，我带你去开元大学看美女。"

他又问道："对了，赵女神滞留在密地了？我听钟诚说那地方异常危险，她还能回来吗？"

"应该没问题，过段时间应该就能见到她了。"王煊露出笑容道。

"老王，你不对劲！以前提到赵清菡的时候，你可没露出过这种笑容。你该不会和她发生了什么吧？"秦诚狐疑地看向王煊，观察他的脸色，道，"老王，你拿下赵女神了？厉害！"

"怎么说话呢？难听死了。"王煊瞥了他一眼。

"等会儿，你让我缓缓，这消息有点惊人啊。"秦诚确实没有想到这种状况，他手扶额头，叹道，"老王，你厉害。我可听钟诚说了，赵同学在新星这边都很厉害，也有女神的称号，你无形中可能得罪了一些财团子弟！"

王煊顿时想到了因为凌薇而对他有杀意的小宋。

他揉了揉太阳穴，道："八字都没一撇呢，你不要乱说话。不然，万一再出现一个'护女狂魔'怎么办？都还没有一点眉目呢，我这不是冤吗？"

"先不说这个了。咱们的大学同学周坤、苏婵、李清竹、孔毅前几天看到那张'王之蔑视'图了，觉得图中的人很像你，便联系我了。他们已经知道你来到新星，想跟你聚一下。"秦诚说道。

他们新星这边的同学真不算少，加上从旧土过来的，有数十人。

王煊点头道："我已经知道了，周坤、苏婵从你那里知道了我的联系方式，联系过我了。过段时间吧，近期我可能有些事情。"

最近他租住的地方附近不时有可疑之人出没，各方明显在拿放大镜观察着他，注视着他的一举一动，或许会出事。

王煊自语："与其如此，不如给他们直接与我接触的机会，不然他们总是暗中窥探，实在让人厌烦。"

这时，王煊的手机响了，是周云。

"小王，最近怎么样？要不要出来聚一下？海上派对，月亮上聚会，各种好玩的地方你来选，我给你介绍一些新朋友。"

"我最近有些事情要处理，以后约吧。你在哪里呢？"王煊问他。

"我啊，和朋友在外太空赛飞船。"周云答道，一再邀请王煊去天外放松放松。

这家伙的生活真是丰富多彩，让人羡慕，王煊确实应该向他学习怎么让自己放松，不过王煊现在真的没时间。

王煊放下电话，对秦诚道："我决定了，先挣钱养家，争取买一艘小型飞船,这样我就可以随时去九天之上采集先天能量。"

"你想做什么?"秦诚问他。

"开个养生殿。"王煊说道。这不是他一时心血来潮想出来的,他确实有这个打算。

许多人在窥视他,那么他就给他们与自己接触的机会,如果有什么麻烦,就提前引爆吧。

同时,王煊准备借此机会做几笔生意,获取旧术经文。现在钱安神采奕奕,精神焕发,像一下子年轻了好几岁,已经在小圈子中掀起了波澜。

现阶段已经有人通过钱安向他传话了,想要和他谈一谈。

王煊是个行动派,立刻带着秦诚在苏城选择合适的地点。但很快,他就被打击得不轻,苏城的房价贵得离谱,随便一处普通的商铺便动辄千万。

"这也……太夸张了吧!"王煊咋舌。

"没办法,苏城是一线城市,寸土寸金,房价就是这么贵。"秦诚摊手。

王煊看了下,地段好的、面积较大的房子,价格已经过亿。

他只能摇头,这价格太离谱了。

其实,他身上的东西如果变现,买下看中的房产完全没问题。但无论是太阳金长矛、地仙泉还是山螺,他都不会出手,这些东西以后很难再遇到了,用一些少一些。

"我后悔在对付灰血组织的时候没有赚些外快了!"王煊觉得当时有很多机会,"近期我一直在修行,都快忘记自己生在现世,活在红尘中了,我得挣钱了!"

王煊现在有点盼着灰血组织来找他报仇了,再有机会的话,他一定要"收些账"。

王煊低调地租了场地,租金昂贵得离谱。

不得不说,新星的各种审批流程很快,他与秦诚短时间内就办完了各种手续,挂上了"养生殿"这块牌子。

"这是旧术馆?是切磋的地方吗?我们想试试身手。"

正如王煊所料，果然有人迫不及待地来与他"接触"了。

"这里是养生的地方，不武斗、不切磋，你们走错了地方。"秦诚开口告知情况。

"不，有这个业务，营业执照上注明了。"王煊笑着对秦诚道，"以后这块归你负责。"

"老王，你想害死我啊！"秦诚的脸色变了。

王煊道："旧术需要对决与厮杀，你现在底子有了，但严重缺乏实战。"

不过，登门的人很快就退走了，没有滋事，因为钱安来了。

接着，钟晴、钟诚姐弟也来捧场。

随后周云也来了，一来就喊着："小王，真的假的？钱老说这里可以续命五载！我爷爷都动心了，经文都准备好了，让我先来看看！"

"要分人，看具体情况，看个人的底子如何。钱老不简单，追求心中的宁静，在家中复原了一座本土教祖庭，我发现那里特别适合他入静，在那里帮他养生事半功倍。"

王煊想摸摸底，看谁家有千年本土教祖庭或苦修门祖庭。不止经文，这些也是他的目标，不久应该能用上。

这时，有人送来一封信。这年头在纸上写信的人真的不多了。

王煊撕开信封后，眼神冷厉了起来。信笺带着腥味，这是被血染过的纸张，上面写了一段话："开业大吉，特来恭贺，十日内借人头一用。"

这是很简单的话语，没有过激的谩骂、诅咒，但是杀气腾腾，竟要取走王煊的头颅。

落款是个特殊的符号，那是灰血组织的徽记。

钱安一看，脸色顿时变了，这个组织被拔除一个分部后，还敢继续嚣张？知道陈永杰是超凡者，还敢对与他关系莫逆的王煊出手?!

"这是要试探你的实力，还是要报复你？"钟晴皱眉道。

"这个组织竟敢这么明目张胆，又不是没被教训过！"钟诚也开口说道。

"他们这么有底气，应该是有恃无恐，背后有大财团支持也说不定。"王煊说道，眼底深处带着一丝冷漠。有人想促使他加速"成长"吗？这将会让他有更大的动力去变强！

第218章
分水岭级大事件

"有些过了,应该找人带话,去警告一番。"钱安开口。他的表情很严肃,看得出他不是在说笑。

在新星,财团有足够的底气,不怕灰血组织。

"都什么年代了,还搞这样的恐吓,这种组织不铲除还留着干什么?"周云也抱怨道。

"找找关系,查一下灰血组织的分部和总部所在地。这种没有下限的暗杀如果形成风气,会让新星变乱的。"钟诚不满地开口。他强烈建议揪出灰血组织,不让其为所欲为,这是毒瘤!

钱安没有多说什么,因为他知道根除灰血组织有些难度,其背后可能与某些财团牵连甚深。

钱安和王煊打过招呼后便匆匆离去,他要去了解情况,最好由几方牵头,严厉地敲打一下这个组织。

很快钱安就传来了消息,他声音低沉,说这次有些麻烦,他刚向一些人了解情况,就被暗示不要掺和此事。

"小王,你要注意,谨慎一些!"电话的那一头,钱安十分郑重地叮嘱道,情况竟超出了他的预料。

他才张口了解情况,还没有让人带话给灰血组织,就有人来劝阻他了,这相当不正常。

钟诚叫道："反天了！新星是什么地方？是没有血腥与恐怖滋生的土壤！灰血组织作为雇佣兵存在还勉强能生存，像现在这样明目张胆地在新星搞刺杀，登门送死亡帖子，这是在自取灭亡！"

钟晴开口："他们没有明着针对新星的财团、大机构，但对其他人做的恶事不算少，早有足够的底气了。"

钟诚不服气，道："为什么不除掉他们？我觉得，各方真要下定决心，很快就能剿灭他们！"

"天真！"钟晴瞥了他一眼，道，"他们渐渐做大做强，你以为因为什么？你知道他们在为谁做脏活累活吗？他们背后必然有顶级大机构或者相关财团支撑！"

"小王，你等我消息，我去托人问下情况，看看究竟是谁想搅风搅雨。"周云离去前信心很足。

他觉得，老陈作为超凡者，能灭掉灰血组织的一个分部，若找到线索，自然能继续重创灰血组织。

然而，周云刚回到家里，就有长辈严厉警告他，让他继续过他灯红酒绿的生活，此次的事不是他所能接触的！

"小王，我这次反被打脸了，家里让我远离这次的旋涡，看样子有长辈嗅到了非同一般的血腥味，问题很严重！"

王煊皱眉，居然出现了这种情况，财团中的一些人都忌惮灰血组织，这让他意识到了危机。

"你们也赶紧离开吧，万一出事，我可能照顾不到你们。"王煊看向钟家姐弟道。

"可惜我太爷爷还在昏睡中，不然的话，可以让他打个招呼。"钟诚说道。

现阶段，钟家处在特殊的节点上。作为超级财团，钟家整个体系的运行原本不依赖于某一个人，可钟庸现在成了超凡者，如果复苏，钟家就会多一个强有力的支撑。

"我们去了解情况，到时候告诉你，保重。"

在王煊的催促下，钟家姐弟也走了。

"老王，赶紧喊老陈回来。"秦诚开口，神色凝重。看似有大势力要杀王煊，其实多半意在陈永杰。

说到底，大势力要针对的还是超凡者！

"你回开元大学。我相信，这个组织的目标是我和老陈。不要多说什么，你在这里帮不上什么忙。我坐等他们上门，看一看他们的手段！"王煊冷笑道。

秦诚看得清形势，虽面有忧色，但还是听王煊的劝告离开了，他留下来的话，也只会成为拖累与负担。

秦诚很清楚，王煊在修行的路上已经走到了他难以理解的高度。作为朋友，他给自己的定位就是，帮王煊处理现世中的各种杂事，至于修行路上的麻烦，他无能为力。

王煊静坐着，事情确实出乎他的意料。对方要取他的人头，暗流激烈涌动，连钱安都被劝阻不要掺和这次的事！

"问题很严重。"王煊思忖，要么是灰血组织发疯了，对相关方透露他们要鱼死网破的信息，所以各方都闻到了血腥味，谁伸手都会被溅上一身血；要么就是有超级财团或顶尖的大机构在背后支持灰血组织，让各方有所顾忌。

如果有顶级大势力参与，那形势确实不容乐观。

这样的情况虽有些意外，但也可以理解。顶级大势力操控灰血组织，代表的是新星一部分大机构与财团的意志，要针对超凡者。

有人接纳超凡者，自然也有人思想保守，依旧想掌控所有，不允许特殊的个体出现。

"总的来说，这看似是一次针对我的行动，但可能意义深远，是财团中的保守派针对超凡者的一次出击。"

王煊深思，如果真是这种情况，这确实是一个分水岭级的大事件！

他与陈永杰如果能扛过去，挡住此次保守财团与大组织的攻击，那么以后超凡者应该能与那些势力共处。

而如果他们败了，某些顶尖大组织、大财团将会变本加厉，再也不允许他们这样的超凡者脱离掌控。

这些大组织、大财团是规则的制定者，一直以来都不允许有可能凌驾于自己之上的个体出现。

而那些相对开明的财团估计在观望，抱着不参与、不阻止的态度，静待这一场大戏落下帷幕。

"王煊，稳住！"陈永杰打来电话，他不会在电话里多说什么，因为该想到的他也想到了。

如果真的是财团或顶尖大机构在背后支持灰血组织，要对付他们两人的话，那么通信设备都不稳妥了，很有可能受到了监控。

陈永杰皱眉，这将是一次意义非凡的对抗！

他最近不断被人邀请，现在身在稍微靠东的永安城，距离苏城有七百五十千米。

"老陈，保重！想取我头颅的人，可能会先除掉你！"王煊沉声提醒道。

这个夜晚，王煊接到了钟诚以密语发来的信息：这次事件的背后有超级财团的身影！

"果然啊，风雨欲来！"王煊琢磨着，如果不是在一线大城市中，说不定已经有人用战舰轰击他与老陈了。

"目前来看，有人确实不希望超凡者出现，即便有超凡的力量出现，这些人也想将其掌控在自己手中。"钟诚提醒王煊要小心，一场可怕的围剿即将展开。

钟诚听家里的长辈说，新术那边也有过类似的事件，新术领域的人在外太空经历过两次极为严重的飞船故障，有可能"被失事"了。

新术领域的人再强大，也没有远航能力，无法自由地往返超星宇宙与新星，需要乘坐大势力的星际飞船。

目前，新术那边的人应该低头了，其背后有神秘大势力在进行各种安排。

不久，周云以密语告诉了王煊关于灰血组织的部分资料，提及了灰血组织一个可能存在的据点。

这一晚，陈永杰也通过自己的关系，了解到了许多讯息。在黎明时分，他突兀地离开了永安城。

然后，他闯到了一百千米外的一片山区中，强势出手。

当日，灰血组织的一个据点被陈永杰以超凡之力拔除！

消息传出后，各方震动。针对超凡者的围攻还没有开始，陈永杰便抢先动手了。他相当强势！

那是灰血组织的一个分部，他在那里引爆了地下的能源系统，将那里夷为平地。

陈永杰得手后，便消失了，他借助密林隐藏行踪，摧毁附近的探测器，很快就重回城市中。

以他的实力和手段，要是对某个大势力的首领实施斩首行动，成功率极高！

各方无法平静，陈永杰主动出击，没有低头的意思。

出乎意料的是，灰血组织竟第一个跳出来表示抗议！

"谣言！我们没有对王煊发必杀令，有人冒充我们，故意将水搅浑！"灰血组织的人无比愤慨，斥责陈永杰是刽子手。

不少人愕然，连王煊接到消息时都颇为惊异：这件事与灰血组织无关？他们是局外人，是被人拉下水的？

陈永杰自然不会公开承认他又一次拔除了灰血组织的一个分部，他对此否认，并深表遗憾。

很快，陈永杰让钱安为他向相关的圈子传话：超凡者不会只有三五人，不久的将来会陆续出现。

"无论大家是否接受，神话正在与现实交融，即便这次有人杀了我，也会有其他超凡者出现，这种大势改变不了。

"现在要做的不是堵，而是疏——制定超凡规则，维护应有的和平。先出现的超凡者不是法度的破坏者，更不是法度的挑战者，而是未来稳定的压舱石。各方协商后，现有的超凡者会尽自己的力量维护新星的稳定与安宁。

"在古代，人神共处，尚且和平安定，现在科技发达，能威胁到地仙，超凡者与普通人自然能很好地共处……"

陈永杰说了很多，让钱安将他的话传给各大势力。

并且就在当日，陈永杰突兀地出现在数十千米外的平源城，这是超级财团秦家所在地，这个举动让相关方心惊肉跳。

钱安吓了一大跳，联系陈永杰，劝道："老陈，稳住，现在还不确定要剿灭你的势力中是否有秦家。如果在这个关头你真对秦家的一些人出手，会出大事的，各方都会坐不住。顶级财团的核心成员被杀，将引发大地震，会让所有大势力担忧，逼他们站到你的对立面，联合铲除超凡者！"

陈永杰当日从平源城离去，并没有任何出格的举动，但他这次赶到平源城，还是让不少人震惊！

次日，钱安提醒陈永杰："昨日，秦家上空有战舰出现……"

两日后，陈永杰接近苏城，在路上遭到伏击！

"小王，老陈出事了！你要沉住气，不要慌，不要乱来。你能为财团的人续命，他们不会针对你……"钱安急促的话语从电话中传来。

老陈……出意外了！王煊的双目顿时冷冽而深邃，他怎么可能不出手！

第219章
超凡者败了

"你们真的在一步一步逼我变强啊！"王煊站在苏城中，眺望天边的云朵，杀意激荡而起。

他不知道陈永杰怎样了，是否能活下来。如果噩耗传来，不管是哪个组织出的手，他都要将其连根拔起！

钱安与陈永杰密线联系，收到了一段急促而短暂的视频，视频显示，陈永杰负伤不轻，在逃亡中。

这是王煊所不能接受的！

老陈在被人追杀！

"你不要急，我在了解后续情况！"钱安说道，并告知王煊新得到的部分消息：老陈很谨慎，没有乘坐飞行在空中的交通工具，但在他离苏城不到一百五十千米时，有飞船"失事"，如天外彗星撞击大地，俯冲向他。

王煊了解到这一情况后，瞳孔收缩，握紧拳头。

新星有新星的规则，正常情况下不准动用超级武器对本土开火，若一起冲突就如此，会有灾难性的后果。

现在的确没有人违反规则，那些人并未用战舰等超级武器对付陈永杰。

"飞船一定是'被失事'的！"王煊脸色冷峻，心中的杀意更浓了。

为了对付陈永杰，那些人无所不用其极，这比超级武器的轰击有过之而无不及。

王煊准备出城去接应陈永杰。

"小王,老陈没有死,刚才我与他的密线又短暂连通了,但他的情况不容乐观,伤势十分严重,而且有神秘强者在追杀他!"钱安再次联系上了王煊。

"钱老,帮个忙,将老陈的精确坐标发给我。"王煊平静地说道。

钱安沉声道:"小王,你千万不要冲动,连老陈都出事了,你要是闯过去,会白白将自己搭进去的。"

钱安让王煊保持镇定,他已经尝试去托关系,看能否联系上相关方,和他们谈一谈,从而保住陈永杰。

王煊道:"你替我捎个话,想让我续命的话,可以,但前提是,立刻停止追杀老陈!"

王煊出了苏城,按照早先得到的信息,朝一个方向赶了过去。他相信,老陈如果活着,也会朝苏城方向逃。

既然有人怀疑他是超凡者了,那他也没什么好隐瞒的了,为了救老陈,他将彻底展现实力,去铲除那些人!

一段时间后,钱安再次打电话过来:"小王,我托人去保老陈了,但是那边的人似乎没有理会,他们只提到了你……不会死。"

王煊深吸一口气,这些人留下他,是为了给他们续命?想什么呢!

这群人这么傲慢,待除掉老陈后,还想让他低头帮他们养生?

当然,这些话王煊也没有全信。现在情况复杂,真正的敌人还没有浮出水面呢,他无法完全相信任何人。

紧接着,钱安告知王煊有关陈永杰的最新消息:"老陈接近苏城了,他在咯血。"

老陈这是重伤之下又跑了一百千米?

这时,王煊将强大的精神领域提升到了极致,眉心发光,奇景环绕,朝某一个方向迎去。

片刻后,他就觉察到了熟悉的气息。钱安提供的这个消息无误,满身是伤的陈永杰出现了。

他逃得极快，像贴着地面飞行，地面都被他踩得崩开了，他用尽力量，不顾一切地奔行。

王煊心一沉，老陈伤势很重，眼神涣散，完全凭着强大的意志在支撑。

对老陈来说，肉身之伤不算什么，只要没有残缺，老陈身上的福地碎片中就有地仙泉，他可以借助地仙泉慢慢恢复过来。可是，他的精神为什么这样萎靡，一副要散掉的样子？

王煊瞬间迎上陈永杰。

这一刻，陈永杰仿佛耗尽了最后的力气，艰难地吐出几个字："小心……异宝！"

然后，他就体力不支，合上了双眼。

王煊给陈永杰灌了几口地仙泉，又在他的伤口上洒了一些泉水，并将他背了起来，手持短剑面向远方。

轰！

突然，一辆悬浮车从十几米高的空中坠落，向王煊疾速砸来。

他心中大怒，那些人一而再再而三地用这种手段，现在又让一辆飞行而过的悬浮车"失事"了，真是要一手遮天吗？！

总的来说，这种悬浮车俯冲而来，远比不上一艘飞船的威力，震慑性的意义更大。

这是在展示他们在新星上的掌控力吗？还是说，他们确实认为他只是宗师？

王煊双目幽冷，没有过于夸张地凌空横渡，只是恰到好处地躲避出去，背着陈永杰远离那里。

王煊向后看了一眼，没有捕捉到神秘的追杀者的身影，看来陈永杰翻山越岭跑得太快，暂时摆脱了追兵。

王煊背着陈永杰进入苏城，目前帮他处理伤势更要紧。

路上不少人侧目，王煊没有理会，他带陈永杰进入养生殿，仔细检查陈永杰的伤势。

陈永杰虽为超凡者，但身上也有很多伤口，这是飞船俯冲时发生强烈的大爆炸导致的，若是常人，必死无疑。

飞船"失事"时，猛烈地撞击在地面上，波及的范围太广了，身手再好的人也很难逃脱。

陈永杰避开爆炸的中心区域，冲了出去，但还是被能量光芒扫中了。

当然，最严重的伤来自冷兵器，他的一条臂膀差点断了，这证明有超凡者出手了。

好在这些都不足以致命，以陈永杰的体质，养上一段时间就没问题了。

让王煊不解的是，陈永杰处在昏迷中，他的精神领域中招了。

"他提醒我对方有异宝，这是被某种宝物攻击所致的？"王煊神色凝重。

瞬间，他精神出窍。尽管可能有追兵赶来，但肉身就在身边，他不担心出意外。

事实上，从某种意义上来说，精神脱离肉身后，他感知的范围更广，可以提前发现敌人的踪迹。

现在他主要是探查陈永杰的精神领域到底出了什么状况。

在他的精神天眼下，一切无所遁形，果然，陈永杰的精神领域中钉着三支暗红色的小箭。

这让王煊心中震动，他第一次遇上这样的事，陈永杰真的是被宝物所伤！

那不是实体箭矢，而是一种奇异的能量，再仔细看，小箭上铭刻着特殊的符文。

"老陈，你能听到我的呼唤吗？"王煊没敢妄动，尝试将陈永杰唤醒。

那片精神领域中没有丝毫波澜，陈永杰比陷入沉眠中还要安静，无法唤醒。

王煊探出精神，想尝试将其中一支小箭拔出来，然而才稍微接近，他就感觉到了危险。

他有种预感，真要触及那支小箭的话，可能会引爆它！

竟然这么棘手？王煊精神回归肉身，眉头紧锁。

"来了！"

追杀老陈的人到了吗？王煊感觉有人在窥探这里。

养生殿所在的位置虽然算不上繁华地带，但路上也有不少行人。

那人没有立刻出手，而是笑了笑，转身离去。

毫无疑问，他还会来，这是不想在光天化日之下显现神通，施展非凡力量。

王煊能够感应到，这个人不弱，有危险的气息弥散开来，可能是那件异宝让他心生警惕，那东西能威胁到他。

"小王，老陈怎样了？他被你背进城中了？"钱安打来电话，语气颇为吃惊。

"他负伤了。"王煊没有多说。

"我让最好的医生过去。"

"多谢，不过不用。"王煊婉拒。

半个小时后，钟晴姐弟二人打来电话，似乎大受触动。

"陈超凡被人重创了？"

钟家果然不一般，连身为小辈的他们都得到了消息，可想而知，这件事在特定的圈子中传开了。

的确如此，超凡者败了这个消息在他们的圈子中快速传开，在很短的时间内引起了相关群体的议论。

"小王，有人传出消息，说老陈活不了了。即便他侥幸未死，他们也不会放过他。要我们帮忙吗？我们派人去接你们……"

钟诚够意思，尽管他在家里没什么话语权，但是他现在热血沸腾，想去救王煊与陈永杰。

钟晴开口："我试试游说家里人。不过我太爷爷没有苏醒，家里以稳为主，应该不想刺激相关方。因为我太爷爷一旦醒来就是超凡者，现在这个时间节点有些敏感。"

王煊在密地救过她的命，深更半夜去寻找她，将她从沼泽地拽了出来，这些她并没有忘记。

"暂时不用，你们的好意我心领了！"王煊说完，放下了电话。

很快，周云也联系上了王煊。周云对陈永杰还是很敬佩的，得悉陈永杰受了重伤，立刻联系王煊。

"我爷爷说，那些人极有可能不允许老陈活着，会雷霆般出手，彰显威势。但他们会留下你的性命，将你带走。"周云以密语低声告知王煊。

超凡者败了，这件事正在发酵，在特定的圈子中引发了很大的波澜，许多人在静等最后的结果。

王煊挂断电话后，平静地坐在那里，他将自己调整到了最佳状态，用手摩挲着冰冷的短剑。

太阳落山没多久，路上还有行人，那个神秘人就来了。

只要不是白天人最多的时候，他的一切行动所造成的后果就很容易处理妥当，他身后的势力掌控力极强。

"超凡者败了？可是来的人也是超凡者啊……"王煊坐在房间中。

不过，能驱使超凡者，足以说明那些势力有多强大。

一个黑衣男子从路的尽头走来，手中提着一盏灯，那盏灯上镌刻着岁月的痕迹，带着斑驳的古意，灯芯发出暗红色的光焰。

"财团挖出的好东西太多了，以前我只关注他们收藏的经文，现在看来忽略了一个重要方向，他们也挖出过一些重宝！"王煊反省道。

在后文明时代的新星上，这个男子衣着复古，周围黑漆漆一片，所有路灯都熄灭了，只有他手中那盏古灯映照着他那张冷漠而僵硬的面庞。

隔着还有上百米远，那个男子手中的古灯发出朦胧的光华，灯体上镌刻的箭矢印记像有了生命，被注入暗红色的火光后，向外飞出一道光束。

一支暗红色的小箭疾速而来，飞向养生殿！

……

"一切都将落幕，超凡者要么低头，要么死去，没有人可以凌驾于我们制定的规则之上，超凡者败了！"远方有人开口。

同时，无数微型探测器化成昆虫，飞向养生殿，准备记录下那一切。

第220章
大幕揭开

路灯全部熄灭，城市中的这片区域一片漆黑，一道暗红色的光束划破沉闷与压抑，疾速没入养生殿内。

房间中幽暗，没有灯光。王煊双目清澈，挥动短剑，一道刺目的匹练般的光芒瞬间绽放，向前斩去。

暗红色的箭矢穿墙而过，留下极小的箭孔。箭矢很短，但非常精致，箭体上刻着密密麻麻的符文，流转着红色光晕，其后方更是带着数米的尾光，妖艳而慑人。

它像是一颗红色的流星，突兀地从域外砸落到房间中，要毁掉这里的一切。

短剑璀璨，精准而有力地劈在不足巴掌长的暗红色小箭上，剑刃锋锐无匹，无声无息地将小箭截断了！

王煊没有惊喜，反而身体紧绷，汗毛倒竖，他像幽灵般快速闪避，在房间中留下成片的残影。

被斩断的暗红色小箭霎时合在一起，重新化成一支完整的箭，箭杆上特殊的符文流动着蒙蒙光辉，让昏暗的房间充满了妖异的红色光晕。

嗖！

小箭快如闪电，向王煊飞来，锁定了他，要钉进他的精神中。

王煊手中的短剑也不是凡物，但从未催发出过奇异的符文，目前他只是依靠它锋锐的剑刃。

王煊倏地收起短剑，不再用它格挡。

灼热而刺痛的锋芒逼近，王煊甩头，避开那飞向他眉心的红色光束，双眼射出实体化的光束。

他以精神干预现世，改变箭矢的轨迹，但整片精神领域都有种疼痛感。

这支箭太异常了，严重威胁到了他。

箭矢飞过去的瞬间又掉头而来，暗红色光束交织，密密麻麻的符文浮现，疾速而来，要钉入他的体内。

王煊数次挥动手掌，以秘力向前轰去，但都没有太大的效果。

他体会到了陈永杰的无奈，面对这种异宝，他根本躲避不了，而且无法有效地毁掉。

只能以精神领域硬抗吗？

这不是一般的宝物，很可能是财团挖出来的古代神话时期的东西，现在被激活了，威力神秘莫测。

王煊第一次面对这样的异宝，没有与之对抗的经验。他运转石板上记载的经文，肉身与精神共振，让自己力量暴增。

他接连弹指，一道又一道雷霆轰出，在黑夜中震耳欲聋，全部打在暗红色的箭矢上。它虽然折断了，但又出现了！

王煊发现，所有攻击手段都不如以精神领域干预有效！

但陈永杰是前车之鉴，现在还处在昏迷状态中。

宝物不是说说而已的，王煊在今夜对古代超凡时期遗留下来的异宝有了更为清醒与深刻的认知。

一件真正的宝物，足以改变战局！

这不是他在密地中见到的那些兵器，而是古代大教遗址中出土的真正的奇物，有惊人的威力。

王煊并未慌乱，因为他对自己很有信心，所有奇景共振，全部浮现了出来。

带着雾气的仙山、红日坠落的岩浆地、蓝色湖泊扩张成的汪洋大海……奇景与王煊的精神领域凝为一体，让他更加强大了。

咻！

暗红色小箭飞向王煊，这次他躲不开了，而他也不想再被动下去，于是精神力暴涌，奇景共振，与现世共鸣。

小箭刺进王煊的精神领域中，没入那片红日坠落的岩浆地，被奇景吞没并束缚在那里。

这些奇景是什么？是王煊踏入超凡领域后，沟通神秘的精神世界，捕捉到一角之地而显化的。

正常来说，即便在神话没有腐朽的时代，也没有人可以在这个层次窥视到一层又一层神秘的精神世界。

当然，王煊也只是触及第一层精神世界模糊的一隅，接引来丝丝缕缕的奇异能量，形成奇景。

暗红色的小箭陷入奇景中，彻底沉寂了！

房间中恢复黑暗，没有灯火，只有王煊的一双眼睛熠熠生辉，他心中有底了。

古代超凡时期的宝物的确强大得离谱，但是，他能走到这一步，形成奇景，也足够非凡。

即便在古代，他在这个境界撬动第一层精神世界，据说就可以对抗传说中的异宝！

王煊察觉到，在街道上，在半空中，密密麻麻的微型探测器飞来，要接近这里，进入房间中。

一道炽烈的电弧飞出，撕开夜幕，照亮路灯已经熄灭了的街道，那些造价昂贵的探测器成片坠落，被摧毁了。

顷刻间，整条街道又陷入了漆黑中。

黑衣男子没有停下脚步，他提着古灯，脚步节奏不变，依旧在接近养生殿。他的整张脸冷漠而僵硬，仿佛戴着一张没有表情的面具，在暗红色的灯光下，显得有些阴冷吓人。

此时，街道上已经没有其他人了，四周一片寂静，只有黑衣男子有力的脚步声。

"有些意外！那里有超凡级的雷霆释放，是陈永杰复苏了，还是那个王煊真的也是超凡者？"

远方有两人盯着这边，借助高科技手段窥探整条街道上的动静。

"无论是谁，刚才应该都中了一箭，坚持不了多久。"

与此同时，两人抬头，只见一艘战舰像阴云般无声地出现在苏城的上空。在这个没有星月的夜晚，它显得如此狰狞，带给人压抑与恐怖之感。

毫无疑问，这是一种强大的震慑。

在这个后文明时代，那如钢铁丛林般的战舰一旦开火，足以摧毁一切！

……

晚间，各方都在等待消息，静等此战落幕。

"什么？有战舰悬浮在苏城上空？！他们要干什么？那里可是人口千万级的城市，他们过分了！"

"雷霆出击，彰显威势，但也不能坏了规矩，即便只是横空而过也不行，万一出了意外呢？"

有人第一时间便施加压力，任何人都不能越过红线。

战舰无声地远去，消失在天际。

这时，相关圈子里的人议论纷纷，无法平静，因为此战马上就要有结果了，出手的大势力早已向外放出风声，要结束一切！

超凡者败了，很难改变结局，这是目前人们的看法。

漆黑的街道上，那个男子已经来到养生殿近前，并且发出了第二支箭。

古灯朦胧，灯芯上红色光焰交织，箭矢如虹，没入房中。

这次王煊没有躲避，他的精神领域与奇景凝聚为一体，浮现在体外，像一张大网张开了。

暗红色箭矢如流星坠落，没入蓝海奇景中，瞬间变得寂静。

穿着复古服饰的黑衣男子面无表情地走在这片建筑物间，超凡力量流转，他的实力果然不弱。

一刹那，他进入了房间。

王煊轰出一拳，电光璀璨，向那个男子击去。

黑衣男子十分镇静，手中的古灯摇曳出光晕，光焰交织，将他覆盖，形成一层保护光幕，同时又一支箭飞了出来。

在王煊以奇景收走第三支暗红色箭矢后，这个黑衣男子的脸色终于变了，他的攻击没有起到相应的效果？！

那盏古灯是真正的宝物，神话腐朽后都能传承到现在，足以说明它的非凡。

黑暗中，一道又一道雷霆落下，全部劈在黑衣男子的身上。古灯光焰形成的光幕成功挡住了那些雷霆，但是，光幕也在暗淡。

黑衣男子意识到糟了，这盏古灯的超凡能量不断被消耗，最终会出大问题，需要补充超凡能量了。

他也发动攻击，抬手间，炽烈的火光腾起，似乎要焚灭一切。但王煊一拳砸落，光焰全部熄灭！

黑衣男子的心沉了下去，对方的实力比他强一截，加上古灯的超凡能量变得微弱，已无法发挥作用，他绝对不敌对方。

对方这么年轻，却如此强大，他内心大为震惊，这个王煊真的是一个超凡者！

黑衣男子瞳孔收缩，心神震颤，这才是头号危险人物，比陈永杰更厉害，是隐伏在水下的真正的大鳄！

尽管早就有人猜测王煊有些不对头，但真正与王煊交手后，黑衣男子还是被惊到了。

黑衣男子转身想逃，然而，一道绚烂的剑光截断了他的后路，一柄飞剑向他劈来。

光幕剧烈晃动，而后开始塌陷。

王煊也到了近前，一拳压落，打得本来就暗淡的光幕全面凹陷，越发没有光彩了。

像瓷器碎裂一般，光幕被撕裂了，王煊的拳头轰了过去，剑光斩向那男子的黑衣。

那是古代遗留下来的护体宝衣，不过在锋锐无比的短剑下，还是被轻易地斩开了。

到了这一步，黑衣男子的结局已经不可改变，他最大的倚仗就是那盏古灯，但现在古灯的超凡能量枯竭了。

王煊一只手按在黑衣男子的头上，与此同时，剑光扫过，黑衣男子当场丧命。

这时，古灯彻底熄灭，坠落向地面，被王煊一把接到手中，这件宝物易主。

王煊双目深邃，望向远方。结束了吗？——不，一切才刚开始！

他相信，想杀他与老陈的大势力也不想这样落幕，有一方要付出更大的代价！

"不知道小王怎样了，那些人说要留下他，只取老陈的性命，让人遗憾而无力。"周云觉得灯红酒绿的生活无味了，关键时刻来临，他只能干瞪眼，等待不好的消息传来。

"王煊与老陈他们……"钟诚也在叹气。

特定的圈子中，所有人都在等待消息。众人虽然知道超凡者败了，但还是想等着看结局。

……

王煊低头，看到那个超凡者的身体中竟被植入了芯片，并感应到远方有两人在窥探这边。

"大幕刚刚揭开！"王煊平静地开口。

第221章
反击

王煊看着地上的黑衣男子。

"我低头,看到的是你的现状,悲惨地落幕。你低头,看到的是财团的脸色,从此不自由。"

除了芯片,还有其他东西粘在黑衣男子体内,甚至其脑组织中都有东西,难怪他麻木而冷漠。

一名超凡者彻底沦为别人手中的工具,也是可悲。

远方,躲在高层建筑物上的两人有所感,他们手腕上的超脑发出略显尖锐的声音。

"什么?我们的人失去了生命体征?!"

"带着古代强大的异宝去狩猎,竟然会失手,将自己的命搭上!"

两人的脸色都变了,万万没想到会是这种结果,不由得一阵惊悚。

突然,王煊心生警惕,精神力如同浪涛,席卷着地上的黑衣男子冲上夜空。

而后,他的精神体瞬间回归肉身。

轰!

高空中发生恐怖的爆炸,火光冲起,一股伞状能量翻腾,照亮了漆黑的天空。

超凡者的身体很坚韧,普通的力量很难毁灭,但是现在,那个黑衣男子的身体化成了灰烬。

可想而知，这要是在建筑物与人群中爆开会有怎样的后果。

王煊以强大的精神领域感知周围的一切，确信只有五百米外的高层建筑物上有敌意。

霎时，王煊精神出窍，在夜空中如同闪电般远去，直接赶到这栋高楼的天台上。

这里的两人原以为躲在五百米之外足够安全，没想到还是存在危险。

两人身上背着金属翼，那是动力装置，可以让他们瞬间冲上夜空，疾速远去。事实上，他们也这样做了。

他们的背后发出轻鸣，一对漆黑的金属翼展开，两人准备逃离！

如果遇上其他超凡者，他们的计划没问题，但是，他们不会想到王煊处于这个境界就可以精神出窍数千米！

这个境界的其他超凡者的精神只能在肉身附近徘徊，很难远度。

而现在，王煊给他们上了一课。

砰！砰！

两人觉得自己像被人用力推了一把，撞在了一起，羽翼受损，两人跌回楼顶天台上。

能量火花四溅，两人的金属翼变了形，而后居然折断了，有神秘的力量毁掉了他们的动力装置。

王煊精神出窍，可远行几千米，现在不过是五百米之遥，他并未觉得特别吃力。

"姓名，年龄，出身……"

莫名的声音在两人的心中响起，却看不到人，这让他们从头凉到脚，冷汗冒了出来。

两人保持沉默，没有回应。

事实上，王煊不需要他们回答，他以精神波动问话，然后直接捕捉他们因为慌乱而剧烈波动的思维，从而获取有价值的信息。

果然，一瞬间，王煊便洞悉了他们的身份——他们与顶级大势力有关，属于某个家族的成员，但远远算不上核心层。

孙家，真正的超级财团！

在新星可以称为超级财团的只有五家，孙家、秦家便在其中。

早先，王煊还猜测秦家是不是这次的主导者，现在虽然还不能排除秦家，另一家却被坐实了。

孙家作为超级财团，实力异常雄厚，传言孙家参与了新术发源地超星的挖掘，有很大的影响力。

眼前这两人有一定的实权，长期干脏活累活，负责调度某些力量，这也是他们出现在这里的原因。

"你们两个级别还不够，凭你们应该还不能全面指挥那名超凡者，你们更多的作用是负责协调各种关系吧？"

王煊再次开口，以精神领域影响两人，让两人心中恐惧，不可避免地想到那些问题。

即便他们不说，王煊也可以捕捉到答案。

"意外，竟有一条大鱼在苏城?！"

王煊原本很失望，这两人虽然也是孙家的成员，但算不上嫡系，远离核心层。现在，他洞悉两人的想法，有了很大的收获。

孙承权，超级财团孙家的嫡系成员，接近四十岁，正年富力强，在孙家青壮年一代中排序较为靠前，大概在第五六名的样子。

即便孙家隐藏的秘密很多，很早就低调地参与了超星的开发，可超凡者对孙家来说也异常重要。

所以，孙承权亲自来了，平日就是他负责与这名超凡者接洽的，连那盏价值连城的古灯都是他带着那名超凡者从孙家的秘库中挑选的。

"超级财团的嫡系成员，我还真的没有杀过呢！"王煊平静地说道。

楼顶上的两人汗毛直立，虽然看不到说话的人，但是他们猜到了是那个年轻人王煊，他要对孙家的高层动手了！

陈永杰已经被重创，现在看来，那个"不靠谱"的猜测成真了，年轻的王煊不仅是超凡者，而且是比陈永杰更厉害的超凡者。

一时间，两人惊悚。

很多年了，都没有人敢对超级财团的嫡系成员动手。

砰！

王煊以精神控物，其中一人当场没命了。

"今天，你们动作不少，飞船'被失事'，悬浮车'被坠落'。现在，也让你们体会下'被死亡'的感觉！"

王煊冷漠的话语让还活着的那个人恐惧到了极点，终于绷不住了，颤抖着叫了出来。

"不要杀我！"

砰！

回应他的是一股不可阻挡的力量，他坠落而下，砸向空无一人的地面。

接着，刚才死去的那人也坠落了下去。

这里留下了足够的痕迹，表明他们死得不正常。而这恰恰是王煊给超级财团孙家的回应。

无论怎么说，这都是孙家的人，即便他们只是中层成员，但双双死在一座大楼下方，依旧会是大新闻。

很多年没有人敢拿孙家开刀了。

王煊的精神瞬间回到养生殿，张开了眼睛，黑暗中像有两道闪电划过。他用手机查地图，寻找孙承权所在酒店的位置。

"不算远，只有一千米。这是想近距离欣赏超凡者被压制或被消灭的可悲下场吗？"

王煊喝了一口地仙泉，他要保持精气神处在巅峰状态，毕竟这次距离稍远，而他想做的事情动静有点大。

短暂休憩了十几秒后，王煊扫视附近这片区域，没有敌意，没有异常情况。然后，他再次精神出窍，疾速远去，冲向扶摇大酒店。

……

"不知道老王怎样了,以他的性格,能低头吗?如果眼睁睁地看着陈超凡死亡,而且是惨死在他眼前,他会不会受不了啊?"钟诚走来走去,道。在这个夜晚,他皱着眉头,一直在等待苏城的最新消息。

钟晴很安静,她也在关注财团圈子里的消息,但是,她有另外一种猜测。

"他是超凡者吗?会不会绝地反击?"钟晴心思细腻,在密地中仔细观察过,王煊在地仙城面对异域那些人时十分自信,绝非仅仅因为陈永杰。

另一座城市中,周家。

周云叹道:"如果陈超凡死去,小王冲动之下,会不会将自身也搭进去?那些人可不是善类啊!"

这一夜,各方都不平静。

"孙老,这么晚,打扰了。"赵泽峻联系超级财团孙家的高层,语气很客气,以晚辈的姿态与其交谈。

"小赵啊,你的意思我明白,想保下那个年轻人王煊是吧?原来他在密地中救过你的女儿啊。说起来,清菡是个好孩子,聪敏有头脑,要是能嫁入我们孙家就好喽。"孙家一个老者孙荣廷淡笑着,平和地同赵泽峻通话。

"如果那个王煊本分、听话,就不会有什么危险。可如果他不够成熟、不够理智,有过激言行的话,可能会吃不少苦头。"孙荣廷平静地说道。他的确有底气,孙家是超级财团,如日中天,尤其是最近两年积累了足够可怕的力量。

"今天凌启明也找过我,想保住陈永杰的性命。我知道他们年轻时有交情,但我依旧拒绝了,明确告诉他,这已经上升到了意识领域之争。超凡者已经败了,不低头就得死!"

孙荣廷放下电话,没有再多说什么,自始至终都很淡然,手中把玩着一个黄澄澄的小葫芦。

……

这个夜晚,很多人在等待苏城的结果。

各家都在议论,不管出于什么立场与心态,众人一致觉得,这次行动没什么悬念了。

这次行动的背后有超级财团支撑，动用的力量非常惊人！

苏城。

王煊精神出窍，瞬间就到了千米之外的扶摇大酒店。

孙承权作为孙家嫡系，在青壮年一代中排序相当靠前，属于实力派人物，他出行，安保措施自然很到位。

孙承权包下了一整层楼，身边不仅有高手保护，更有顶级机械人守着。

刚才超凡者在半空发出火光，引起了孙承权的高度警惕，他知道出事了，于是直接起身，下令离开。

他们快速到了广阔的楼顶。扶摇大酒店作为顶级酒店，天台很大，可以停放小型飞船。他们想快速远去，反应不可谓不快。

然而，王煊可以精神出窍，无视千米的距离，瞬间悬浮在半空，冷漠地看着他们。

很快，王煊就捕捉到一些人的思维。事实上，他通过那些人的言行举止，也能判断出谁是他要找的人。

孙承权，超级财团孙家的高层，真正的嫡系人物被盯上了。

王煊俯冲而下，正在接近飞船的孙承权顿时一个踉跄，他的胸前腾起一片朦胧的光晕，将他覆盖。

那是一块玉石，样式古老，被雕刻成了护身符的样子。

王煊皱眉，第一次冲击居然被挡住了。孙家果然底蕴深厚，孙承权身上有超凡物件。

不过，王煊没有在意，那块玉石远远无法和古灯相比。

"快，离开这里！"在护身符发光的刹那，孙承权的脸色难看无比，一群人冲上小型飞船。

咔嚓！

孙承权胸前的玉石出现裂痕。

107

"附近有超凡者,快走,马上离开苏城!"孙承权急躁地大叫。

飞船启动了,腾空而起。

王煊皱眉,他还想从孙家嫡系的口中问出一些有价值的消息呢,现在看来已来不及了。

在飞船起飞的刹那,孙承权身上的玉石炸开了,并且咔嚓一声,他被波及,当场丧命。

其他人毛骨悚然,脸色全都变了,有人大喊:"加速,远离苏城!"

飞船起航后,很快就会超出王煊精神所能离开肉身的极限范围。在最后关头,王煊在飞船中出手了。

咔嚓!

小型飞船中传来令人恐惧的声音,能量火花四溅,那些人脸色煞白,飞船的主控室出现可怕的裂痕。

接着,能量传输系统也出问题了。

小型飞船中,所有人都恐惧得大叫了起来。

高空中,火光闪耀,飞船起航后正疾速冲向城外,即便内部出了状况,轨迹也已无法改变。

"你们不是喜欢搞些'被失事'的空难吗?满足你们!"半空中,王煊的精神体眺望城外。

今天,老陈就被失事的飞船炸伤了。

轰!

苏城数千米外,一片山林中,一团刺目的能量爆炸开来。小型飞船撞击在山中,彻底崩碎,那片山地都熔化了。

王煊的精神回归肉身,睁开了眼睛,十分沉静。

他知道,这件事还远未到结束的时候!

这个夜晚注定成为不眠之夜,各方都在等待最后的结果,苏城的消息一旦传出,必然会引发巨大的波澜。

第222章
深夜"惊雷"

整条街道十分安静，路灯熄灭后一直没有亮起。

王煊静坐着，仔细感应了许久，方圆数百米内没有任何问题。他的目光落在桌面那盏古灯上，接着又看向病榻上一动不动的陈永杰。

……

夜间，许多人等了很久。虽然众人早已猜到，很难再出现特殊的变化，一切都将画上句号，但一部分人依旧在关注着，想亲耳听到苏城这次行动的结局。

"有点意思啊，这个夜晚不少熟人居然都在守着，都在等待苏城那边的消息。"平源城，秦家，秦鸿笑着开口。

秦鸿坐在那里，轻轻摇动手中的酒杯，酒浆在灯光下泛着淡金色泽，他的嘴角露出一丝冷漠的笑意。

"说到底只是一两个侥幸冒尖的武夫而已，不值得我特意关注。有新消息时再告诉我。"秦鸿来到楼顶，看着星月，悠然地欣赏迷蒙的夜色。他对修行者一向反感，尤其是他的儿子死在新月上后，他对修行者的敌意更重了。

一座古老的地宫中，灰血组织的总部，有人发出嘶哑的声音："要去补发诛杀令吗？上次有人冒充我们，故意将水搅浑。"

"老陈，一路走好。我尽力了，可还是保不住你啊。"凌启明在家中复建的一座苦修门祖庭中站着，说道。

想到年轻时与陈永杰在旧土的那些往事，凌启明只能摇头叹息。他亲自联系过孙家的人了，但没有任何效果，孙荣廷摆明了要赶尽杀绝。

钟家，钟庸的次子钟长明叮嘱后人，不要出去惹乱子，钟家保持平静与稳定即可，不要参与外面的那些事。

超级财团孙家有人在交谈，其中一个人道："这个晚上，一拨又一拨人联系我们，尤其是那些生命研究所，对陈永杰很感兴趣。旧术领域的超凡者，这种实验材料确实难得。"

"保存好，用培养液维持活性，全力研究旧术超凡者精神能量的秘密。"

孙家有人非常平静，着手准备处理接下来的一系列事件，将派出专业人士去研究陈永杰的身体。

新星的大机构、财团等特定的圈子中，不仅掌握实权的人在关注超凡者的事，连年轻一辈的人也在谈论。

"孙哥，听说你们将刚冒头的超凡者杀死了？周云最近一直在吹嘘他和超凡者在密地中探险的事，说地仙城怎样神秘与危险，现在好了，他推崇的陈超凡都被杀了，看他还怎么吹！我都替他尴尬，我觉得他很长时间不会出门了。对了，孙哥，我二叔让我务必从你们那里购得一部分超凡血肉，他负责的那个实验室需要这种材料。"

孙逸晨手持电话笑了笑——这一晚他已经接到了好几个类似的电话——说道："宋坤，跟我还玩这种虚的？不就是想要超凡血肉吗？会给你们留一些的。都什么年代了，歼星舰都要出来了，以后更厉害的神话生物出来了都照杀不误！"

这个晚上，周云、钟诚由开始的担心转变为现在的窝火，熟人中居然有人在背地里调侃他们。

早先，有些人还和周云一起出海，对密地很向往，对超凡者十分感兴趣，想要结识陈永杰与王煊。

现在得悉超凡者败了，这些人就暗地里嘲讽、笑话周云与钟诚，说他们结交的所谓未来神话人物不过是纸片人，这么快就被人收拾了。

当然，更多的人是静观其变，觉得没必要贬低超凡者，只安静地看结果。

"真是气死我了！"钟诚走来走去，被气得够呛，连他喜欢的一个女子都说他的眼光有问题。

至于周云，一怒之下连夜起程，乘飞船跑到新月上去了。

他无力挽救王煊与陈永杰，还被人奚落，感觉胸口憋闷，存着一腔吐不出去的郁气，不想在新星上待着了。

钟晴很淡定地看了她的弟弟一眼，道："有什么可气的？你看真正跳出来说怪话的，不就只有那几个人吗？他们不是过于年轻肤浅，就是心怀叵测，另有目的。你无视他们就好了，等你从钟家走出去，还是会有人围着你转。"

"我想证明我自己，早晚有一天，我要成为剑仙，而不是靠家里。老王、老陈，唉，真希望你们能保住性命，活得久一点，我还指望你们在前面开路呢。"钟诚沮丧地道。

……

突然，深夜起"惊雷"，在财团与大机构的圈子中炸响。

顷刻间，那些还在议论、还在等待、还在谈交易的人，都安静下来。

这个特殊的圈子，像被人按下了暂停键。

然后，轰的一声，巨大的动静爆发，像一颗小行星砸入瀚海中，大浪滔天，席卷四面八方。

"苏城有变，去对付陈永杰与王煊的人出事了？"

"孙家的人马失利了，疑似有重要人物死在那边！"

"消息可靠吗？超凡者不是败了吗？一切都快落下帷幕了，怎么会传出这种消息？！"

很多人在打探，为了向高层汇报，下面的人将各种渠道都利用了起来，很快就有了确切的信息，甚至有图片为证。

孙家得到消息时，无比震惊，孙承权居然死了！

飞船失事，坠落在苏城数千米外的山地中，飞船上的人一个都没有活下来，飞船残骸都被能量系统烧得熔化了。

孙家的专业队伍都准备动身去研究旧术超凡者的精神能量了，并且和各方都谈好了价格，即将交易超凡血肉，现在居然听到了这种噩耗！

孙家震惊，而后愤怒，超级财团的嫡系成员非正常死亡，多少年没有发生这种事情了！

孙荣廷脸色冷峻，坐在那里没有动，他意识到，这件事偏离了应有的轨迹，必须纠正过来！

平源城，秦鸿起初以为那是假消息，好半天才回过神来。他放下酒杯，道："孙承权居然死在那边了，谁干掉了他？这是要出大事啊！"

最先得到消息的自然是钱家，他们的大本营在苏城，而钱安就在苏城外的一片庄园中。

钱安听到消息后，第一时间拨打王煊的手机，但是没有接通。

凌启明听到传闻时，直接愣住了。他刚才都提前为老陈送行了，还烧了一捆纸钱呢，没想到事情出现了转机。老陈已昏迷，是谁出的手？难道是那个年轻人？！

赵泽峻得悉后也一阵出神，形势突然逆转，孙家的人居然死了，确实大大超出了他的预料。

随后，赵泽峻又蹙眉，因为这件事并未结束，而是会出现一轮新的风暴，孙家必然会被激怒，他们不会就这样收手！但他还是惊叹，苏城那里的超凡者了不得，不仅未败，还这么强势。

灰血组织所在的神秘地宫中，有人问道："诛杀令发布了吗？没有的话，赶紧收回来，先看一看情况！"

"我叔父孙承权死了，形势竟被逆转了！谁干的？陈永杰不是昏迷了吗？"孙逸晨震惊不已。不少同龄人打来电话找他确定消息，形势变化之快，让他难以接受。

钟诚听到消息，先是发呆，而后一下子跳了起来，大叫出声："王煊、老陈太厉害了！"

"稳重点！"钟晴瞪他，但自己心中也不平静，她的某些猜测渐渐被证实。

"周哥，在哪里呢？看到消息了吗？"钟诚联系周云。

"月亮上呢。怎么了？小王与老陈去了吗？唉，我心中难受，有些接受不了。你替我多烧点纸吧，我先缓一缓，过两天再回去。"周云的精神萎靡不振。

"你胡说什么呢，是孙家的人被干掉了！"

"啊？"周云瞪大眼睛。

他们联系王煊，奈何手机无人接听。

王煊除了最开始接听了秦诚与林教授的电话，告诉他们不用担心，今晚暂时没事了，其他人的电话都没有接。

来电太多了，来电人中既有认识的，也有陌生的，毫无疑问，都是来了解情况的。

最后，王煊只群发了一则信息："一切都好，没事儿。"

这则消息传出去后，引发了新一轮风波。当事人自己开口说了"一切都好，没事儿"，字虽然少，但信息量十足。

有人认为，王煊除了报平安，更彰显了自信，相当有底气！

王煊将手机调成静音，放在一旁，开始研究那盏古灯，看看怎么才能把老陈救醒。

战斗才刚开始，被动接招不是王煊的风格，他不能等着别人一而再再而三地打上门来。

王煊确信，如果老陈不是被异宝突兀地重创，真到孙家所在的城市去，杀伤力将巨大无比。

新星上，心怀叵测的人不少，大势力都不是易与之辈。如果老陈苏醒过来，他们两个人从不同的路线出击，闯向孙家的那些重地，形成的威慑力将被放大到极致。

当然，如果只是老陈出手，而他继续在养生殿中保持神秘，让人猜不透，也会是一种可怕的震慑。

这个夜晚，苏城很平静，没有人再挑事，也没有人接近养生殿。在各方看来，这里相当可怕。毕竟，连孙家雷霆出击都折戟了，各方怎能不多想？

究竟是陈永杰苏醒过来了，还是那个年轻人其实是头号危险人物，是他强势出击了？

第223章
投资王煊

这盏灯不大，主体部分高十二三厘米，像个小灯笼。

它由不知名的黑色金属铸成，上端以一条链子相连，链子末端是个较大的圆环，可以提在手中。

"怎么用？"王煊掂量了下，古灯十分沉重，估计直接砸出去就能把对手砸伤。

这盏灯样式古朴，灯体上刻着各种花纹以及鸟兽等图案，最为惹眼的自然是中心区域刻着的一支小箭。

王煊尝试向古灯中注入一些超凡能量，灯体微微发光，有了反应。

他反复尝试，渐渐摸索到了这件异宝的用法，使用这盏灯并不复杂，只要往灯体中注入超凡能量就行。

在神话腐朽的年代，这东西沦为凡物，孙家应该是利用从密地、福地等超凡星球收集到的X物质，才激活了这件东西。

现在灯里面的超凡能量枯竭了，所以它变得暗淡了。

"注入神秘因子也行。"王煊尝试，发现超凡能量沉入灯体内部后，随时可以激活它。

光焰点点，王煊以精神激活上面的小箭印记，那里符文流转，一支暗红色的小箭即将飞射出去。

神秘符文最为关键，针对人的精神领域。

王煊赶紧收手，并将灯火熄灭。在此过程中，古灯消耗相当大。

难怪孙家控制的那名超凡者发动数次攻击后,这盏灯就熄灭了。在神话消逝的年代,新星上缺少超凡能量,一般人真用不起这种东西。

王煊没有再往古灯中注入超凡能量,这东西威力奇大,但也像个无底洞,总是"喂"不饱。

他觉得有必要去一趟钱安的庄园,借本土教祖庭中那半截铜墙内的神秘因子来养这件异宝。

王煊仔细研究了很久,以精神天眼探索古灯,了解到了更多信息。古灯内部的符文分为很多层,而目前他只能激活第一层!

"这盏灯很惊人,目前所展现的力量只是冰山一角,而且,其展现的力量与施法者的精神层次息息相关。"

王煊的眼睛亮了起来,若灯体内部更深处的几层符文全部被激活,这盏灯肯定会成为一件大杀器。

这盏灯很神秘,有些出乎他的意料。

"明天去钱家借内景地一用,先'喂'饱它。"王煊对这盏灯充满了期待。

然后,他一阵蹙眉,怎么救老陈?

他研究了很长时间,已经能用这盏灯催发箭矢和光幕,但还是不知道怎么从陈永杰体内收回小箭。

至于他自己体内的暗红色小箭,早就被他用奇景磨灭了,有淡淡的红光在空中消散。

但他不敢用自己的奇景去撼动陈永杰精神领域中的三支小箭,怕一不小心引爆它们。

"嗯?"后来,王煊终于发现了一些门道。

他激活古灯底座的符文后,陈永杰精神领域中的暗红色小箭轻颤,一些淡淡的红色光晕被牵引了出来。

"还可以这样用?"

嗖嗖嗖!

三支暗红色的小箭飞了出来,被古灯吸收了。

效果是明显的,陈永杰当即睁开了眼睛。

"哎!"陈永杰倒吸一口气,感觉头很疼。

精神领域被禁锢了这么长时间,陈永杰有些不舒畅,同时他觉得臂膀有些疼,白天他处在昏沉状态中,手臂被人斩伤了。

"我这是熬过来了?"陈永杰惊讶地说道。他想起了自己所经历的凶险,不由得咬牙切齿,恨不得立刻找敌人算账。

"问题很严重,我们和超级财团对上了,现在不是他们灭了我们,就是我们两人将他们铲除。"王煊以简洁的话语介绍了大致的情况。

"孙家这群'孙子',我记住你们了!"陈永杰目光灼灼。他得先养好伤,精神领域的恢复还好说,但臂膀处的伤得养一段时间。

突然,两人抬头,望向窗外的夜空。

就像乌云飘来,庞大的战舰黑压压的,缓缓逼近,悬在了苏城的上空。而且战舰不止一艘,四个方向都有,足以说明孙家动怒了。

"这里是钱家、李家的大本营,孙家虽然是超级财团,但也不敢触犯众怒,只是做做姿态罢了。"陈永杰沉声道,并没有慌乱。

"还得变强啊,他们这是一步步推着我,逼我前行!"王煊望着夜空开口道。尽管知道对方不敢毁城,但在庞大的战舰的威慑下,他还是生出了危机感。

孙家四艘巨大的战舰在苏城上空徘徊了很久,深夜才离开,各方都在密切关注,感受到了超级财团的杀意与决心。

这一夜,许多人无眠,但王煊睡得很沉。他没什么可恐惧的,他与孙家的科技武器目前的确难以抗衡,但如果让他进入孙家所在的城市,一切都会不同。

这一夜,陈永杰喝过地仙泉后,在沉默中运转丈六金身秘法养伤,他想在最短的时间内恢复到巅峰状态。

他心中憋了一团火,想要尽快与敌人算账。

他翻看了手机上的留言,有些老友提前为他烧了纸,他又"死"了一回,这让他有些无奈。

事实上,这个夜晚,孙家有些人比陈永杰还愤怒。多少年了,超级财团都没有死过核心成员。而今夜，他们受到了严重的挑衅，家族的继承人之一孙承权死得凄惨，连尸体都没有留下。

清晨，苏城依旧繁华，朝晖洒落，上班的人行色匆匆，街上车水马龙，人口上千万的大城市恢复了活力。

城中却有异样的气息，各路势力都派出了人马来了解详情，等待超凡者与孙家对抗事件的后续结果。

"本报讯，昨夜两名男子在光华路坠楼，疑似意外……"

这种报道一出，孙家只能咬着牙认栽。他们明明死了两个中层成员，却不能揭露详情。

很快，重磅新闻上线。

"一艘型号为S2576的飞船在苏城外坠毁。经过卫星还原，排除这艘飞船被击落以及与其他飞船碰撞的可能，属于一次意外事故……对遇难者深表同情，深切哀悼。"

孙家的人即便早有心理准备，但还是差点气炸，他们的核心成员竟"被失事"，这是从未有过的事。

昨天白天，他们曾安排一艘飞船失事，撞击陈永杰，没想到报复来得如此之快。

但是，他们能揭开真相吗？不能。

这一刻，一直关注这件事的一些财团成员实在没忍住，笑了出来。

凌启明心情不错，昨夜，他放低姿态，联系孙家的高层孙荣廷，结果两人的谈话很不愉快。现在，他觉得特别舒心。

"我在遥望，月亮之上……"这一刻，周云忍不住在新月唱了起来。

他很想和那几个暗地里奚落他的人通话，但最后还是忍住了。

"我暂且低调，不和你们计较。"

孙家反复查了扶摇大酒店的监控，又调了卫星图，在看到那些监控画面时，他们感觉后背冒凉气。

孙承权等人逃离时，明显遭遇了意外，但是他们连一个人影都看不到！

最让他们心里发毛的是，孙家那两个意外坠楼的人真的是自己跳下去的，没有人推他们——不，有一个是先在楼顶猛撞自己，再从大楼上一跃而下的。

真是见鬼了！

孙家负责调查这次事故的人脸色发白，将调查到的情况汇报给了孙家内部。

不过，孙家高层并没有觉得意外，昨夜他们就看了部分监控，有了猜测。

一名资深顾问开口道："超凡手段，应该是古籍中记载的精神出窍。"

"精神出窍吗？去，将鬼先生请来。"孙荣廷开口。他依旧平静，把玩着手中黄澄澄的小葫芦。

……

太阳升起后，王煊与陈永杰走出养生殿去吃早饭，顿时吓了所有关注这件事的人一大跳。

陈永杰苏醒了，昨夜是他出的手吗？

他们刚刚认为是王煊这个水下大鳄浮出了水面，结果现在事情又变得扑朔迷离了。

"养生殿名不虚传，一个身负重伤昏迷过去的人，次日就变得精神奕奕了！"也有人这样感叹，看事情的角度完全不一样。

"王煊应该是更危险的人物，我依旧认为，昨夜是他出的手！"

……

九点多钟，王煊与陈永杰出城，引得孙家的人蠢蠢欲动，真想给他们来一发能量炮，但是又怕打不死。

毕竟，连飞船俯冲下来产生的爆炸都没有将陈永杰炸死。

王煊与陈永杰拜访钱安，再次来到钱安的庄园中。现在两人的身份实在敏感，让钱安都略有些不自在。

陈永杰摆出一副向钱安了解内情、打探消息的样子，王煊则安静地坐在一旁，保持沉默。事实上，他精神出窍了，再次触及本土教祖庭中那半截铜墙，盗取内景地中的神秘因子。

大量的神秘因子被牵引过来，全部注入了古灯中。

"昨夜，有人准备拿我做交易？"陈永杰从钱安这里了解到一些情况，肺差点气炸。

孙家真是高高在上，强势得不得了，竟然将他陈永杰当成商品去卖！他脸色铁青，手指头捏紧，无比愤怒，恨不得立刻去找孙家算账。

陈永杰以精神领域与王煊交谈，要求王煊给他也牵引来一些神秘因子，他想更快地恢复过来，争取明日就能出击。

最后，王煊满意地离去，他将暗中带去的古灯"喂"饱了。

钟诚这个上午过得相当愉悦，差点要打电话问问那个说他眼光差的女子，但最后他忍住了。

钟晴道："王煊他们面临的形势依旧不容乐观，孙家是超级财团，尤其与超星那边有密切的联系，水很深。"

她已经知道身为超凡者的陈永杰为什么会遭到重创了，是有异宝发威，而孙家的秘库中肯定还有稀世宝物。

钟诚小声道："咱们家有没有？要不……借老王一件？"

"秘库中肯定有，但是我们打不开秘库。"钟晴低语。

"姐，你还真想借啊！咦，你居然这么大方，这次没骂我？"钟诚惊讶。

"太爷爷在沉睡中，二爷爷太保守了，应该不会节外生枝。我觉得，王煊应该是超凡者，而且是属于极其厉害的那种。你现在如果雪中送炭的话……"

"昨夜真是老王出的手？！"钟诚震惊到了无以复加的地步。

虽然财团圈子中传言王煊极其强大，但因为王煊太年轻了，很多人还是不怎么相信，只认为他在养生殿医治好了陈永杰，帮陈永杰恢复了战力。

接着，钟诚又指向自己，道："你让我去给老王送宝物？"

钟晴瞥了他一眼，道："难道你还想让我去送？反正你和他关系不错，现在赶到苏城去与他见上一面也没什么，回来顶多被爷爷斥责，关几天。"

钟诚点头，竟严肃起来，道："也是，我最多也就挨一顿打。可这次如果是老王胜了，我那样做，就等于为咱们钟家拉来一个强大的盟友。"

然后他又皱眉，道："咱们开不了秘库，有宝物可送吗？"

钟晴小声道："太爷爷在密地中结蝉壳前交给我一个兽皮袋，他说那是个宝贝,叮嘱我收好带回来。以前我在他的书房,好像看到过他摆弄这个兽皮袋。"

钟诚一听,顿时叫了起来："老钟太偏心了！"

下午,钟诚乘坐飞船来到苏城,径直赶到养生殿。很多人知道他与王煊关系不错,为此他还被财团中的几个年轻人暗中嘲讽了。现在他出现在这里,并不让人意外。

陈永杰刚开始看到那个兽皮袋时,没有感觉到异常情况,直到拿到手上后才大吃一惊。他将此袋激活,居然差点将王煊给收进去！

如果不是王煊反应迅速,躲到远处,并且周围浮现奇景,大概他就被收进那个发光的兽皮袋中了。

"怪不得,在密地我与老钟每次被人追杀,陷入绝境,分开跑后,他总是安然无恙,我却常常受伤……"陈永杰恍然。

在密地中那么长时间,兽皮袋早已积累了足够多的超凡能量,现在可以直接用。

钟诚没有久留,傍晚便离去了。

接下来的两天很平静,孙家没有再进攻。

陈永杰则在养伤,也很低调。

直至第三天清晨,陈永杰突兀地动身,出现在一百千米外的一座城市中。看其方向,这是要去孙家的大本营！

"两人分开了,只有陈永杰上路。他敢单独来我们孙家？他会死在路上的！"

同时,孙家有人前往养生殿,想确定王煊到底是不是超凡者。

只是,王煊比孙家的人还先行动,在陈永杰出现在另一座城市时,他向苏城一座大酒店走去,在酒店旁边找了家饮品店坐了下来。

不久后,孙家赶到苏城的负责人莫名其妙溺水,淹死在了酒店的泳池中。

消息传出,再次引发各方瞩目。人们知道,超凡者与孙家的激烈碰撞正式开始了！

第224章
比肩古代传说

王煊点了一杯饮品,看着窗外步行街上往来的行人,思绪飞扬。

他安静地坐在那里,想到了旧土,想到了家人,又想到了自己的修行之路。是走金丹、元婴路,还是自己摸索着前行?

他有些出神。

窗外的世界,不时有飞船在高空中远去,没入天际尽头,各路人马搜罗最新消息,来了又去,一片喧嚣。

而王煊坐在窗内的世界,安宁而平静,像与外界隔绝了,那些纷纷扰扰似乎都与他无关。

他听着饮品店中舒缓的音乐,偶尔饮一口清凉的椰莓汁,沉浸在自己的世界中,消磨时光。

"一个健壮的成年人,而且水性极好,却溺死在一个小小的泳池中,消息就这么传出去了?多么可笑!"

数千米之外,另一座隐秘的大厦中,有人发怒了,脸色铁青。

现在,各方都知道了这个消息,这让他们情何以堪?

那个人压低声音,与房间中的另一个人争执,要求动用顶级能量武器,在苏城中将王煊铲除。

"你疯了!这里人口上千万,不是野外无人区,多少人在看着?你敢动用大规模杀伤性武器,将这里化为废墟?"另一个人表示反对。

而且，这里有财团，居住在苏城的李家、钱家会答应吗？真要将他们的大本营毁掉，他们会开战的！

"那就动用规模可控的武器，对王煊实施定点清除。毁掉苏城一两座建筑物应该没问题吧？"

说话的人很冷酷，准备在苏城中大开杀戒。在他眼中，毁掉几座建筑物算得了什么？

"到时候，就说在抓捕恐怖分子，有飞船意外走火了！"他的目光森然无比，嘴角挂着冷笑，道，"敢将我们的人溺死，那我就将你消灭！真以为我们不敢在城中动手？"

瞬间，他的双眼突出，就像有一双无形的手掐着他的脖子，将他提了起来。

他很想大吼，怎么可能？！那个人在数千米之外的一家饮品店中，根本不在这片区域。

房间中的另外一个人也惊悚不已。难道他们猜错了，真正的危险人物既不是陈永杰，也不是那个神秘的王煊，而是另有其人？

刚踏足超凡领域的人，即使天资出众，出窍的精神也难以离肉身这么远。

最近他们恶补了旧术领域的知识，要知道，纵然在古代，在那最为璀璨的时期，也很少出现这种事。

"是他？不……可能！"那人要窒息了。

不久后，有人进入房间，发现他身在浴缸中，早已失去了生命体征。

而房间中另外一个人则喝光了几瓶烈性酒，酒精中毒而亡，死前似乎还撒了一阵酒疯。

至此，来到苏城的负责人与他的两个副手全死了。

饮品店中正在播放一首老歌，节奏舒缓，有种能唤起人回忆的年代感。王煊安静地听着，一直没有离开。

可外面无法平静了，不少人赶到附近，透过玻璃窗看着王煊。

没有参战的人一点也不害怕，直接进入饮品店中近距离观察他。外界都快起风暴了，这个年轻男子还沉得住气坐在这里。

光天化日之下，孙家在苏城的三个人都死了，而且死法离奇，这绝对是在下战书！

外面风暴起，饮品店里却一片平静，很多人陪着王煊听留下岁月痕迹的老歌。

孙家的人接到消息后，脸色冰冷。一再出这种事，这是在故意打他们的脸。

"可以确定了，他是超凡者，他在用这种方式下战书，表明他的态度。这个年轻人心气很高啊，他想怎么死呢？！"一名中年男子声音平缓，却很有力量。

"我有个疑问，相距数千米之遥，他是怎么出击的？即便精神出窍，也不可能远离肉身数千米。"有人发出疑问。

孙家收藏了各种旧术经文，两部完整的金色竹简，其中一部就落在他们的手中。昔日得到金色竹简，彰显了他们的实力。

这个家族更有秘库，里面珍藏着各种神秘的古代器物，足以表明他们的底蕴。

他们对古代的一些事了解颇多，还请来一些资深顾问，专门研究古籍中记载的秘密。

"的确，在古代极其绚烂的时期，都很少听到这种传说，初入超凡领域的人根本做不到这一步。"

几名资深顾问都点头，确定了这个说法。

"难道他早已踏足超凡领域？"有人开口道。

"不，他应该是在密地中吃了什么奇药，近期才成为超凡者的，之前根本不是。这里有一些影像能够证明这一点。他曾经化名王霄，被称为小王宗师……"

不得不说，孙家很可怕，他们动用强大的关系，挖掘到了有关王煊的很多信息，将王煊雨夜大战的画面都再现了出来。

昔日的影像清晰地记录着王煊经历过的生死搏斗，他的眼神绝非作伪，那个时候，他真的力竭了，实力不足以横扫群敌。

这足以证明，他确实是在进入密地后才突破的。

"难道我们猜错了？在他与陈永杰的身后，其实还有一个更厉害的超凡者?!"

孙家一些人皱眉。如果是这种情况,那问题就更复杂、更糟糕了,到现在他们都没有察觉到那个人。

"平白无故出现第三个人?想太多不好。"孙荣廷坐在那里,依旧平静而冷淡,说道,"万一他真的可比肩古代传说中的人呢?"

"不可能,这个时代已经诞生不了那样的人了!在神话还没有消逝的年代都罕有那样的传说,遑论今世!"

有人建议:"鬼先生出关了,原本应该先去对付陈永杰,但我觉得,可以让他先去掂量一下这个王煊的实力。"

"我们的撒手锏什么时候出动?"

一个上午而已,孙家派往苏城的三个人就都死了,让人吃惊。各方都在关注,都在议论。

"陈永杰坐着一辆悬浮车再次动身了,看样子真的是冲着孙家的大本营去的!"有人吃惊地说道。

不久后,消息传来:那辆悬浮车出事了,在半路上遭遇车祸,撞在山壁上,彻底爆碎。那里的岩壁都熔化了,让人心里产生怀疑:悬浮车解体时的能量未免太强了吧?

很快,真实情况传到各大势力的人耳中,原来是孙家出动了最新型的超级机械人,击毁了那辆悬浮车。

"陈永杰死了吗?他想去七百千米外的康宁城,接近孙家的大本营,难度太大了,沿途就会遭到轰击。"

"没有。他疑似有所感应,提前跃下悬浮车,躲进了山林中。不久前,他出现在一座人口接近百万的城市中。"

"如果陈永杰照这个速度,每天突进数十千米,孙家会承受极大的心理压力!"

苏城,饮品店中,王煊已经坐了很久。他没有理会周围的那些眼睛,自顾自地在消化一些消息。

半个小时后，王煊离去，回到了住所。

这一天注定无法平静，风暴已起，不可能平息。

陈永杰暂时没有行动了，待在那座人口接近百万的城市中。

这一天，王煊接下来都在研究地图，琢磨路线，他想出城去干一件大事！

在除掉那名负责人时，王煊捕捉了那个人的思维，知道了一些秘密。

孙家高层恐怕还不知道，王煊意外洞悉了孙家绝不允许泄露的一部分机密。

王煊准备今夜给超级财团孙家一个深刻的教训，让他们此生难忘！

夜晚，孙家突然发起了攻击，无比直接与霸道，颇有种撕破脸皮的架势，震惊了所有人！

一道炽烈的光束从天穹落下，将养生殿击穿，整片建筑物被击平，破烂的水泥与钢筋熔化。

养生殿消失！

这道光震动了各方。

苏城，钱家与李家都坐不住了，连夜联系孙家，怒声指责，这严重威胁到了他们的安全。

"孙家太狠了，动用了中型战舰，直接在苏城动手，铲除了养生殿，那里什么都没有剩下！"

这则消息传遍财团与各大机构，在特定的圈子中引发了巨大的波澜。

所有人都震惊不已，各大势力很多年没有动用战舰在本土动手了，这会打破某种平衡。

如果各家都这样做，一旦有矛盾就开火，新星会成什么样子？

"孙家已经做好了向各家赔偿的准备，如果不付出代价，肯定说不过去！"有人冷冷地道。

规矩就是规矩，经各方制定后，即便是超级财团也不能违背，否则各方会联手惩罚违约的一方。

"他们控制了火力，精准摧毁了那座建筑物，附近有震感，周围有的建筑物龟裂了，但没有倒塌。"

"风暴果然来了！那个年轻人呢，能活下来吗？"

人们等了很久，孙家的人更是赶到现场，派出高等机械人仔细扫描，这片城区没有王煊的身影，也无他的生命体征。

"既然没有跑出建筑物，被突然落下的光束击中，那么……他应该死去了，不会有悬念，可惜！"

"孙家为什么发疯？竟针对这个年轻人动用了战舰，有些不对啊，过于兴师动众了吧？"一些人不解。连陈永杰都没被战舰轰击呢，只是被"失事"的飞船撞击过一次而已。

孙家，许多人在等待消息，确定王煊没有逃出来后，部分人渐渐露出笑意。

"可比肩古代传说？哼，也挡不住战舰的一击啊！"

第225章
风暴

"孙家在旧术领域有眼光毒辣的人,确定那个名为王煊的年轻人比陈永杰实力更强,是头号危险人物,所以不计后果也要先将他除掉!"有人做出推断。不然的话,解释不清孙家为什么突然动用战舰,要知道,事后是要付出代价的。

"孙家狠辣而果断,一旦判断出那个年轻人真的会威胁到他们,便发出雷霆一击。这确实是孙家那几个老家伙的风格!"

苏城中,来自不同组织的人第一时间赶到现场,带着机械人扫描,最终确定王煊没有活下来。

事实上,附近有各种探测器一直在监视这片区域,根本没有看到他逃出来。

"老王死了?!"晚间,钟诚发呆。他简直不敢相信这样的消息,昨天他还跟王煊见过面,没想到今夜就听到了这种噩耗。

"我这心脏有点受不了!"周云在新月上,这两天心情颇为畅快,还曾反击奚落他的宋坤与孙逸晨。结果现在,王煊被孙家定点清除了?

"周云,你那个疑似超凡者的朋友王煊被我们一不小心弄死了。生命实在太脆弱,你我当珍惜。对不住,没想到超凡者这么弱。"

夜晚,孙逸晨给周云发了一段语音,赤裸裸地挑事,给周云添堵。

很快,有小道消息传出,孙家有高人判断,王煊十分特殊,可比肩古代绚烂时期的天才。

这个评价有点高,各方神色一动,这便是孙家决定立刻动用战舰的原因?

但孙家很快就否定了这种说法，似乎不想给死去的王煊过高的赞誉，只是很平淡地告诉外人，这是一个意外。

"家里的年轻人不懂事，有些冲动，不小心造成了这种局面。"孙家有人轻描淡写地说道。听这个语气，他们似乎不怎么在乎王煊。

有人感叹，有人默然。后文明时代终究不是修士的辉煌年代了，天资再惊人也没用，这样的结局说明了一切。

"超凡者与科技碰撞？想什么呢！"平源城，秦家，秦鸿浅饮一小口酒，道，"现阶段，黑科技层出不穷，连地仙都难以与其对抗。而最新一代的超级战舰即将问世，一切都早已注定！"

苏城内的一座建筑物被天穹上的一束光击中，这个夜晚注定无法平静，即便是孙家也不能只手遮天，各种善后的事会很麻烦。

一些财团与大机构一起向孙家施压，如果孙家不拿出一定的好处，这件事肯定不会翻篇。

苏城上空，庞大的战舰远去，压抑与紧张的气氛暂时消退。

此时，一弯新月高挂，没有云朵的夜空中，漫天星斗灿烂，夜景十分美丽。

王煊正顺着一条大河漂流而下，他将手臂当作枕头，双手抱着头仰躺在水面上，看着星空，听着河岸边的虫鸣声和鸟叫声。

他很放松，难得在这么宁静的夜晚，可以无拘无束、自由地漂流，仰望星空，遥想宇宙深处的璀璨。

在苏城上空那道光束落下前，王煊就头痛欲裂，他第一时间意识到巨大的危险在临近。

他在房间中击裂地面，进入地下排水系统，疾速远去。

原本王煊就打算在今夜出击，杀机突然降临，他不得不提前行动。

他从地下排水通道中进入那条贯穿整个苏城的大河，在河底一路潜行，很快离开了这座城市。

然后，他便放松地躺在河面上，看两岸山林，观星河灿烂，心中平和而宁静。

"太慢了，得加速了！"

他要去的地方在下游七十五千米处，如果自由漂流下去，不知道什么时候能赶到。

王煊潜入深水中，以强大的精神领域捕捉到一条数百斤重的大鱼，它通体鲜红，似乎是一条红鲤。

可惜，新星上缺少超凡能量，不然这条红色的大鲤鱼多半会变异。

王煊坐在红鲤背上，以精神领域震慑，让它以最快的速度朝下游冲去。

这个夜晚，波光粼粼的大河中，一条数百斤重的红鲤摆尾，一会儿跃出水面，一会儿潜入水中，在星月下鲜红灿烂，景象惊人。

王煊坐在红鲤背上，悠然地看着两岸的景物。这样去狩猎，旅途很惬意，且省时省力。

红色的大鲤鱼很有灵性，偶尔遇上游轮或者货船，它会沉入水底，以免被人发现。

夜晚的大河两岸，虫鸣、鸟啼不断，红鲤顺流而下，已过万重山。

王煊上岸前，给红鲤注入一些神秘因子，拍了拍它的头，放它离去。

当王煊上岸时，红鲤跃出水面，向这边看了又看，片刻后才摆尾消失。

苏城七十五千米外的这片地带是一片较为原始的山地，自然风貌保存完好。总体来说，新星的环境不错。

王煊以强大的精神领域在这片地带寻找，他从那个负责人的思维中得知，孙家在这里建了一个地下基地。

超级财团实力强大，为了保护自身，也为了震慑别人，他们建有多个军事基地。

早年秘密开发这片地带时，他们从大河底部向岸边的山体开凿，每次巨大的货轮从这里路过，都会将很多物资沉入河底。

最初那些年，这里真的算是隐秘的基地，但新星科技太发达了，时间一长，这些基地自然会被探测到。

各家大体都建有秘密基地，若发现彼此的秘密基地，不会点破，瞒过普通民众就是了。

各家的核心高层，其实都知道对方基地的确切位置。

而孙家这个基地有些特殊，当中另有秘密，瞒过了其他各家。

孙家早年从新星原住民手中得到一张兽皮图，按照兽皮图上的指示找到这里，开发这片山地后，果然发现了异常情况。

这片山地的地下极深处有红色的冻土，他们挖掘这里的冻土，竟提取出一些蕴含着奇异能量的成分。

他们在地下建立了各种实验室，想将提取出的红色晶体颗粒利用起来。

这种东西有些可怕，常年接触后，竟能让人基因变异，有人向好的方面变异，也有人突然惨死。

孙家对这种东西极其重视，以军事基地为掩饰，投入大量的资金在地下冻土区域进行各种研究。

这里的负责人是孙家的嫡系成员，属于真正的高层，在家族中的排序比死去的孙承权都要高。

王煊来这里，想要除掉孙家的嫡系成员，也想要看看那种红色晶体是什么，蕴含着怎样的奇异能量。

此外，他更想毁掉这个基地！

据悉，这里有一艘中型战舰、八艘小型战舰，单这些价值就超过了上百亿新星币，真要毁掉，孙家必然损失惨重。

就更不用说地底深处孙家所重视的冻土实验室区域了。

一个小时后，王煊在这片广袤的山地中找到了地下基地。他爬上一棵参天大树，没敢让所有精神能量全部离开肉身，而是留下了小部分。他怕自己的精神远去时，有什么兽类与猛禽接近自己的肉身，那样的话就危险了。

王煊的精神远去，不仅找到了大河中的入口，也发现了山地中的几个入口。随后，他深入地下，第一时间看到了那艘中型战舰。冰冷的金属光泽、庞大的舰身，带给人很强的压迫感。

王煊立刻不淡定了，这就是今夜在苏城轰击他的那艘战舰，居然是从这里出发的，又回到了此地！

王煊冷漠地凝视战舰，今天他跟这艘战舰实在"有缘"，如果不将它引爆，他都对不起自己的这个发现。

王煊深入地下，温度越来越低，终于，他看到了那片冻土。冻土果然呈红色，像被血染过一般。

地下有成片的实验室，实验室里有不少疯狂的科研人员。

不仅那些实验体变异了，连一些科研人员的形体都变异了，变成了双头四臂。

一些实验体更是离奇，人首蛇身，力大无穷，在进行力量测试时，用尾巴将十几厘米厚的铁门都抽打得变了形。

"红色晶体难道是逝石？"王煊皱眉。摆渡人曾和他说过，星空中有些超凡文明借助逝石修行。

逝石不像逝地中的辐射那样强烈与可怕，相对较为温和，在一些超凡星球上可以挖掘到。

"我怎么觉得有种血腥的气息？"王煊又猜测，这冻土该不会是被古代怪物的鲜血染红的吧？

新星原住民的祖先是列仙，这颗星球过去绝对不简单。

王煊去触摸那种红色晶体颗粒，感觉不是很好，红色晶体颗粒有微弱的辐射，也有种生命腐朽的气息。

王煊不想与这种东西接触了，直接退出冻土区域。他找到了这个基地的负责人，孙家手握实权的高层之一——孙承海。

王煊二话没说，直接以精神力控制了孙承海，想捕捉他的思维。

"警报，外敌入侵，基地负责人被控制，自毁系统即将启动。"警报声响彻整个基地。

孙承海的身体中被植入了芯片，第一时间判定出他出现了异常情况，而他自己也足够狠，通过体内芯片发出了自毁指令。

王煊虽然第一时间捕捉到了孙承海的部分思维，但去破坏他体内的芯片已经晚了，指令传输出去了。

这个人够狠，一点都不迟疑。

王煊也没有犹豫，一招就将孙承海解决了。

这是王煊除掉的第二个孙家嫡系高层人物！

事实上，这里防御惊人，如果不是以精神体入侵，王煊根本没有办法悄无声息地进入这个基地。

即便这样，他也没能好好地审讯一下孙承海。

他得离开了，地下基地一旦自毁，他在外面的肉身就会被波及。

"警报，基地负责人非正常死亡，百分百确定是被外敌所杀的，实验室与基地开始自毁倒计时。"警报声响彻整个基地。

孙家人够狠，不会给入侵者留一丁点实验成果。

基地大乱，有人想去启动战舰逃生。

王煊直接破坏了中型战舰的主控系统，几艘小型战舰的主控室他也没放过。

他的精神瞬间回归数千米外的肉身中，一路狂逃而去。

他身后的山地中开始发生大爆炸！

王煊看到大鲤鱼居然还在那里，立刻招手，而后坐在了它的身上。大鲤鱼如离弦之箭，从大河中远去。

地下不断发生爆炸，最后波及了战舰。轰的一声，炽烈的火光冲出地表，不要说地下，就连外部广袤的山岭都被毁掉了。

整片天空都被照亮了，这个地方亮如白昼！

毫无疑问，这是一场风暴，即将迅速发酵。这里的动静实在太大了，连苏城内的各大势力都在第一时间感应到了异常情况！

第226章
突进

新月斜挂，繁星满天，夜色柔和静美。

王煊坐在红鲤的背上，沿着波光粼粼的大河一路东去，没有回苏城。

在他的背后，那片遥远的山地中，能量光束冲霄而起，伞状光芒照亮黑夜。

那种黑色天幕被划破的景象，与近前的静美景象形成鲜明的对比。王煊没有回头，沉静地坐在红鲤背上，消失在天际尽头。

苏城各方大吃一惊，有人抬头看向数十千米外的夜空，那边疑似有不正常的光辐射，照亮了夜空。

很快，远方的探测器捕捉到了清晰的画面，卫星也传回来一些图片，这些画面和图片令所有人都大为震撼。

"是孙家战舰离去的方向！难道是他们受到了攻击？"有人惊疑不定地开口。

新星的规则被打破了吗？

看起来像有威力强大的战舰在交火，那片广阔的山岭都崩塌了，化为光海。

"孙家在那片地带有一个基地，那里可能出事了！"

各方都无比震惊，多少年没有这样的事了？战舰交火，一整个基地被可怕的能量火光淹没。

钱家、李家的大本营就在苏城，两家的高层惊出一身冷汗，反应迅速，立刻派出飞船等去了解详情。

"孙家刚刚动用战舰，定点清除了那个年轻人王煊，结果他们自己就出事了，这是巧合吗？"

"超级财团孙家的基地被人进攻，璀璨'烟花'照亮夜空，那片山地都熔化了，简直让人难以置信。"

到底是谁出的手，有多少战舰攻击了那个基地，到现在为止还不得而知。

人们都在等待调查结果。

各方都觉得不可思议，这个夜晚发生了太多的意外。

孙家仿佛被一层阴云笼罩了，几个老头子和几个中年男子坐在一起，沉闷与压抑的气氛简直要让人窒息。

这种损失对他们来说，也是惨重的。

数十年来，孙家迅速扩张，很久没有体验到被人阻击的苦闷滋味了。

"很多年没有人敢主动攻击我们了，现在却突然死了那么多人，还失去了一个基地……"孙荣廷开口，平静中带着冷意，像是暴风骤雨前的宁静。

这个夜晚，对他们来说太沉重了。

所有人都在猜测，究竟是哪个神秘势力出手，用战舰突兀地袭击了孙家的基地。

到现在为止，还没有人联想到是王煊单枪匹马闯入孙家的那个基地中，引爆了那处重地。

深夜，钟诚瞪大眼睛，喃喃道："老王，谁在为你报仇？你刚被孙家用超能光束抹去生命痕迹，结果当夜孙家那个基地就被人毁了。"

此时，孙逸晨简直要抓狂了，他不久前还在熟人圈中炫耀，结果没多长时间，噩耗就传来了，孙家基地遭遇袭击，他的亲叔叔孙承海葬身基地中！

……

在那座人口接近百万的城市中，陈永杰准备动身，想在这个夜晚趁乱一路向东，继续接近孙家所在的康宁城。

"王煊应该没事吧？"他不相信那小子死了。

陈永杰刚离开城市，心头便一阵悸动，转身快速回到城中。在这种关头，孙家依旧有人在盯着他。

远空，一艘小型战舰横空而过，在星月下闪现，又快速消失。

孙家想来次狠的，今夜消灭了王煊，又想趁机除掉陈永杰。不过孙家没敢继续在城中动手，而是想等陈永杰出城。

红鲤远离苏城一百五十千米后，王煊看到了一座规模不小的城市，准备登岸，不再走水路，因为他觉得走水路还是有些慢。

再次给了红鲤一些神秘因子后，王煊如同鬼魅般消失在河岸边。

半空中，巨大的噪音传来，深夜有人飙车，悬空的跑车疾速而行，虽然比不上小型飞船，但绝对比红鲤快多了。

王煊想了想，没搭理这群"飙车党"。新星的监控无处不在，他真要抢一辆飞车，估计瞬间就会暴露。再说，他一直是一个安分守己的公民，也不想做那种事。

王煊在路边招手，拦了一辆计程飞车，道："去兰城。"

这是前方一座城市的名字，前往孙家的大本营要经过这里。

司机没说什么，两座城市虽然相距一百五十千米左右，但以飞车的速度，很快就能从这里赶到兰城。

刚一上车，王煊就觉得不妥，新星上监控无处不在，个人简直无所遁形，他不动声色地毁掉了车上几套监控设备。

然而，计程飞车驶到半途，司机皱着眉说道："为了保护乘客的安全，我们车上都装了安全监测设备。现在设备出了故障，总部通知我立刻去维修。"

天上有卫星，地面上各种交通设备也都有监控。王煊皱眉，这样下去，他很快就会暴露。

"我有急事，给你加价。"

然后，这辆车一路狂飙，路过兰城都没有停，而是从兰城外疾驰远去，一路向东。

深夜，这辆计程飞车前行了二百五十千米，最后没有能源了，不得不停在路边。

而此时，王煊距离苏城已经有四百千米，离孙家所在的康宁城还剩下五百千米左右。

他估计自己的行踪有可能暴露了，新星上的探测器与各种摄像头实在多得数不过来，让人防不胜防，继续前进的话有些危险。

……

夜间，各种探测器以及卫星天眼还原了真实的画面，确定没有战舰进攻孙家的基地，那个基地是内部自毁的。

事实上，孙家比外人先得悉这一情况，那个基地最后关头传送出来的少量画面被整理了出来。

接着，有消息从数十千米外传来：路边的探测器捕捉到了疑似王煊在河边登岸的身影。

显然，有财团将王煊录入了特殊的系统中，一旦捕捉到他的行踪，就会第一时间传送到某些组织的信息库。

无论是王煊还是陈永杰，都被记入了某张名单上。不管是否有敌意，各方对他们的出行轨迹都很在意。

这则消息很快就被各方知道了，简直让人难以置信。

"他没死？！"

"怎么可能？！连战舰的超能武器都没有将他杀死，难道他成了地仙不成？"

消息传出后，财团、大机构的人都惊呆了。

王煊不仅没死，还沿着那条大河一路顺流而下，其间，大河畔的孙家基地爆炸了！这怎能不让他们多想？

"难道是他？！"

一些人被镇住了。

从天而降的能量光束没有杀死王煊，孙家的一个军事基地反而被捣毁！

可惜，那处河段较为偏僻，各家没有在那里布置探测器。孙家的基地应该捕捉到了一些画面，在毁灭之前传出去了部分影音，但是他们没有向外透露。

今夜接连发生意外，王煊的身影再现，这个消息让各方觉得像在做梦，一些人久久不能平静。

"这都不死？"

"如果真的确定那个基地是王煊毁掉的，孙家估计要发疯！"

今夜发生的事太惊人了。

康宁城，孙家内部宛若乌云密布，一群人脸色都很阴沉。对他们来说，今夜的坏消息一则接着一则。

"发现了他的行踪，他想朝我们这里进发。不要犹豫了，将战舰准备好，沿途轰击他。"有人沉声道。

"立刻联系鬼先生，停止阻击陈永杰，先去将那个王煊处理掉！"

孙家人杀气腾腾，恨不得马上将王煊毁灭，今夜的损失让他们痛彻心扉。

……

王煊离开计程飞车，进入前方的景悦城。果然，没过多久，有战舰无声无息地逼近，在城外一闪而过。孙家的人阴魂不散，追踪到了他。

"一夜突进四百千米，决心很大啊！他真想杀进康宁城，直逼孙家大本营？"

其他财团、大机构得到消息后，都很震惊。王煊疑似毁了孙家的基地，而后一路东行！

在特定的圈子中，许多人密切关注着这件事，他们觉得王煊太疯狂了。

陈永杰闻讯后，一阵无语。他提前上路，离苏城也不过二百五十千米而已，王煊一夜间就超过他了。

"小孙，王煊似乎没死啊。"新月上，周云第一时间联系上了孙逸晨，道，"听说孙家出意外了，一个基地爆炸。节哀，保重身体。"

孙逸晨直接挂断电话，没有搭理他。

景悦城距离苏城四百千米，算是一线城市，人口数量也有上千万，财团宋家的大本营就在这里。

所以，王煊很安心，找了一家离宋家大本营很近的大酒店。

事实上，每当有人来拜访宋家，大多会选择住在这家七星级酒店中。

虽然此时已是后半夜了，但是宋家人无眠。他们万万没想到王煊来到了他们的地盘，就住在一街之隔的流云大酒店！

"小宋的家就在这里？"王煊露出异色。

"小王来了！"宋家有人沉声道。一名老者吩咐下去，让家族中人严阵以待。事实上有战舰起飞了，就在城外，如果有什么意外，必然会开火！

到现在为止，人们还不能确定孙家的基地是王煊引爆的，只是怀疑而已。但这足以说明，王煊是个极度危险的人物！

房间中，王煊精神奕奕，并无倦意。在路上乘车时，他就将消耗的精神能量补充了过来。

后半夜，一艘战舰出现在景悦城上空！

宋家人心头狂跳，立刻警告战舰中的人不要在这里开火，否则后果自负。

"我们只是送人。"战舰中有人回应。

战舰内有一口玉石棺椁，带着斑驳古意，并冒出丝丝缕缕的黑雾。战舰是专为送这口玉石棺椁中的人而来的。

王煊站在窗前，看着夜空中的战舰，双目深邃，估量了一下自己与战舰的距离。太遥远了，即便他的精神出窍也触及不了。

"嗯？"突然，王煊双目中光芒迸放，看到夜空中出现了一道身影。那道身影是从战舰中飞出来的，直接向他这里而来。

那是一道精神体，相距这么远，它都能接近这里？

王煊手持古灯，盯着高空。那道精神体临近了，快速向他这里扑来。

王煊激活古灯，灯芯处光焰跳动，瞬间交织出一支暗红色的小箭。小箭带着符文，嗖的一声飞了出去，钉在那道精神体上。

那道精神体顿时僵在窗外。

王煊没有丝毫犹豫，以精神能量牵引，轰的一声引爆了暗红色的小箭，那道精神体顿时炸开，烟消云散。

敌人没有想象中那么难以抗衡。

这时，高空中的战舰内，那口玉棺中黑雾弥漫，再次凝聚出一道精神体，向流云酒店这里扑来。

　　这次，王煊精神出窍，以天眼观察，终于看出了端倪：那道飞扑而来的精神体上附着某种特殊的物质，有奇异的符文若隐若现。

　　他再次催动古灯，将这道精神体禁锢，而后引爆。

　　就这样，王煊连毁了九道精神体！

　　不久后，第十道精神体出现，在远处开口："我的本体未现，不想与你为敌，你毁掉的只是我从遗迹中收集到的一些精神碎片。"

　　"那你为什么来景悦城？"王煊站在窗前，问道。

　　"虽然神话时代注定要逝去，神话人物注定要消散，但我们也不能坐以待毙啊。我过来，是想看看你有多强，想与你合作。"那道黑色的影子居然说出这种话来。

　　"你是谁？"王煊沉声问道，感觉这道影子不简单。

　　"我，一个孤魂野鬼，一个鬼奴而已。我们都是超凡者，可以合作，我可以帮你掀翻孙家！"

第227章
内鬼

这相当突然,他想变成内鬼?一场超凡对决还没有正式开始,就这样结束了。

王煊站在窗前,静默无声,看着前方的黑影与高空中的那艘战舰。

事情有些出乎意料,这才接触,刚刚简单交手,对方就叛变了,搁谁身上都不可能直接相信。

"你我皆超凡,谁愿意被人役使?"黑影沉声道,加重了语气,似乎有种压抑在心底深处的愤懑。

这个说法有一定的说服力。在神话消逝的后文明时代,能达到超凡绝不简单,这种人的心气自然极高。如果有选择,谁愿意当呼之即来、挥之即去的走狗?

"你之前为什么投靠孙家?"王煊问道。他十分平静,没什么情绪波动。现在形势太复杂,能合作固然好,如果对方设陷阱,那么他接着出击就是了!

"我原先和你一样有冲劲,看不惯财团想掌控一切的霸道姿态,结果我大意了,被孙家拿下,不得不低头。"黑影开口道。他是精神体状态,不用担心外人听到他们的交谈。

王煊觉得这个人很强,以本体役使从古代遗迹中寻找到的精神碎片,这不是一般的手段。

"你实力不弱,是怎么落在他们手中的?现在不能摆脱吗?"

黑影叹道："真的不要小看财团，在这个特殊的年代，超凡逐渐消亡，列仙洞府自空中坠落，他们挖掘到了太多的奇物。"

依照他所说，他有一腔热血，曾经只身接近孙家，但被无情地镇压了，超级财团的底蕴深厚得可怕！

"孙家的秘库门前悬挂着一口钟，我才临近，古钟就自鸣，当场收走我一魂两魄，而后我便落入了他们手中。"

这个消息很惊人，对王煊来说非常重要。

"神钟自鸣，当时有超凡者催动吗？"王煊神色凝重地问道。超物质枯竭了，孙家还有这种力量，确实可怕。

"没有看到。"黑影摇头道。

他很严肃，补充道："我怀疑那是上古重宝，当时列仙匆匆离去，没能将之带走！"

接着，他无奈地道："有些财团自己都不知道家中的奇物有多么恐怖，有些奇物甚至能斩灭超凡者。"

他明言，随着时间的推移，财团渐渐也意识到了秘库中的东西不简单。

他郑重提醒道："近期，他们将密地采集来的X物质等注入许多古代奇物中，有些东西复苏了，所以你接近财团时一定要小心！"

黑影能够说出这么多，告知王煊财团中可能存在的危险，确实表明他有合作之意。但王煊不可能全信他，只能走一步看一步。

早先，这道黑影的攻击并未掺假，确实很凌厉，那些精神体一道接一道地飞来，换个人可能就会被击杀！

黑影来自孙家，肯定知道古灯落在了王煊的手中，出动那些精神碎片，应该是想消耗掉灯中的超物质。

黑影大概没有想到，王煊竟然能连斩他从古代遗址中收集到的九块强大的精神碎片，而灯体中的超物质依旧不枯竭！

能除掉就除，不能的话，那么就换个思路谈合作，这很现实，也很真实。

黑影心有感触，怅然道："我常怀疑这片星空有意识，它钟爱科技文明，要彻底消灭超凡者！这片天地太有利于财团了，列仙洞府被他们挖掘，科技力量越来越强大，而超凡能量却在渐渐消亡。这个时代给予了他们太多……"

"我能见见你的本体吗？"王煊问道，他想将黑影看个透彻。

这个人连神话时代全面逝去，超凡终将消亡都了解，知道得太多了。

黑影没有答应："还是不见了。我躺在一口玉棺中，不方便从飞船中出来接近你，否则容易引起孙家的怀疑。"

他保证，只要王煊进入康宁城，两人就可以合作。他将为王煊提供孙家的各种防卫图，而且他必然会出手，与王煊来个里应外合。

"你挡住那口古钟三分钟，助我一魂两魄脱困。"黑影道。

王煊心底有些波澜，三魂七魄这种划分方式属于古法。无论是在肉身中还是精神出窍时，王煊的精神能量都是一个整体。他开口道："那口大钟能收走你的魂魄，我也不见得能挡住。"

"不，我觉得你很强，你在这个年龄段就能只身毁灭孙家一个基地，可比肩古代传说中的人物。我相信，你现在已经能够神游，做到其他超凡者不能做到的事。"黑影开口道。他所说的神游，显然是指精神出窍。

王煊摇头道："那不是我做的，是我家教祖看不过孙家用战舰轰击我，一怒之下出的手。我哪里有那样的神通？我的精神离开肉身后，最多只能在百余米内徘徊。"

"你家……教祖，是哪位前辈？"黑影问道。

"不知道，他不说，只是偶尔来见我一下。"王煊答道。

黑影又道："能请你家教祖出手毁灭孙家吗？也请那位前辈帮我脱困。"

"我家教祖对现世的这一切缺乏兴趣，整日忧心忡忡，不知道在忙什么，我很少见到他的身影。他放任我在新星上磨砺，不到万不得已，对我的事不怎么理会。"王煊沉声道。说到后来，他自己都相信了，在他的讲述中，老者知道神话将消亡，现在正在想办法。

王煊误导黑影，勾勒出一个疑似从大幕中逃出的模糊的教祖形象。当然，他肯定不会说大幕的事。

果然，黑影沉默了一会儿，然后才再次开口。

"我这边也知道一些事，如果有机会，务必请那位前辈一见，不只是救我那么简单。我那过世的恩师也算是我昔日的主人，他也有过相似的忧虑。"

王煊听闻后，不动声色。他知道，这黑影有问题，估计有不小的来头，得防着点儿！

"孙家真的不简单，有古代传说中的一些极其强大的异宝，以前他们不知道，但现在渐渐摸索出怎么用了。你小心点儿，最好请出那位前辈。只要能放出我的一魂两魄，我愿意以后听从调遣，第一个去毁灭孙家！"黑影的心绪波动很激烈。

王煊点头，问他古代遗留的精神碎片为什么可以横渡这么远，都有好几千米了。

"因为这些精神碎片的本体生前极其强大。你如果想神游更远的距离，可以找数百年的古桃树，被雷击过又活了下来的那种，截取其桃木心，将魂魄寄托在当中。"

王煊讶然，还有这种办法，但是那种材料多半极难找。他想了想，又问道："其他财团的实力怎么样？"

"新星的财团与大组织都很强，没有简单之辈。我过去太自负了，大意了。"黑影叹了口气，懊悔不已。

他告诉王煊，各家都渐渐意识到了古代一些器物的厉害，尤其是最近，都在尝试将密地的超物质注入秘库中。

尽管有的家族还不知道那些器物怎么用，但是个别异宝太厉害了，稍微得到超物质滋养，就能形成恐怖的符文，自主防御。

当初，他闯进孙家，就是这么着道的！

"我等你请到那位教祖前辈，杀进孙家。如果是你自己来，我只能说尽力相助吧。"

随后，两人又商定了一些事。

最后，黑影准备离去。

王煊突然道："要不，你假意将我拿下，绑到孙家，你觉得怎样？现阶段我被盯上了，想要去孙家有些难度，需要很长时间。"

"也行！"黑影点头道。

"算了，孙家那么强大，底蕴深厚，我得先准备下。"王煊摇头道。黑影答应得那么快，反倒让他心中没底了。

万一这家伙是个双面人，等王煊坐上战舰后，暗中以体内芯片通知孙家，在路上做手脚，导致战舰解体，他必死无疑。

"孙家似乎笃定，三年后，神话之火会彻底熄灭。孙家要确保三年内超凡者无法崛起，不能颠覆现有的秩序，以维持与扩大财团现有的优势。而且，孙家正在积极与各家财团密议，说服更多的大势力加入进来。"

黑影离去前，又说了这样一段话。

当夜，孙家气氛凝重，孙家人都在等待结果。

"鬼先生返程了，奈何不了王煊！"

"超星的人快到了吧？动用撒手锏！"

"真以为我们孙家手段匮乏吗？现在不过动用了冰山一角的力量而已！"

孙家内部最终达成一致意见，决定动用一部分力量迅速灭掉超凡者，震慑外界。

现在已经是下半夜了，宋家人无眠。与宋家一街之隔的王煊终究还是没忍住，精神出窍，跑到宋家来看一看。

宋乾因为凌薇而疯狂使绊子，连吴家都中招了，还买通灰血组织去旧土数次暗杀王煊，让他记了一笔账。

现在王煊进来，没打算报复宋乾，在如此多事之秋，他不想与第二家财团开战，只想看看他们的秘库。

刚接近宋家的地盘，王煊立时就明白了哪里是重地，因为有片地带有氤氲灵雾缭绕，有莫名的符文绽放。

常人一般不能见到这些异象，但是对超凡者来说，那里仿若黑夜中的火光，太醒目了。

这是一片别墅区，没有对外出售，住的都是宋家人，这里是他们的大本营。

中心区域，一片复古式建筑物中，仅门口的两只铜狮子就不简单，其中积淀着超物质，有恐怖的气息弥散。

此外，古建筑物内插着五面小旗子，旗子交织出奇异的纹路，十分不凡。

最让王煊心惊的是，在那片古建筑深处，有一个充满古意的铜盆，盆中栽种着一棵黄金树。

黄金树不过一米多高，在黑夜中超凡者隔着墙壁都能感觉到那璀璨的金光。

树上有几只金色的小鸟，看起来也是用黄金铸成的，此时它们的眼中竟有符文绽放，像是有生命要复苏了。

王煊看罢，转身就走。他有种感觉，黄金树上的金色小鸟很恐怖，似乎是针对神游者的，可猎杀精神魂魄！

他刚才稍微接近，便感到强烈的不安！

这东西专门针对超凡者？！

"它不伤凡人，只杀精神出窍的闯入者。是谁给它注入超物质，它就庇护谁吗？还是说，宋家其实有高人？"

王煊确信宋家有稀世宝物，他匆匆一瞥就见到了这种强大至极的器物，这东西在古代多半也是赫赫有名的异宝！

"变态小王就住在我们隔壁，让人不安心啊。他能精神出窍，千万别来我们家作乱。"

听到这种话，王煊顿时想教育他们一顿：是你们家里有个变态小宋好不好？！

"我觉得，他与孙家开战在即，应该不敢四面树敌。"又有人开口。

王煊恋恋不舍，看了一眼宋家秘库的方向，最终离去了。

精神回归后，他倒头就睡，现在离天亮没几个小时了。

日上三竿，王煊从福地碎片中取出手机，同陈永杰联系，以密语告诉他小心一点儿。

"关琳来了，将那柄一米五长的大黑剑帮我带过来了！"陈永杰顿时信心大增，他觉得什么秘宝与兵器都不如这柄剑用得顺手。

陈永杰的红颜知已到了，也带来了一些消息。

"孙家曾派飞船前往旧土，那意思是想把你父母带过来！"

孙家，有人穿上了一副甲胄，甲胄上符文流转，散发着强大的超凡之力。然后，他拎起一口钟，还没有催动，就有涟漪扩散，宛若要粉碎世界！

这人放下钟，拿起一个黄澄澄的小葫芦，掂量了几下，爱不释手。接着，他又拿起一个五色光轮，光轮散发着蒙蒙的光晕，似乎能撕裂苍穹。

他正在秘库中挑选兵器，准备出去击杀超凡者！

第228章
决战准备就绪

王煊听到关琳带来的这个消息，顿时炸毛了。孙家居然去旧土要掳走他的父母，这是毫无道德底线啊！

陈永杰道："别急，关琳以及有关部门的一些老友知道新星这边的情况，并没让他们乱来，将他们警告驱离了。"

"如果孙家这么没有道德底线，那我也会不择手段！他们家大业大，族人更是有不少在外。我每闯进一个城市，就会将他们一处的产业彻底毁掉！"

下午，王煊拜访宋家，主要是想借他们的口向孙家传话。

宋家知道一街之隔的"变态小王"登门后，顿时无比警惕，在他们看来，这几乎等于夜猫子进宅。

他们知道自家的嫡系后人宋乾曾找灰血组织去旧土暗杀过王煊，生怕他是为了算账而来。

"小宋在家吗？"王煊进入宋家后，直接就来了这样一句"问候"。

在场的人顿时神色发僵，他真是为了报仇而来的？这主儿疑似在昨夜将孙家一处重要的基地给引爆了，没有什么是他不敢做的。

"没事儿，谁没年轻冲动过？我不是也有不顾一切的时候吗？只为吐心中一口恶气，敢将青天捅个窟窿！"

听听，这还说没事儿？就差拿刀架到脖子上威胁了！宋家在场的几人面面相觑，心中打鼓。

"我这次来真没恶意。"王煊开门见山,让他们帮忙联系孙家的主事人,他有话要和那边说明。

宋家的几人暗中松了一口气,只要不涉及他们宋家,随便他折腾去!

"请!"

宋家人比较客气,早先警惕主要是因为有点儿心虚。两名中年男子、三个年轻男女,都是宋家的嫡系,亲自招待王煊。

至于老头子们,那是宋家的核心高层,自恃身份,自然不会露面。

宋家这片别墅区很大,景色优美,像是古代的多座园林连接在一起的。山石奇异,流水潺潺,锦鲤摆尾,石拱小桥,很有意境。

"孙老,我们这边有位……客人,想和孙家高层通话。请您原谅,我这样冒昧扰您清宁……"在路上,宋文涛就开始联系孙家。

他想早点儿解决问题,不想王煊在这里久留,怕出事。

孙家真正的核心高层人物孙荣廷很意外,当得悉是王煊要和他们通话时,他的脸色顿时变冷了。

"我只说一件事,咱们之间的恩怨,不应该涉及我父母。如果你们非要这么没有底线,那么我每去一座城市,就会踏平一座孙家的商贸大厦,毁掉你们的产业。景悦城这里有你们一处飞船动力研究所,另外,世贸大楼也是你们的吧?"

在路上,还没有走到复古式建筑物中,王煊就非常不客气地将话说完了。

宋家的几人额头都冒汗了,第一次见到这么生猛的主儿,直接威胁、恫吓孙家的核心高层成员。

孙荣廷将手中黄澄澄的小葫芦放下,眼神冷厉无比,他多少年没有这样的体验了?居然被人呵斥了!

"我只说这一遍,有实力、有底气,你们就来对付我。如果旧土那边再有什么消息传来,孙家就等着披麻戴孝吧,我每进入一座城市,都会找你们孙家人的麻烦!

"另外,你们不要觉得我进不了康宁城,或许今夜,或许数日后的夜晚,我就会突然赶过去,和你们正式见面!"

说完这些，王煊直接挂断电话，不想听对方的狠话与废话。

孙荣廷拿着电话，脸色阴沉无比。他被人噼里啪啦地教训了一顿，不等他发火，呵斥回去，对方就直接挂了，这让他憋得实在难受！

"对不住，刚才冲动了，见笑。"王煊露出歉意，道。

宋家的几人都一阵无语：你将孙荣廷给训斥了，和我们虚情假意地说这些有什么用？

"谁都年轻过，嗯，你本来就很年轻。"宋文涛沉吟了一下，道，"其实我觉得，彼此对立冲突没什么好处，如果能缓和关系，最好不过。要不要我出面帮你们说和？"

王煊摇头，耿直地道："这番好意我心领了，就不麻烦宋总去碰壁了。孙家已经疯了，不真正体会死亡的阴云笼罩康宁城的话，他们是不会罢手的。"

宋家的几人心惊：你这么直接告诉我们好吗？

很快，王煊的手机响了，是个陌生电话。他说了声不好意思，便直接接听。在这个敏感时刻，他怕错过一些重要的电话。

"我是孙逸晨，那处基地是你毁掉的吧？刚才也是你威胁了我五爷爷，对吧？"

"你闭嘴，有什么事让孙荣廷联系我。大人的事，你这种小辈没资格掺和，给我滚一边去！"王煊挂断电话，而后将其拉黑。

曾经联系过孙逸晨，想通过他购买超凡血肉的宋坤，就在这里作陪，闻言心脏咚咚剧烈跳动。

宋家的三名年轻男女眼皮狂跳，孙逸晨在财团子弟中也是个人物，少有人敢得罪他，结果现在被王煊像训斥孙子般地挂了电话。

很快，宋家的那名年轻女子将这件事告诉了自己的闺密，而后……部分人就知道了。

新月上，周云高兴得要立刻返回新星，想找一些熟人喝酒，表达畅快的心情。

钟诚听到这个消息后，告诉了他姐："老王和孙家一样，也疯了，把孙荣廷都给骂了，这是要与孙家不死不休啊！"

钟晴道："王煊只有一个选择，那就是将孙家震慑到不敢有所动作为止，但还是要掌握分寸，不能让其他财团惊悚，担心他不可控，视他为极度危险、不可预测的变数。"

平源城，秦鸿出神，老孙被警告了？武夫这是要上天啊。他冷笑着，静候孙家发威。

凌启明有些发呆，那个曾喊过他凌叔的小子，竟然……走到这一步了？上一次，他和孙荣廷通话时，想保住陈永杰，结果被对方不留情面地拒绝了。现在，王煊直接呵斥与警告孙荣廷，他听闻后，一阵无语。

宋家，客厅的墙壁上挂着一些名人字画，其中一幅江海图居然隐藏着高深莫测的符文！

王煊无语了，财团随便挂着的一幅山水画都是宝物，他真想将之卷走算了。

不过，在宋家精神出窍很危险，有可能会引出那棵黄金树上的金色小鸟，他想了想，自己是遵纪守法的好公民，暂时还是算了吧。

"宋家有人病危吧？"王煊问道。

"啊，这你都能觉察到？"宋文涛吃了一惊。这几日，宋家的核心高层之一——他的祖父宋云病重。

老头子宋云九十七岁了，宋家人觉得他已经到了油尽灯枯的时候，以前他们用新术帮他续过命，可那种办法现在已经无效了。

王煊点头道："我不擅长斗法、激战，但在延年益寿方面有些心得。我感觉到了一股死气，那个人熬不过半个月。"

中年男子宋文涛面露希冀之色，宋云是他亲爷爷，如果能够活得久些，对他的上任自然有巨大的好处。

"你有办法吗？"宋文涛不是没听说过王煊为钱安延寿的事，但近期王煊与孙家撕破了脸皮，其他人实在不好主动与王煊接触。而且，钱安才七十多岁，身体还算硬朗，谁知道那种续命是否起到了真正的效果。

"看过才知道。"王煊没有将话说满，但是那种自信的语气，让宋文涛立刻知道绝对有戏！

他请王煊来到一座中式别墅中，看望病榻上的一个骨瘦如柴的老者。

"我如果付出代价的话，能为他续命三到五年吧。"王煊点了点头，道。

"请小王兄弟伸出援手，需要什么你尽管说！"宋文涛有些激动，这般说道。

到了这种地步，宋家其他人也不可能阻止，不然传出去的话，不救族中长辈，名声会非常糟糕。

"你知道的，我与孙家开战在即，很有可能会直接来一次大决战，一战分生死。战舰、超凡者、宝物都可能会在此战中出现，我现在消耗过大的话……"

王煊摊手，摆出一副很为难的样子。

"我们可以补偿你，家里也是有些收藏的……"这时，病榻上的老头子睁开眼睛，虚弱地开口道。

其他想反对的人，真不好说什么了。宋云是宋家的核心高层，积威多年，大多数人都很怕他。

"送我一些古代器物，我看看能不能用上。"王煊直截了当地开口。和这种人打交道，没必要打小算盘，没什么用，能活到这种层次的人，必然很精明。

"可以，但只能选一件！"虽然将死，但是宋云没有老糊涂，依旧很有威势，周围的人全都听他的。

"行，将老爷子的病榻抬到后面那座本土教祖庭中去。我为人续命时，需要沟通神明。人要有信仰，它会滋养精神。"

宋云摆手，示意照办。

王煊认为新星大概率有高人，比如一百多年前，有人将苦修门祖庭与本土教祖庭一同搬迁到新月上，镇压月坑。

这是列仙托梦，请人移来根基？还是说，神秘高人另有打算？总之，细想的话，新星绝对不简单。

就连孙家的内鬼，王煊都怀疑他可能知道大幕后的事，身份很惊人，但他不小心中招，意外落在了财团手中！

面对这种复杂的情况，王煊只能暗中积蓄力量，迅速变强，成长速度要超过所有人的预料才行！

王煊在宋文涛的陪同下，先来到了这座千年本土教祖庭中，他早已发现这里有神秘因子弥漫，不然也不会说可以救宋云。

昨夜，古灯有所消耗，王煊想来此地为它补充超物质，顺带帮宋云治病。

王煊坦然坐在这里，闭上眼睛休息，直接精神出窍。在这么近的距离内，他的精神能量可压制一切，不是太担心。

除非突然有人在这个时候对宋家的本土教祖庭来一发超能光束，不然奈何不了他。

本土教祖庭中供奉的神像内部，有块骨表面坑坑洼洼的，它曾被雷霆轰击过，外部呈焦黑色，里面则保持着浓郁的活性。

这就是羽化奇物！

王煊小心谨慎，通过它接近露出一道缝隙的内景地，看到了沉睡的模糊身影。

最终，古灯被"喂"饱了，超物质重新变得浓郁。

通过昨夜催动此灯，王煊估算出，此灯可以连着发出三十几支专门钉人精神的暗红色小箭！

宋云被抬来了，同时一堆样式不同的器物被取来，放在几个托盘上，供王煊挑选。

王煊顿时皱眉，宋家不够大方，取来的东西大多是残破的，比如缺一个棱角的银色小锤子、尾端少了一截的筷子长的铜矛、一面略带裂痕的八卦镜。

"这些东西对我来说没用！"王煊很直接地道。有些东西其实很不俗，注入超物质后应该很惊人，可毕竟破损了，他不想要残器。

"取一些看得过去的，不要拿破碎的。"宋云的脸色有些难看，毕竟他需要人救命呢。

不久后，宋文涛亲自送来一个托盘，上面有些物件让王煊都移不开眼睛了。

一只呈暗金色泽的小舟，巴掌长，内部有密密麻麻的符文。王煊心动了，这东西注入超物质后多半能飞上天，被神秘符文笼罩，大概率可以避开卫星天眼等！

这是古代的飞行工具，也是一件价值惊人的秘宝！

不过，王煊没有立刻去取，因为他身上的古灯居然发热了，隐隐在颤动，指引向另外一件奇物，所以他不急着选择。

不久后，王煊拿起一块玉印，爱不释手，准备收起。

"这个不行。"一名老者走来，道，"这块古印是我们宋家祖上的遗物，不能送人，文涛拿错了。不信你看，底部的古篆同我族有关。"

这个七十多岁的老头子将玉印取走了。

王煊的脸顿时沉了下来，转身就要走。

"换个器物吧，其他的随便选。"病榻上的宋云叹气，也说那玉印是祖上所留。

王煊犹豫了很久，最终取走了一块水晶，水晶当中有一抹暗淡的印记，像某种颜料。

"小王兄弟，能告诉我这块晶石是什么吗？"宋文涛开口道。

"某种颜料，画符时或许有用，我要研究下。"王煊脸色难看，不想跟他们多说话。他将水晶收起来的刹那，这东西与古灯一同颤动了起来，竟在共鸣。

"给我一间静室，我要静心，以最强状态为老爷子续命。"王煊道。

王煊进入一间房舍，看了又看，直接用精神领域毁掉了一些监控设施。随后，他取出晶体，用无坚不摧的短剑斩开，唰的一声，一道红光落入古灯，沉在灯体内部。

王煊立刻知道了它是什么———一种恐怖的真火！

现在的灯芯燃烧的是超物质，如果有了这种火光，大概率会与以前不同！

瞬间，王煊感受到了异常之处，原本被"喂"饱了的古灯的超物质瞬间接近枯竭，几乎全部被那道微弱的火光吸收了。

"有意思！"

王煊走出静室，去为宋云续命，其间多次冒险去内景地裂缝那里接引神秘因子。

第四次，他总算将全新的古灯"喂"饱了！

连王煊自己都心惊肉跳，再"喂"不饱古灯，他也准备结束了，怕惊醒内景地中的神秘虚影。

其间，王煊为宋云续命半年，告诉他续命需要循序渐进，不可能一步到位。

宋家人无语，宋云张了张嘴，也无法再说什么，只能祈祷小王活得久一点，千万不要被孙家立刻干掉。

晚间，王煊在酒店研究古灯，他觉得这东西的威力大增，大概率不只是攻击精神那么简单了。

"王煊，孙家来人了，准备与我在城外决战！"陈永杰突然打来电话，告诉他这个消息。孙家终于要发难了，出动了家中的恐怖力量！

王煊略有紧张，怕老陈挡不住，叮嘱道："你小心点儿，如果情况不对，就立刻朝我这边逃！"

"你说什么呢，陈教祖正准备立威呢！"陈永杰沉声道。

"嗯，我这边也来人了，不说了，今夜你我大概都要大决战！"王煊察觉到了异样的气氛，道。

在酒店周围，出现了很多机械人。最让王煊感觉到危险的是城外那片区域，那引起了他精神领域的警觉。

王煊来到高层建筑物上，眺望景悦城外。

黑暗中，有一个穿着甲胄的人，甲胄上符文流动，璀璨而神圣，他宛若天神般伫立在地平线的尽头。

"王煊，有人请你出城一趟。"一名机械人开口，紧接着补充道，"他说，神话时代逝去了，你这样的人要认清现实，不然三年后也会被清算。现在回头还不晚，他愿意给你一个机会。"

第229章
牧城大战

晚间，薄薄的几片云半掩星月，部分月光、星辉洒落在城中。

"大晚上的，他高高在上，当自己是神了？不知道是人是鬼、是猫是狗，他让我出城就出城？"

王煊觉得很反感，机械人复述那个人的话的姿态太高了，真当他们孙家一统新星，能够号令超凡者了？

在这之前，他又不是没对付过孙家的人！

什么被清算，什么给他一个机会，孙家以为他们掌控了一切，已经在新星无对手了？

王煊原本想现在出城同孙家人决战，但对方这样轻慢，当他是什么人了，聆听其训诫的下位者吗？

今夜，王煊必然要出城与孙家有个了断，但是不会按照他们的节奏来。他如果这样跟着机械人过去，就太掉价了。

"让他等着，我现在没工夫搭理他！"王煊转身走了，回到了酒店房间。

景悦城内，机械人很多，排列在这家酒店的周围，但它们的外表看起来都是普通人，掩饰了钢铁骨架等。

王煊算了一下时间，牧城外的决战应该开始了，不知道老陈怎样了。

"钟诚，你们应该能够看到现场的战斗吧，给我投屏过来，我想知道老陈现在的状况。"

王煊联系钟家姐弟二人，想通过他们实时了解陈永杰在牧城外的决战情况。

"好，你稍等。那边的对战已经开始了，我紧张得手掌心都出汗了，气氛压抑。孙家真有高手啊，科武结合！"

钟诚第一时间回应，给王煊发了一个秘网的链接，此时财团、大组织等都在通过这里观看大战。

这里不对普通人公开，有些事件影响太大了！

王煊立刻投屏，立体影音出现在房间中，牧城外的战斗果然开始了！

轰！

一道能量光束飞来，刺目无比，宛若直接打到了王煊的面部上。这种身临其境的影音确实让人紧张，太恐怖、太压抑了。

地面发生了大爆炸，数百斤、上千斤的石头崩飞，烟尘冲天，成群的机械人出手，能量光束交织，无比密集。

陈永杰像一道光在牧城外的开阔地面上纵横，他提前判断，不断躲避，并攻向前方一个身穿银色甲胄的男子。

那个人的肩头装备着新型的高能武器，不断发出光束。一道道光束飞出，疾速扫射向陈永杰。而且那个人手中还拎着一件冷兵器——阔剑，漠然注视着陈永杰。

陈永杰很狼狈，身上多了几处伤口。虽然他的精神领域强大无比，比在这个境界时的古代教祖只强不弱，但超能武器的光束太密集了，有些光束擦中了他的身体。

丈六金身光芒大作，在夜色下，陈永杰短发直立，低声吼叫，震得大地都在轻微地颤动。

画面一转，关琳的身影出现在镜头前，她站在牧城外部区域的一座高层建筑物上，正在与一些财团的人激烈地争执。

"这不公平，早前约定是陈永杰与孙家人公平对决，为什么待他出城后，突然出现这么多机械人围攻他？！"

关琳愤怒了，同时无比担忧陈永杰的安全。

一两个机械人还好，以陈永杰的超凡手段应该可以应付，但是现在突然出现了一群机械人，而在地平线的尽头，更有密密麻麻的钢铁丛林出现。

机械人大军正准备进发，灭掉陈永杰。

谁能挡得住？如果一支机械军团发威，高能光束横扫而过，根本不是才踏足超凡领域的人所能对抗的。

"这已经很公平了。超凡者渐渐没落，为时代所不容，这是历史的选择。我们动用的只是这个时代的部分力量，如果不顾一切地出动飞船、战舰等进行地毯式的饱和攻击，陈永杰还能活着吗？早就不在了。"一个中年男子开口道。他来自孙家，站在高楼顶上，现场观战，与关琳针锋相对。

"是你们自己说的公平对决，如果是这样，陈永杰完全可以躲在城中，找机会一个一个地击杀你们。现在你们这是不履行约定，出尔反尔！"关琳斥责道。在月色下，她看起来三十几岁的样子，貌美而英气逼人。当年，陈永杰曾进绝地为她采摘了一种奇药，让她保住了青春。

"你们不讲信誉，如果这样击杀老陈，也别怪我心狠手辣。你们孙家在旧土的利益一点儿都别想保留，那些人、那烂摊子，顷刻间都要化为飞灰，并不是只有你们会不讲规矩。"

关琳杀气腾腾，她看到城外的陈永杰身上有了多处伤口，顿时急眼了，心疼得不得了。

"关小姐，请为你自己的话负责，旧土那些人不见得听从你的建议，到头来伤到你自身就不好了。再有，孙家也未必怕你们的决定，最坏不过就是切断往来。事实上，孙家自己的战舰不算少，真不怵任何威胁。"孙家这个中年男子孙承明淡漠地说道，脸上挂着冷笑，底气十足。

接着，他补充道："况且，最开始，我们也说的是陈永杰同孙家决战，并没有提及他和我们具体某个人战斗。出动机械人算是压制我们的力量了，如果我们直接派遣钢铁军团进入城市围攻，不是依旧有同样的效果吗？"

孙承明眼底深处是无尽的冷酷，孙家死了两位高层人物，还被毁了一个基地，让这些武夫血债血还都远远不够！

孙承明寒声道："不管陈永杰是否答应、是否愿意走出城市，他都要面对这种结果。若在城市中开战，只是会牺牲一些平民、摧毁一些大楼等，事后进行补偿即可。"

说到这里，他嘴角噙着淡笑："现在看来，陈永杰还算识大体，愿意出来决战，少死些人也算是他的功德。他做了一件好事啊，呵呵！"

关琳寒声道："恬不知耻，自己说过的话不认。行，孙家这么无底线，我记住了。如果陈永杰今天在这里被你们不择手段地击杀，我会让孙家付出相当的代价！"

孙承明霍地转头，看向她，道："这是你说的，我等着！"

轰！

城外，大战很激烈。陈永杰满身是伤，手持一柄一米五的黑色长剑，接连劈碎一些强大的机械人。他的剑光在黑夜中显得格外璀璨，直冲高空，仿佛要撕裂天穹，让人震撼不已。

超凡者近乎通神？

一道又一道超能光束被陈永杰避开，但他只要踏错一步，就可能会被重创。

丈六金身被陈永杰发挥到了极限，他的体外金光汹涌，如烈焰激荡。这时，一道超能光束飞来，擦着他的丈六金身爆炸，震得他身体摇动，气血翻腾。

陈永杰迂回曲折前进，逼向那个身穿银色甲胄的男子。那个人缓缓地动了，其肩头、腿部都有超能光束飞出，不断轰过来。

"血肉之躯竟能强到这种地步，只身对抗大批量的机械人，剑劈机甲，硬抗超能光束，这个陈永杰确实了不得！"

财团、大机构的特殊圈子，所有人都在观看这一战，从真正的核心高层，到喜欢过灯红酒绿生活的年轻一代，这个夜晚都在密切关注超凡大战。

成败与否，都会在今晚有结果。

孙家这次没有低调，早已放出话来，不会再耽搁下去，要在今夜灭掉陈永杰与王煊。

"老陈，挺住啊！孙家太不讲究了，这是摆明不要脸了，动用这么多机械人，磨也要磨死老陈啊。这样的高能武器，谁挡得住？"

钟诚的手心都出汗了，恍若是他在战场上。看着立体影音，他数次被惊得大叫，以为自己被能量光束击中了。

钟晴幽幽地开口道："但你得承认，这就是孙家的力量，无论如何，陈超凡都得过这一关。孙家翻脸的话，哪里还会管什么城市与野外？不要说机械人了，真要危及他们的安全，他们肯定敢在城中动用战舰！"

事实上，不少财团也是这么认为的。陈永杰想要真正胜出，只有迈过这一关才行，早晚会遇上钢铁丛林大军。

"陈永杰，你的命真硬啊，赶紧被干掉吧！"

但凡关注这一战的人都很激动，情绪起伏剧烈，孙家人更是如此，孙逸晨此时正在低吼。

孙逸晨恨不得这一战立刻落幕，尽快消灭超凡者。同时，他更期待另一场即将开始的大战，更希望打扁王煊！

平源城，秦家。

秦鸿变了脸色，感受到了一股寒意。超凡者对决科技武器，这么长时间都不死，实在危险，这要是闯入秦家，后果不堪设想。

轰！

牧城外，陈永杰剑劈机械人，像是在飞行，横跨长空。他每次在地面踩踏时，都蹬裂大地，远去百余米。

"陈永杰，死！"

这时，那个身穿银色甲胄、手持一柄阔剑的男子，猛地将大剑插在了地面上，从背后摘下大弓。

他一直站在原地，等待最佳射程出现。

男子持着一张漆黑的大弓，搭上一支银色的箭，将弓弦拉满，轰的一声射了出去。

这一刻，整片天地都被照亮了，漆黑的夜空下像是有一颗彗星砸落，威力强大无比。

陈永杰的身体掠过地面，横移百余米的距离，快速躲避了过去。

那支银色的箭极其恐怖，从陈永杰原来的立身之地飞过去的刹那，长长的尾光在地面犁出一条巨大的深沟。它还没有真正触及大地呢，就已经如此！

最可怕的是，这支银色的箭掉转方向，再次向陈永杰飞射而去。

这支箭是宝物，内部符文密布，被孙家浸在浓郁的X物质中很久了，早已被激活。现在这支箭被射出后，锁定敌人，不见血不归。

在孙家这个高手身上，共有三支这样的箭，它们与黑色大弓组合在一起，成为杀伤力惊人的法宝。

陈永杰怒吼，将手中的黑色大剑抡动起来，劈在了再次飞射而来的银色箭上，两者间爆发刺目的光芒。

轰的一声，这片大地炸开了，地面出现一个直径近十米的深坑，漆黑一片。

"死了吗?!"孙家许多人都在紧张地注视着。

"老陈，不能死啊！"周云在新月上也在关注这一战，紧张得都在发抖。

"陈永杰，你能熬过这一关吗？"凌启明也在观看这一战，他很多年没有这样精神高度紧绷了。

牧城外，轰的一声，陈永杰冲了出来，满身是伤。他被超凡能量大爆炸冲击得不轻，但他的精气神没有萎靡，反而战意高昂。吃了这么大的亏，他怎能善罢甘休？

"我的法宝被劈碎了……"远处，那个男子的脸色变了。他射出去的那支银色箭被陈永杰手中的黑色长剑斩爆了，刚才那里能量光团猛烈地爆开。

他正在弯弓，想要射出第二箭！

此时此刻，陈永杰浑身发光，在他的背后出现了一个金色的虚影，威严无比，怒目而视。

仔细看的话，会发现那是陈永杰自己！

虚影怒吼，金光四射，在陈永杰的周围，浮现出一些模糊的奇景，极其惊人。
　　轰！
　　虚影咆哮，地面被撕裂了，巨石、烟尘等冲向天空。陈永杰将黑色的长剑当成飞剑驾驭，一道黑光像撕裂了天地般，疾速远去。
　　噗！
　　身穿银色甲胄的男子感觉难以置信，低头去看，顿时发出一声凄厉的惨叫，他竟然被斩中了！

第230章
"先下一城"

银色甲胄采用了新星最新型的合金材料,甚至掺了少许太阳金,结果还是被黑色长剑劈开了。男子眼前发黑,剧痛难忍,不受控制地在地上翻滚。

所有人都变了脸色,被惊得不轻。一道黑光撕裂夜空,就这样将孙家派出的强大男子斩中,太惊人了。

"怎么是他赢了?机械大军呢?上啊,灭了他!"孙逸晨在院中怒吼,难以接受这种结果。

他迎着月光,摆下一桌酒菜,宴请了几位年轻的朋友,正准备庆贺,结果他们孙家的高手被人击倒,说好的斩杀超凡者呢?

"老陈,不等了,看完大战,我连夜就回新星!"周云在新月上激动坏了,喊道,"我迫不及待想看到那帮人如丧考妣的面孔了。"

当初,他是被人奚落,心情郁闷,才躲到新月上来的,现在他想回去了。

"打得好,陈永杰超神!"新星上也有许多练旧术的人,但他们的组织不够强大,少数人勉强有资格进秘网观看这一战。

牧城,那座摩天大楼上,关琳露出笑容,在月色中显得非常灿烂,面容上难得地露出柔和之色。

她看了一眼孙家的人,懒得多说什么,只是那种眼神让孙承明心中发堵,想大吼一声。

众目睽睽之下,孙家投入这么多力量,连一个陈永杰都拿不下,今晚的大战如果这样落幕的话，真的让人无法接受。

"不用担心，还没有结束！"一个苍老的声音响起。

"虽然超星过来的这位强者败了，但孙家没败，我们有很多力量可以压制陈永杰，没有必要顾忌什么。趁他在城外，即便动用战舰以致落人口实，也要将他除掉！"

那阴冷的声音传来。到了这种关头，哪还在乎什么所谓的公平对决？现在只看结果！

"老陈，见好就收，快回来！"关琳很警惕，告诫道。虽然她没有听到孙承明与老者的对话，但是她感觉到了孙承明眼中的恶意，那是疯狂的、狠毒的眼神，是要发疯的前奏。

陈永杰现在金身璀璨，在他身后，虚影越发真实，栩栩如生，屹立在那里，威严无比。

陈永杰向前走去，同时精神领域震动，催动黑色长剑，黑光大盛，向地面那个男子劈去。

随后，陈永杰看向地平线的尽头，那里黑压压一大片，机械军团行动了，化成钢铁洪流，向他逼来！

原本在地上翻滚的男子，关键时刻张口吐出一道雷霆，击得黑色长剑偏移。他脸色铁青，实在没想到会被突然斩中。

这名男子手中突然多了一把扇子，一刹那，这扇子绽放五色光彩。他猛然挥动扇子，轰的一声，天地宛若炸开了，附近的地面龟裂，几十厘米宽的黑色缝隙十分密集，蔓延向远处。

这个场景极其可怕，连黑色的长剑都被震飞向天边，五色光像洪流，又像五把天刀，向陈永杰劈去。

黑色的天空被照耀得一片通明，亮如白昼！

众人深受震撼，这种威能太恐怖了，仿佛天崩地裂般，牧城外那片无人地带以肉眼可见的速度被五色光芒淹没、割裂，而后爆炸了！

扇面扇动过后，前方百余米宽的地段全面崩解，即便是超凡者也很难挡住这样的五色神光。

陈永杰第一时间躲避出去，横跨数百米远。即便如此，他还是被那种光稍微触及，身体又多了一些伤痕。

陈永杰眼神冷厉，将翻飞到远方的黑色长剑接引了回来。

"一件强大至极的异宝，在古代都赫赫有名吧？看来我想以纯粹的肉身对抗稀世宝物，还是有所欠缺。"

不过，陈永杰一点儿也没有灰心，相反很满足。今夜大战，他的奇景映现出了部分，一旦真正显现，他估摸着以后能硬抗法宝！

即便是古代的教祖级人物，在他这个境界时也很难显现奇景。

翻手间，陈永杰手中出现一个兽皮袋，他直接将之催动。

"灭掉陈永杰！"牧城中，孙承明暗中下了命令。

地平线的尽头，钢铁军团发动了，能量光束密密麻麻地向陈永杰扫射，机械大军冲杀了过来。

与此同时，那个之前被斩中身体的男子猛力挥动五色羽扇，五色光束再次浮现，如同天刀、雷霆，摧毁前方一切阻挡。

这种强大的宝物即便在古代璀璨的超凡传说中都属于罕见的异宝，足以瞬间改变战局。

轰！

陈永杰手中的兽皮袋发光，鼓胀起来，似乎要兜住天地，释放出慑人的能量，形成莫名的力场，让夜空都模糊了，像在扭曲空间。

与此同时，陈永杰击穿大地，沉入地下，躲避那交织在一起的超能武器的扫射，能量光束密密麻麻，从半空飞过。

兽皮袋贴着地面发光，与那五色羽扇发出的光束撞击在一起。两者之间激烈碰撞，最后能量团爆开了。

那种光像大伞，像蘑菇云，又像一片汪洋，拍击向高天，刺目而慑人，辐射出惊人的超物质。

超凡能量扩张，照耀得天地都一片通明，亮如白昼，光芒向四面八方扩散。

那是肉眼可见的能量涟漪，如惊涛拍岸，席卷了牧城外的无人地带。

咔嚓！

刺啦！

大地上，机械大军的内部线路与芯片出现了问题，能量火花四溅。机械大军被辐射出来的能量涟漪波及，僵在了原地。

观战的人不禁发呆，孙家的人则如坠冰窖，身体发寒。

那是超凡辐射！

兽皮袋与五色羽扇太强大了，属于神话传说中的异宝。它们对决后，两者之间伞状的能量光芒冲上了夜空，辐射向四面八方。精密的电子元器件被能量光芒侵蚀，比遭到强脉冲攻击还恐怖很多倍。

孙承明头皮发麻，没有想到会出现这种情况。

他们试验过，异宝发威，是单向攻击，如果对准陈永杰，足以将他打没。扇面一击，就是超凡者也要殒命。结果两件异宝对轰，情况完全不同了，整片战场都被那种强辐射覆盖了！

孙家的这支机械军团原本是要除掉陈永杰的，结果反被摧毁，出现不可逆转的故障！

兽皮袋早先不足巴掌大，现在幻化出的景象简直要覆盖夜空了。它在那里碰撞，渐渐将五色羽扇压制，最终嗖的一声将其收进袋中。

战场内外鸦雀无声，神秘的古代异宝兽皮袋改变了最终的战局。

"这袋子是什么东西？乾坤袋，人种袋，还是其他？"钟诚狂咽口水，问道。这是他亲手送过去借给王煊与陈永杰的，是钟家的异宝。

钟晴也震惊不已，难怪她的太爷爷随身携带这件宝物，原来关键时刻它能够改命！

"一定是古代神话传说中的顶级宝物……竟这么可怕！"

各大财团都被镇住了，两件异宝对抗，废掉了孙家的机械人军团。

这一刻，各家都无比重视此事，准备重新查看秘库！

战场上，那被斩中身体的男子被掳走，疾速飞入兽皮袋中，包括那张大弓与两支银箭。

异宝的威力太惊人了，陈永杰欣喜而激动，因为他马上就要有自己的异宝了。

陈永杰抓起兽皮袋，疾速远去，冲向牧城。

轰！

天边，孙家的战舰出现了，它如同狰狞的凶兽般悬在半空，发出骇人的能量光束。

陈永杰提前警觉，先行避开了。

咚！咚！咚！

牧城外的空地上被打出一些深不见底的大坑，宛若深渊般。

"孙家，你们过分了，想毁掉牧城吗？"有人发声，通过秘网等特殊的渠道质问孙家是不是疯了。

即便败了，也要有个样子，如果孙家真敢将牧城一两百万人葬送，其他财团绝对不会答应。

潘多拉的魔盒一旦开启，新星以后将永无宁日。现在又没有到孙家生死存亡的时刻，孙家若敢屠城的话，会惹来众怒。

几道刺目的光束从天边先后落下，打穿大地，但终究没有落在牧城中。

陈永杰很镇定，强大的精神领域让他生出近乎"超感"般的预判：牧城很安全。所以闯入城中后，他都没有向身后看一眼。

陈永杰翻转兽皮袋，将里面的东西倒了出来。那男子落地的瞬间，便被陈永杰一剑斩灭。

至于那张大弓与两支银箭，虽然算是宝物，但是称不上异宝，陈永杰看了两眼就将其背在了身上。

他对那把扇子爱不释手，这是真正价值连城的东西，虽然略微逊色于兽皮袋，但也算是稀世神物了。

兽皮袋终究是别人的，而五色羽扇是他的战利品，属于他了，这是一件真正的异宝！

陈永杰快速登上那栋摩天大楼,看向在场的几人。

关琳心中喜悦,目光柔和,所有的紧张与担心都消散了。

"陈永杰,这场你赢了!"孙承明开口道。他眼神冰冷,看向这个留着一头短发、满身伤痕、被金光照耀的男子。

但很快,孙承明一阵战栗,感觉到了刺骨的杀意,心一下子就沉了下去。

"你不会以为就这么完结了吧?不讲规矩,动用机械大军围攻我,最后连战舰都开出来了。你们失败了,就想拍拍屁股走人?"陈永杰开口道。在他的身后,庞大的虚影再次浮现,光芒绚烂,俯视孙家的嫡系高层。

"你杀了我们的高手,让一群机械人损毁,已经成为胜利者,还想怎样?"孙承明尽量让自己的语气平淡一些。

陈永杰沉声道:"我败了,会被你们杀死;赢了,自然要除掉你们啊。不要以为你站在这里,就身在局外,孙家高层都是参与这场赌战的人。你以为你很超然吗?坐在看台上,俯视铁笼中的猛兽角斗?你没资格这么轻慢超凡者,做错了事,尤其是输了,就要付出血的代价!"

"你……"孙承明倒退了好几步,全身冰凉。

"说起来,我一再被你们针对,却还没有除掉一个孙家高层人物呢。"说完,陈永杰手中的黑色长剑直接挥了出去。

一道黑光闪过,噗的一声,剑起剑落。

当着所有人的面孙承明被击杀了!

"孙家,你们还要继续是吧?我奉陪到底!在你们康宁城相见!"陈永杰寒声道。在他背后,庞大的金色虚影跟着轰鸣。

闪电交织,精神能量共振,附近的所有探测器都被毁掉了,至此各方无法再看到陈永杰的身影!

孙家有人低吼,各方都看到了孙承明被斩的画面。

这一战,孙家惨败!

"我还是厚道点儿吧,就不联系小孙了。"周云大笑道。

此时此刻,各方都被震动了,这一战掀起了轩然大波!

王煊平静地在酒店看完这场大战，便起身向外走去，轮到他出手了！

事实上，虽然牧城的事引起了各方注目，但是人们没有忘记，孙家曾说过今夜也要灭掉王煊，现在孙家开始行动了吗？

第231章
躁动的夜晚

牧城一战，惊动四方，影响实在太大了。

陈永杰强势无比，给孙家上了一课，让他们明白了超凡者一怒，敢将孙家高层当众斩灭！

"还等什么？一定要限制超凡者。他们现在就敢这么做，无法无天，将来会怎样？财团还能掌控新星吗？会被他们取而代之！"

孙家的人第一时间这样联系大势力，和所有顶级大机构对话，要求各方严肃、认真对待超凡者带来的问题，灭掉超凡者迫在眉睫。

他们知道，各家乐意见到有人和孙家对垒，消耗超级财团的力量，但是如果将超凡者的危害夸大，那么各家肯定会担忧，最终也许会有人站在他们这一边。

孙家调动机械军团，提高警戒，依旧准备灭掉超凡者，同时竭尽所能地游说各方，最差也要联合几股大势力。

秘网一片热烈，财团、大机构的人全都在热议，从核心高层到年轻一代，都被晚间的超凡大战震撼了。

神话照进现实中，居然这样惊人，最后竟是两件异宝决定战局。

"打开秘库，咱们家的一些老物件过去曾有异动，还没有激活就已经这样，如果正确利用起来，会有怎样的表现？"

"这件该不会是捆仙绳吧？还有这件……没准儿是羊脂玉净瓶。"

……

各家财团都行动起来，清点秘库，寻找那些非凡的器物，请来专门考证古代神话的资深顾问跟着一起研究。

毫无疑问，这对王煊与陈永杰来说影响不小，以后他们再想获取那些古代器物，难度变大了。

孙家游说各家，有人郑重接待了他们，对他们说的事很上心，这些人和孙家一样，怕超凡者颠覆自己现有的一切；也有的家族反应较为平淡，目前只是在观望，根本不想下场；还有些大机构的人心思难测，没有立刻表态。

晚间，财团、大机构这个特殊的圈子波涛起伏，有热议的，有挖掘秘库中异宝的，也有密议联手的。

不过，他们没有忘记，今夜还有一战！

他们的目光投向了景悦城，景悦城的人口数量是千万级的，是宋家的大本营，这里会有一场超凡大决战。

"变态小王就在隔壁，千万别将我们牵连进去，赶紧出城吧！"宋家的一些人有些担心。

因为有陈永杰出手在先，这一战更为引人注目，引爆了财团与大机构这个圈子。现在连早先没有关注这一战的人都联上了秘网，等待多时了。

财团中，有些老人原本很安静，没有理会牧城大战，有些女子对武斗不感兴趣，早时也没有观看。现在听闻陈永杰那一战宛若神话再现，他们全都坐不住了，都想第一时间观看直播。

"钟晴，听说你和今夜压轴决战的王煊一起进过深空中的密地，曾共游地仙城，他人怎么样？"

不得不说，即便平日举止优雅得体、落落大方的女子，在私下里和闺密聊天时也很八卦，和普通女生没什么区别。

"小晴，超凡者会不会飞升成仙？他们抬手就能劈断山头吗？和他们相处会不会不小心被伤到？改天约他们出来一起喝茶啊。"

事实上，钟诚与周云的电话也很忙。牧城一战，陈永杰只身面对机械大军，全身而退，一个人挑战孙家的超级力量，引发了极大的震动。年轻一代的不少人都开始联系钟诚和周云这些曾与王煊、陈永杰走得很近的人。

此时，周云正乘坐自家的私人飞船，在回归新星的路上，他感觉像吃了人参果般神清气爽，全身毛孔都张开了。

早先，周云被人挤对得跑到新月散心，现在有些人见识到了超凡者的表现，态度明显不同了。

一些人即便对超凡者有敌意，也想接触超凡，了解这种力量，所以无比热情地同周云交谈，想请他吃饭。

"这帮人都不是善茬儿，很多是笑面虎！"周云很清醒，只与几位好友深聊了一番，对其他人都很敷衍。

"最起码要压制他们三年，绝不能被他们颠覆。郑家……不管了。三年后，一切都将回归正常。"

也有中年人在静室中交谈，他们很冷静，有底气，并不看好未来，显然知道一些秘闻。

"现阶段也不用忧虑，歼星舰要出来了，关于精神领域的探索也在进行中，科技终将主导一切！"

这个夜晚，普通民众也知道了一些消息。

虽然秘网不对外开放，但是牧城的一部分居民看到了城外的火光，还看到了机械大军在战斗，更看到了战舰开火，这些景象让他们震撼无比。

这自然是爆炸性的新闻，想瞒都瞒不住！

一些接近城外并住在高层的人大着胆子拍摄到了一些影像，不过距离太远了，画面相当模糊。但这依旧引爆了各大平台，超凡大战真的发生了。

不久后，那些模糊的战斗影像直接冲上了热榜的最前列。

最后，有人仔细辨认，觉得那个超凡者有些像数日前那张"三人照片"中手撕高等机械人的寸头男子。

这顿时引发了人群的躁动，许多人热议起来。

"我听闻今夜还有一场大战将在景悦城外展开，在那里的朋友一定要注意啊，准备好设备，说不定能够拍摄到一段值得珍藏五百年的珍贵影音资料！"

由于消息走漏，除了财团圈，大众也有人听到了这种小道消息。

"钟晴，要不要去现场观战？看直播也远比不上亲眼观看神话之战啊，坐飞船去景悦城怎么样？"一些来自财团与大机构的年轻女子约钟晴前去观战，十分期待。

周云、钟诚更忙，不少人托关系，请他们分享秘网的链接，并授予权限登录。这其中有他们的朋友，也有他们在商业往来中认识的人。

他们意识到，今夜的大战引发了各方躁动，影响太大了，连娱乐圈、财经圈等各行各业消息灵通的人都找上门来了。

秘网流量暴涨，显然，有人给一些熟人开了权限。

其中一名走甜美路线的女星直接发了一张"王之蔑视"图，顿时引发了各方的热议。人们意识到是谁要下场了，依旧是"三人照片"中的一位——那个站在高处俯视、露出微笑、身影模糊的神秘年轻男子！

王煊走出酒店，戴着一张金属面具，这是他临时用一块金属捏出来的银色面具。他不想今夜一战过后，被所有人盯着看，走到大街上被人注视，这不利于他以后的各种行动。

王煊在夜色柔和的大街上行走，随手击毁了两个机械人，试了试它们的合金材料的强度。

然后，他一边走，一边出手，精神领域蔓延，让大街上、楼顶上那些重型机械人与高等智能机械人发生故障，内部能量火花四溅。

还在城中时，王煊就出击了。从陈永杰在牧城的大战中，他明白了孙家不会讲规矩，这些机械人到最后或许会给他来一下。

即便是在城中，孙家如果发疯，大概率也会不惜击毁大楼、轰碎酒店等，只要能杀了他，孙家敢做出各种极端行为。

所以，王煊先出手了！

"撤退，离开景悦城！"孙家人脸色难看。许多机械人莫名其妙与光脑断开联系，显然是出事了。

王煊出城了，一路毁掉了各种仿真机械人，大批看起来和普通人一模一样的杀人利器都在他身后的城市中僵立不动了。

"老王出城了！"钟诚低语道。

这一刻，秘网中流量暴涨，各方瞩目，全都密切关注着这一战。

微型探测器如同昆虫般在夜空中飘浮，小心地接近王煊，想近距离捕捉关于他的所有影音。

咔嚓！

一道电弧划过，附近造价昂贵的各种精密仪器全部簌簌坠落。

远距离窥探也就罢了，有些被遥控的探测器还想接近王煊的身体，更有大胆者还想附着在他的发丝与衣物上。

夜色正浓，星光洒落，弯月高悬，城外寂静，大地上一片空旷。孙家让人清理了这片地带，无人会来打扰。

"你来晚了！"遥远的大地上，一个人在那里站立了很久，他身上的古代甲胄流动着符文，神秘而强大，超物质浓郁得惊人！

"是你们孙家过于自负，你说什么时候让我出城，我就一定要听你的吗？"王煊开口道。

早先，孙家高高在上，以俯视的姿态让王煊出来，说给他一个机会，避免被清算，他当时直接无视了。

"我们是从实力和地位出发，同你谈话的！"远处，那个人冷漠地开口道。

"你们没资格，也没有那种实力与地位。"王煊很平静地道。

他没有放松警惕，孙家必定不会讲规矩，这不会是一场公平的对决，但他既然敢来这里，就做好了一切准备！

大地崩裂，四面八方无数的黑影出现，在这个夜晚显得非常狰狞。

草地中、岩石后，还有土层下，出来了一片又一片机械人，王煊被包围了！

这比陈永杰面对的情况更严重，机械大军已经准备多时！

轰！

没有任何话语，无数的能量光束交织，一起开火。任何一道光束都足以打穿大楼，超凡者也挡不住。

"孙家真不要脸，比对付老陈时还过分啊，引人进死亡之圈，上来就直接攻击！"

各方看得心惊肉跳，头皮发麻，这种情况普通人进去的话，当场就尸骨无存了。

王煊短暂地消失，震碎大地，避开了毁灭之光。

但是，瞬间王煊又出现了，一盏古灯悬浮在他头顶上空，而后突然爆发出刺目的光。

轰！

超物质沸腾，暗红色的灯光瞬间炸开，而后化成一道涟漪，向四面八方扩张。发光的波纹动荡，疾速远去。

咔嚓！

四野，所有的机械人都被毁掉了，能量火花四溅！

有些重型机械人在受到强烈的冲击与干扰后，能量系统更是直接崩溃，轰的一声爆炸了。

四面八方像是起了连锁反应，许多价值惊人的机械人炸开，绚烂如同烟花般绽放。

这个场面震惊了所有人！

王煊站在原地，一动不动，古灯发出朦胧的光，悬浮在他的身旁。

远远望去，夜月下，那道身影安静无声，与古灯组合在一起，祥和而又宁静，像是从画中走出来的人。

第232章

决战

繁星点点，王煊仅发出一击而已，机械军团就全灭了！

大爆炸还在继续，重型机械人的能量系统爆开后，将其他机械人也都引爆了，这是毁灭性的大爆炸。

秘网上鸦雀无声，所有人都愣住了，看着这震撼性的一幕。

孙家的人如坠冰窖，顷刻间，他们损失了多少机械人？那是新星币在燃烧，孙家人的心都在滴血。

这还不同于陈永杰那一战造成的结果，那时只是大批量机械人的少量精密元器件坏掉了，机械人主体无恙，还能维修。

现在，钢铁丛林发生了大爆炸，强大的能量装置爆开，将那种最新型的合金材料都熔化了，还能剩下什么？

月夜下，恐怖的火光冲霄而起，响声震耳欲聋，连大地都在晃动。

景悦城，一些高层建筑物上有人在录制这里的影音资料，这种绚烂的场面估计此生都很难再见到了，一些人抓紧时间拍摄。

孙家今夜损失惨重，简直无法衡量！

"还等什么？再这么下去，超凡者会取代我们，应该立刻联手剿灭他们，一个都不能留！"

孙家的核心高层成员此时亲自与各家沟通，将那层"窗户纸"捅破了。

郑家出现变故，让孙家惊悚，他们了解得最深。现在孙家的几个元老与新星的重量级人物连线，竭尽所能地游说。

"联手吧，这是意识领域之争。我们有相同的价值观，再这样放任的话，财团会被取代，新星将易主！"

在密谈中，有人劝孙家冷静，超凡者不是大幕后的生物，不需要这样对付。

在最高层的核心圈子中，少数人了解到了很多秘密，竟知道了三年后会发生什么。

这如果传出去，绝对会引发大地震。到现在，财团最高层的少数人已经开始接触到特殊的渠道，形势越发复杂。

"即便你们不想出手，坐山观虎斗，也请给我们一些便利，不要抵制孙家动用战舰！"

……

夜月下，空旷的大地上一片寂静，那些机械人都炸碎了，满地狼藉。

孙家的超凡者心头悸动，同时无比后悔，当初为什么要将那盏古灯赐下去？它落入敌手后为何竟有这么大的威力？！

他简直难以置信，这件异宝像是涅槃了、复活了，远比以前威力大。

他穿着古代甲胄，就是为了防着古灯专门攻击人精神的暗红色小箭，可是现在，它也具备物理攻击了！

清冷的月光下，王煊向前走去，古灯映照出朦胧的光晕，将他笼罩，这时他将背着的长矛拿到手中。

锵！

远方的身影甲胄璀璨，符文流转，他从背后拔出一柄青蒙蒙的长剑，而后猛然向前挥动过来。

刺目的剑光爆发，像一条青色的蛟龙扑出，长空激荡，超物质沸腾！

这是一柄被超物质养了很久，早已被激活的古剑，是一件真正的法宝，剑光喷薄，无坚不摧。

可以看到，有些庞大的机械人被炸开后，还残留着部分金属躯体。在剑光扫过来的瞬间，这些金属全都被无声地切开，而后断为两截。

这种剑光太恐怖了，一般的超凡者挡不住。

王煊没有躲避，反而手持长矛，身旁悬挂古灯，迈开大步，冲向对方。他的速度太快了，蹬碎大地，一步腾起，便跨出去上百米远！

在王煊体外，有奇景浮现，挡住了无坚不摧的剑光！

陈永杰双目深邃，他在密切关注这一战，至此不得不叹气。他还得再努力修成奇景，王煊的肉身能对抗法宝了，硬抗都没问题！

对面那个人震惊不已，他挥动的是古代大教传承下来的宝物，在这个超凡能量消退的时代，还有人能以肉身直接对抗？

孙家内部曾因为对王煊实力的推测发生争执，现在他们确定了，这个年轻的男子可比肩古代传说中的天才！

身穿甲胄的男子实力很强，在各种宝物的辅助下，他现在宛若天神下凡般，举手投足都散发出惊人的超凡能量。

锵！

青色长剑在身穿甲胄的男子的催动下，化成一道光划过夜空，向王煊斩去。

哧！

同一时间，王煊以精神控物，那柄短剑飞了出去，雪亮的光芒照亮黑夜，格外绚烂，整片空旷的战场都被照亮了。

瞬间，一长一短两柄飞剑撞击在一起，激烈交锋，火星四溅。

人们深受震撼，在后文明时代，他们何曾见过这种场面？第一次见到有人斗剑，飞剑凌空，在夜空中劈斩。

传说是真的？古代剑仙真的存在？现在就有人在以飞剑厮杀。

"太惊人了，飞剑横空，剑仙传说成真，在我眼前浮现。钟晴，给我介绍那个年轻的剑仙吧！"

"飞剑大战，这……"财团、大机构中的年轻人彻底被惊呆了，这比他们在外太空赛飞船刺激多了。

财团中的老辈人物瞳孔收缩，他们看到的是更深层次的东西：有朝一日，飞剑能否直冲云霄，威胁到战舰？

铮铮铮！

剑气冲天，剑鸣声震耳欲聋。隔着探测器，隔着天网系统，众人都能感受到那种无与伦比的锋芒与杀意。

所有这些碰撞都是在顷刻间完成的，然后，漫天的青光消散，唯有一柄雪亮的短剑横空，如同神祇的佩剑，震慑四方。

孙家的那柄青色长剑断成了十几块，被绞碎了，根本无法与雪亮的短剑相比，每一击都会断掉一截，从高空坠落。

唰！

雪亮的短剑宛若一颗彗星横空，向前方身穿甲胄的男子飞去，剑光瞬间而至。

"毁灭吧！"

身穿甲胄的男子手中突然出现一个光轮，光轮色彩斑斓，一看就是神物，它转动出蒙蒙的五行光雾，仿佛要击碎天穹。

男子抖手将光轮砸了出去，光轮旋转，让夜空都模糊了，空间似乎扭曲了。

观看过早先那一战的人，立刻意识到这是异宝，是传说中的东西，是足以改写战局的神物！

当！

短剑被击中，人们预想中的剑体碎裂的画面并没有出现，短剑的确被砸得翻飞向远方，但丝毫无损。

五行光轮四周有超物质沸腾，但是身穿甲胄的男子愕然、震惊——光轮上出现了一道裂痕！

"怎么可能？！"他惊呆了。这可是异宝，极其强大，比那盏早先没有蜕变过的古灯更厉害。

那柄短剑没有符文，不是异宝，但是单论坚硬与锋锐程度，似乎无与伦比，连五行光轮都没挡住。

嗡！

不过，这并不影响五行光轮发威，超物质起伏，宛若瀚海般。在五行光轮向前飞行时，空间模糊了，似乎在被扭曲。

有夜鸟从远处的林地中被惊得飞起，相隔还很远，就直接在天空中化成了飞灰。

地面崩裂，几十厘米宽的黑色裂缝密密麻麻，在大地上交织。

尤其是当五行光轮从高空落下，俯冲向王煊那里，疾速砸落时，地面塌陷，而后炸开，像是有无形的力量击在大地上，数百斤、上千斤的石块四处乱飞。

咻！

一道暗红色的光束从古灯中飞出，长数十米，化作惊天长虹，撞击在空中的五行光轮上。

斑斓彩光顿时暗淡了一些，光轮摇动，险些跌落下来。

远处，那个身穿古代甲胄的男子心一沉，那盏古灯似乎多了一种奇异的火光，竟变得这么强大？

五行光轮震颤，重新爆发光华，向下压落。

王煊激活古灯，全面展现它的威能。这一次，一支数十米长的箭携带着惊人的火光，烧得夜空扭曲，火焰冲天，将五行光轮淹没了。

这是属于两件异宝的碰撞！

到了后来，王煊干脆让这盏古灯与五行光轮交击，红色的光焰顿时席卷夜空，景象骇人。

五行光轮渐渐变得暗淡，不敌古灯。

孙家的人看到这一幕，不仅心中发毛，而且心都在滴血。这古灯曾经是他们收藏的异宝，易主后居然有了这般慑人的力量，更胜从前。

咚！

古灯猛然一撞，火光中孕育出一支刺目的箭，这箭竟在这次撞击中将五行光轮洞穿了，而后火光更是撕裂了五行光轮。

咔嚓一声，五行光轮解体了。

"可惜了！"陈永杰隔着屏幕都觉得心疼，那可是一件异宝，居然就这么被毁掉了。

事实上，许多人都在惋惜，真正的异宝在古代都价值连城，算得上镇教的重器，异常珍稀。

或许是这个时代过于特殊，列仙洞府都从空中坠落下来了，所以异宝之间发生碰撞，直接被毁的事情才会发生。在古代，人们会极力避免这一现象，想办法保住异宝。

身穿银色甲胄的男子转身就走。他是个另类，钻研新术，实力惊人，最后却是以福地、密地的X物质为养身之本，并未像其他新术领域的人那样以Z物质滋养己身。

虽然男子实力很强，但现在他心头沉重，暗自叹息。他强势出击，原以为可以掌控一切，却不敌王煊。

身穿银色甲胄的男子身上还有一件异宝，但他现在精神能量快枯竭了，已经无法有效地催动它了。

"想走？"王煊怒道。一盏古灯伴随在他的身边，一柄飞剑疾速斩了出去，他手中还持着一杆长矛，迈开大步追击孙家的强者。

轰！

突然，一道恐怖的光束出现，划破夜空，从天边而来。这种能量即便是超凡者也挡不住，只要触及就会爆炸。

王煊预判到了这一点，先一步躲避了。尽管如此，恐怖的光束震荡出的能量余波依旧让他翻飞了出去。

随后，王煊身边的奇景浮现出来，古灯发光，柔和的光幕遮住了他的身体。

如果不是奇景硬抗住余波，古灯也在王煊一念间被激活，那么他可能会被那光束的余波重创。

可以看到，地面出现了惊人的巨坑，这片地带的所有物质都熔化了。那光束的余波所过之处，岩石与机械人残骸等化成液体，而后蒸发。

远方有战舰开火，即便是地仙被打中都要身受重创。

许多人惊呼，孙家果然铁血出击，不顾一切地要毁掉王煊，动用了战舰。但让他们感觉不可思议的是，王煊居然躲过了那么大范围的一次攻击。

嗖！

更让他们震惊的是，王煊没有朝景悦城退去，而依旧在追击那个身穿甲胄的男子。

咚！

又一道恐怖的光束飞来，简直像彗星撞击大地。那种能量以及冲击波太恐怖了，仿佛连大山都要被削平，大湖都要瞬间被蒸干。

王煊疾速躲避，最后的余波冲击他时，又被古灯发出的光挡住了。

众人震惊不已，这盏古灯这么厉害吗？只要不被正面击中，余波、大范围的攻击光束居然对他无效？

王煊狂追，拉近了与那个男子的距离。

突然，那个男子回身，祭出一个黄澄澄的小葫芦。

咻！

王煊催动古灯，一支惊人的箭飞出，长达百米，比以前更恐怖，直接击中黄色的葫芦。随后接连有箭飞出，射了过去。

同时，王煊疾速逼近对方。

嗡！

天边的战舰到了不远处的半空，却没有攻击，似乎有些迟疑，显然地面上走新术路的超凡者在孙家很有地位。

这时，雪亮的短剑划破夜空，斩了过去，噗的一声将那个身穿甲胄的男子的一条手臂劈中。他痛叫了一声，精神能量紊乱，那个黄澄澄的小葫芦顿时坠落向地面。

战舰悬空，但没有发起攻击。

王煊眼中光芒绽放，他竭尽所能，大胆进行了一次尝试。

那艘战舰早先隐伏在地平线的尽头，现在疾速从远空飞到近前，所飞的高度有限，大概距离地面五千米的样子。

轰！

此刻，王煊的精神能量沸腾，他从来没有这样拼过，与这古灯共鸣，全面激

181

活它，施展出最强一击！

哧！

一道红色的光束仿佛撕裂了黑色的天穹，直冲而上，飞到了五千米的高空中！

砰！

天空中有火光绽放，有刺目的能量炸开，接着引发了惊天动地的大爆炸！

这一刻，但凡关注这一战的人都震惊得无以言表。

此时，王煊猛然掷出手中的长矛，长矛横贯长空，将孙家的高手死死地钉在了地面上！

第233章 有何不敢

半空中，那艘战舰在大爆炸，发出的响声震耳欲聋，简直要撕裂人的耳膜，可怕的火光直冲云霄！

这一幕震撼人心，一艘战舰瓦解了，马上就要坠落。

一时间，秘网上安静了。

许多人都失神了，他们看到了什么？

那个年轻的男子击落了一艘战舰？！

很多人头皮发麻，身体像是有电流冲击而过。短暂的沉寂过后，不少人忍不住大叫了出来，情绪起伏剧烈。

原本漆黑的夜空被映照得亮如白昼，整艘战舰倾斜、解体，向远处的山地一头扎了下去。

探测器捕捉到的这些画面，以立体的形式呈现出来，让所有的观看者都仿佛身临其境。在他们的房间中，他们的周围，那种场景真实地再现。

夜空中，成片的雷霆不断炸响，毁灭的景象呈现在每一个人的眼前。

孙家的人也在观看，在巨大的影音室中，刺目的光芒照耀在孙家每一个人的脸上，他们的心不断下沉。

这一刻，孙家的人心在发凉，感受到了刺骨的寒意。所有人都像置身于冰窟中，一些人在战栗，更有人愤怒地咆哮出声。

夜空通明，战舰焚烧，坠落向山林。在这样的背景下，大地上那个年轻男子大步向前走去。

王煊没有耽搁时间，横跨数百米距离，像在飞行，古灯悬在他的身畔，朦胧的光晕很柔和。

孙家的这名高手痛苦无比，想要挣脱出来，但那杆长矛将他钉在地上，他的身子动不了，难以逃离。

银色的甲胄被混合着太阳金的长矛刺穿，破碎了一大块，符文暗淡下来，而黄澄澄的小葫芦则坠落在不远处。

孙家的最强者败北，他的身份很不简单，此时满身是伤，大口喘息。

"这当真是古代神话再现啊，只身对抗孙家的机械大军，最后更是打落下战舰来！"

此时，财团、大机构的特殊圈子中，很多年轻人都被镇住了，而后对修仙无比向往，产生了浓厚的兴趣。

"周哥，回到新星了吗？我请客啊，咱们好好聊一聊！"有人联系周云。

至于财团的高层，一些人在心神震动的同时，也在思索，想到了很多。

"这是超凡最后的灿烂，属于回光返照，还是说会迎来转机？"

三年后，列仙会沦为凡人？虽有特殊渠道传来消息，但究竟会怎样，谁也说不清。

不管怎样，这一战过后，王煊即便想低调，想隐瞒自身的实力，也做不到了，其身影正式落入了财团高层的眼中。

无论如何，各方都不能忽视这样一个人，这是一个人形的小型战舰，极度危险。

有人忌惮，有人微笑释然，有人阴沉冷漠，有人平静……各方的反应都不相同。

"钟晴，我去找你，带我去见年轻的剑仙！"

……

王煊一招手，还没有巴掌大的小葫芦飞入手中，它温润晶莹，带着莫名的神韵，绝非凡品，属于稀世异宝！

王煊用心去感受，发现这个葫芦不是用金属炼制的，并非合金材料，而是天然生成的，它的木质纹理结构清晰。

一个天然生长出来的葫芦竟可以这么强，如此超神，化为异宝？

砰！

王煊一脚踢掉地上那个男子的头盔，露出一张不算年轻的面孔，看起来六七十岁的样子，他眼神阴鸷，即便痛苦也没有低头屈服，敌意甚浓。

这个男子很清楚，王煊相当果决，不会因为他的身份而手软，这是一个不惧怕孙家的人。

许多人惊呼，秘网上掀起一片波澜，不少人都认出了这个男子。

孙荣廷，孙家真正的高层，已经算是核心圈的人物了，身份地位惊人，这个强者居然是他。

不少人都知道孙家与超星联系紧密，甚至有人说他们把控了超星，现在看来，传言不是没有道理的。

孙家的决策层中竟有人走到了这一步，难怪他们如此强势。

"竟是……孙老？"

平源城，秦鸿震惊不已。这是一个他见到都需要敬称的老者，可这位就这样被他曾鄙夷的武夫钉在了地上。

"居然是老孙，我听说他研究新术，但是从来没想到他竟然走到了这一步！"

财团、大机构中，一些老头子被惊住了，然后叹息："孙家的底蕴果然可怕，自身高层中有这样一个超凡者。"

不过，他们结合传闻，仔细想一想也释然了。即便孙家与新术领域的人走得再近，甚至以战舰震慑、掌控，也并不保险，还有什么能比自家人成为这个领域的绝顶高手更让人放心的呢？

即便倾尽资源，也要让自家的人站在新术领域的最高峰上，这样才稳妥。

"想不到啊，竟然是孙荣廷！"凌启明心情复杂。他为陈永杰求情，结果孙荣廷丝毫不给他面子。而现在，孙家这个出人意料的顶尖高手被人钉在地上，奄奄一息，再也没有了那种睥睨天下的姿态。

凌启明感慨万千，这是一个剧变的时代！

赵泽峻也在出神，两三天前他还在以低姿态同孙荣廷通话，想保住王煊的性命，实在没有料到事情会发展到这一步。

各方都难以平静，孙家很厉害，决策层中的孙荣廷是超凡者，是孙家的王牌高手，却被王煊打得只剩半条命。

王煊以精神控物，瞬间解下孙荣廷身上的甲胄，这是宝物，值得留下。

王煊对孙家人戒心很重，孙家人动不动就自毁，体内不是有芯片，就是植入了能量块。

王煊拔起长矛，抖手间将之背负在身后，冷漠地俯视着孙荣廷，想以精神领域探索。但他遭遇了强烈的抵制，毕竟对方也是超凡者，宁愿自毁精神体，也不让他如愿。

"王煊，放开孙老，一切都可以谈！"附近遍布着大量的探测器，有微型的，也有如夜鸟那么大的，悬浮在夜空中，此时传出声音。

各方都安静了，所有人都在倾听，王煊到底要怎样选择？

王煊没有搭理孙家的人，半空中，能量火花四溅，有些探测器炸开，是被他摧毁的。

然后，王煊一脚将孙荣廷踢得飞了起来，这种动作表明了他的态度。

孙荣廷闷哼一声，身体差点儿散架，落到了远处。

他感觉十分屈辱，他是谁？孙家核心高层亲自出手，有战舰压阵，却成了阶下囚，被人这样对待。

"王煊，你在做什么？不要越过红线！我们愿意和你开诚布公地谈一谈。你与陈永杰不想停战吗？你不要误判！"

远处，又有一些探测器出现。孙家一名中年男子的声音传来，很急切，也很强势。

王煊霍地抬头，戴着银色面具的面孔让人无法看出表情："谈，可以。等这个人死后，你们来收尸，到景悦城中与我谈！"

人都杀上门来了，一句谈判就想让他放人？想什么呢！

即便是超级财团，也不可能改变他的想法，既然对方敢对他动手，就要付出血的代价。不然，以后其他势力效仿怎么办？

不管对方是什么身份，即便是孙家第一号人物，只要亲自下场了，那么他也照杀不误。

孙荣廷精神欲裂，王煊在强行探索，想要窥探他与孙家的秘密。

轰！

下一刻，孙荣廷感到剧痛无法忍受，他被王煊掌心打出的一道雷霆击中，全身焦黑。

孙荣廷惊怒、屈辱、悲愤，他可是孙家的少数核心成员之一，居然被人这样当着秘网上所有人的面践踏尊严。

在落地的瞬间，孙荣廷看到了王煊平静与冷淡的表情，王煊似乎根本没有把他当作一回事。

在剧痛中，孙荣廷一叹，想到了很多：这样的人在古代大概会属于传说，初入超凡就可以神游，精神出窍数百米之遥。

换个时代，王煊必然有极高的身份，可以俯视他，连顶级大教都不见得能拥有这样的弟子。

可时代不同了，如今财团主导新星，旧术没落，过往的一切不可再现了。

王煊尝试了数次，探索孙荣廷的精神领域，但都遭遇了激烈的抵抗，对方的精神被他冲击得都要崩溃了。

"王煊，你现在收手，一切都还来得及，不要自误！"探测器中传出声音，有人焦虑而又愤怒地大喊道。

"你不了解我吧？还是说，你盼着他早点儿死！"王煊开口道。

然后，他一脚踢出，这一脚的力道何其大，顿时将孙荣廷踢倒在地。

"你敢？！"孙家内部，那个中年男子大叫道。

"有何不敢？"王煊开口道。飞剑炫目，如匹练般落下，将孙荣廷斩灭。

"不想谈，想要报复的话，那就接着战！"王煊带上战利品，转身离去，留下一道背影。

接着，附近的探测器全部炸开，王煊周围变得空旷无比，唯有星光月辉洒落。

一时间，孙家人觉得像是处在冰天雪地之中，冷冽的气息慑人。这种寂静像是暗夜中的怒海，随时要掀起惊涛骇浪。

秘网上，各方都瞠目结舌，那可是孙荣廷啊，就这样被一剑斩灭了？！

第234章
金刚怒目

秘网上一片热议，属于财团、大机构的特殊圈子躁动不已，完全无法平静下来。

"老王把孙荣廷给斩了！"钟诚失声道，实在被惊得不轻。

王煊斩过孙承权、孙承海，陈永杰斩过孙承明，这些都是孙家的嫡系，属于高层人物。

但是，这三人都没法儿和孙荣廷比，他是决策层中的成员，是孙家权势最大的核心人物之一！

"他这是不管不顾了，连孙荣廷都被他以飞剑斩首了，这件事肯定没完了，孙家接下来要怎么出牌？"连各家一些有实权的中年人都在惊叹。

这件事影响巨大，超级财团中的核心人物被人斩首，这是二十年来头一遭，很久没有这样的事了。

财团、大机构中的一些老头子脸色阴晴不定，他们乐见超级财团受损，但是如果有人可以轻易斩灭财团中的决策者，那就要警醒了。

各家族中那些年岁较小的人则热情高涨，他们想要修仙，希冀接近超凡，今夜那个年轻的剑仙让他们心生向往。

在这个科技发达的时代，如果能够御剑飞上天，逍遥天地间，一剑斩碎母舰，那种场面让他们想想就激动。

"钱老，听说你和王煊很熟？务必帮我引荐！"有人找到钱安，知道他和王煊关系不错。

"钟晴,我想拜王煊为师。什么,你说有姐妹在打王煊的主意,想成为我师娘?不行,得先过我这一关!"

"喂,小晴,别挂断,是不是你自己……想当我师娘?"

……

王煊进入了城市中,除掉孙荣廷他一点儿也不后悔,这件事的确影响很大,在相关的圈子中掀起了惊涛骇浪。

他需要控制火候了,不能让所有财团都担心,都戒备他。

但在此之前,如果他没有展现雷霆之威,没有施展铁血手段,后面还不知道会发生什么呢。

人既要有菩萨低眉之态,也要有金刚怒目之势,现在他彰显了强势的一面,接下来就要看各方的表现与手段了。

夜空中,几艘战舰如同魔影从天际尽头赶来,孙家的人从基地调来的战舰终于赶到了。

恐怖的舰身像乌云般覆盖在高空中,遮住了部分星辉月光,居然是大型战舰出动了。

孙家真的动怒了,接连有重要人物死去,让他们情何以堪?原本是他们要除掉超凡者,结果自身却一再被重创。

秘网震动,各方的探测器都没有远去,依旧在关注这里,还有卫星天网在监测。看到孙家出动了五艘大型战舰,各方都震惊了。

更远处,还有小型战舰排列着,为大型战舰护航,所有人都感受到了孙家的怒火,这样发动一场战争都足够了。

王煊洗了个冷水澡,换上一身洁白而柔软的练功服,把玩着黄澄澄的小葫芦。看着天空中的战舰群,他神色平静。

没什么好怕的,他在人口千万级的大城市中,又紧邻宋家,那些战舰敢饱和式攻击地面吗?

王煊认为孙家还不敢这样发疯!

王煊开始研究黄澄澄的小葫芦，这东西似乎很神秘，目前他刚琢磨出它的部分威力——能够收走现世的人与物。

当被大型战舰攻击时，他若躲在葫芦中，是否可以避开死劫？不知道这个葫芦到底有多强大。

"异宝的确可以改变战局！"王煊有些感触。值得庆幸的是，他先后得到了两件极其强大的异宝。

随后，那盏古灯飘浮起来，悬在他的身前，灯芯火光跳动，映照出朦胧而柔和的光晕，但不够明亮。

"超物质变得稀薄了，需要补充了。"王煊望向宋家的方向。

在这一战中，古灯发挥出了巨大的作用，如果没有它，他怎能击落战舰？

王煊对这盏灯抱有极大的期待，灯的内部符文有多层，现在他只激活第一层就有这样的威势了。

事实上，当王煊眺望宋家时，宋家也在谈论王煊。

"王煊就住在我们隔壁，这是故意的啊，我们成为他的护身符了，孙家可千万别忍不住直接开火。"

很快，宋家的战舰升空，各个方向都有，他们与孙家沟通，无论如何景悦城都不是开战之地。

气氛一度紧张，最终孙家的战舰还是离开了，他们还没失去理智，终究不敢在城市中开火。

"惊世之战！我怀疑自己闯进了神话世界中，看到了剑仙对抗各种最新型科技武器。一剑寒光裂苍穹，斩落战舰！"

有人在视频平台发布模糊的影音，掀起了惊涛骇浪。

"早先是谁预告的，说今夜还有一战？居然真的出现了。这是真实的战况吗？有剑仙出场，劈掉了战舰，简直让人头皮发麻啊！"

外界，普通人无法登录秘网，现在有影音流传了出去，直接引发了巨大的轰动。

接着，景悦城本地曾经在高层建筑物上拍摄的人们也纷纷发声补充，上传了以他们的视角录制下的画面，不过这些画面更为模糊，因为距离太远了。

但这已经足够了，佐证了之前视频的真实性。

尤其是，在一名甜美歌星发了一张"王之蔑视"图，再发了一张飞剑冲霄而起的图片后，各大平台都沸腾了。

之前有些名人动用关系，进入秘网，亲眼见证了这一战。

他们被警告过，不能发过于敏感的图片，可即便是一些简单的飞剑图、古灯照天穹的画面，也引发了轩然大波，让无数人热议。

可惜，这些影音都被模糊化处理了，有财团施压，不能将战舰坠毁等清晰的图片发布出去。

"我终于知道'三人照片'中那三人是怎样定位的了，原来如此啊！"有人感叹，恍然大悟道。

钟庸扛着战舰跑，寸头男子手撕最高等级的机械人，而那名神秘的年轻男子站在最高处，什么都没有做，只是微笑着看向他们。

"果然是站在最高处俯视啊！"众人醒悟，这样叹道。

……

王煊与陈永杰通话，以密语交谈。

不久后，钟诚惊讶道："咦，老王联系我了！"

他已经给王煊打了多次电话，但那边一直在通话中，现在对方主动找他了。

"老王，厉害啊！你连孙荣廷都给斩了，简直要吓死人啊！"钟诚叹道。他其实为王煊捏了一把冷汗，这件事影响太大了。

同时，钟诚告诉王煊，有人想拜他为师。

"对了，我姐的闺密看上你了，哈哈……"钟诚既担忧，又想笑，财团圈中对王煊的态度各不相同。

王煊找上钟诚姐弟二人，说了一些话，想通过他们把这些话在秘网发布出去。

王煊自然明白，今夜大战过后，财团、顶级大机构会对他和老陈有所忌惮。再加上孙家不断游说，有些大势力说不定真的会起什么心思。

"我这个人没什么野心,只想安静地修行。平日翻翻古籍,阅读下各教心经,在天下名山大川走一走,看一看,便会占去我相当长的时间。我厌恶打打杀杀,练旧术只是为了强身健体。"

钟晴无语。

"说到底,我只是为了活得久一些才走上了旧术路。我对医术最感兴趣,同各家没有什么利益上的冲突。"说到这里,王煊变得郑重起来。

"我在苏城帮钱安钱老续过命,来到景悦城后,我将宋家九十七岁的宋云老先生从生死线上拉了回来。如果没有意外,我能帮他们提升寿命上限,最少五年。"

听到王煊这些话,钟晴都心神一动,他有这样的能力,掌权的老头子谁不动心?

"我走到哪里,就医治到哪里。救人性命,这才是我擅长的领域。如果没有人逼迫,我只想强身健体,当个神医……"

钟家姐弟二人将王煊的话发到了秘网上。

王煊告知各家,他其实不擅斗法,一切都是迫不得已为之。其实他在养生这条路上更有心得,各家的老人如果有想法,可以找他。

当晚,钱安接到了很多电话。

接着,宋家的电话快被打爆了,各方都在询问宋云的状况,因为都知道他确实油尽灯枯,活不了几天了。

宋家硬着头皮回应,早先他们并没有主动告诉外界,但这种事被问到了不能不告知。

次日上午,各方派来的名医会诊,确定宋云精神头很足,最少还能活半年。

"是的,王煊说了,这只是一次的效果。他声称多治疗几次,我家老爷子还能活五年以上。"宋文涛无奈地告知各方。

他没办法瞒着,不然王煊自己也会说,他若作假的话,将里外不是人,得罪各方。

这样的消息传出之后,各方都不能平静了!

193

尤其是，各家现在掌权的是谁？——一些年岁很大的老者，谁不想多活几年？！

别看王煊只是发布了一段简短的话，却可以改变大部分人对他的看法以及即将要做出的决定，即便有强大敌意的人都会犹豫。

钟晴点头，道："王煊早有准备，他意识到了各种危机与后果，眼下正在化解。"

"能行吗？"钟诚问道。

钟晴道："你去看看二爷爷是不是在挑选经书，找些大概率用不上的古器，借此就可以大致判断出来。"

片刻后，钟诚回来了，他脸上露出异色，道："二爷爷走来走去，很激动，他真的在挑选经书呢！"

然后，他补充道："不过，他挑的经书连我都看不上，还有那些古器都很一般，都缺边缺角了。老头子们都很吝啬，不想拿出好东西来请王煊续命。"

钟晴摇头，道："他们再谨慎，眼光也没有王煊强，如果同他合作的话，说不定无意间就会将重宝放走。"

这一天，新星的财团、大机构等无法平静，在这个特殊的圈子中，掌权的老者们全都躁动了！

王煊接下来没有什么举动，只是安静地等待着。他已经彰显了可以与财团一战的勇气与实力，现在该是安静蛰伏的时候了。

不过，就看各家的选择了，如果有人蹬鼻子上脸，他不介意再展现一次实力！

午时过后，孙家发声，通过秘网告知各方，他们与超凡者王煊、陈永杰不死不休，并表示这是两颗毒瘤，若现在不铲除，以后必然会威胁财团、大机构等。

孙家宣战，不肯罢休！

下午，一街之隔的宋家客气地来请王煊，想让他再为宋家老爷子续命，让宋云早点儿恢复硬朗的身体。

"你们知道，我为人续命时，自身要付出很大的代价。现在局势紧张，对我尤为不利，你们准备好补偿我的东西了吗？"王煊十分直接，不想拐弯抹角。他要将这个规矩定下来，以后都如此。

宋家很委婉，也很客气，提及现在他们就等于在帮王煊，只要他住在这里，孙家便不敢动用战舰开火。

那意思是，王煊现在哪里也去不了，在这里很安全，出城就会被人动用高能武器攻击，宋家间接庇护了他。

王煊笑了，直接起身，道："是吗？既然这样，那就告辞。在一般情况下，我不会在一座陌生的城市待很久，以后再想请我回来就没那么容易了。"

他没有停留。宋家还想拿捏他，免费续命？想什么呢！

……

"孙家还想战？那就继续战，战到让他们恐惧为止！"王煊压根儿无惧。

傍晚，他低调地坐上有关部门提供的悬空飞车，离开了景悦城。

昨夜，王煊与陈永杰以密语交谈，沟通了一些事。这些都是早有准备的，关琳身后是有关部门，其在新星也有不弱的力量。

最为关键的是，王煊摸索出了异宝的用处，渐渐有了心得！

"王煊出城了！"消息第一时间传了出去。

王煊再怎么低调，城中各种探测器以及监控设备都对准了他，他一离开，就会被人知道。

出城后，王煊祭出黄澄澄的小葫芦，将之悬在飞车的上方，符文闪烁，超物质蒸腾，遮蔽了高空中的监控。至于周围的探测器，都在他精神领域的攻击下迅速破碎了。

悬空飞车化成一道光远去，消失在大地的尽头。

王煊杀气腾腾，离开了景悦城，震动各方！

第235章
剑指孙家

沿途，霓虹灯闪烁的城市很快就成为背景，山地、湖泊都在快速倒退，直至消失不见。

悬空飞车在夜空下如一道光，从景悦城出发，时间并不是很长，就已经驶出去一百多千米。

车窗外，各种景物飞快后退，梭形的车体比离弦的箭更快，它离地不是很高，横跨长空远行。

王煊坐在车中，沉静无声，这是通向康宁城的路，将直抵孙家的大本营！

一旦到了那里，必有激烈的大战。孙家不会坐以待毙，可能会有恐怖的异宝复苏，甚至杀红眼睛后会以战舰屠城！

真到了生死关头，财团哪里还会遵守规矩？

王煊觉得，孙家很有可能会执行第二号方案。

路上，驾车的青年男子没有什么剧烈动作，可是满头汗水，身上的衣服都被汗水打湿了，无比紧张。

他知道车上坐着的是什么人，那人居然要以一己之力去与孙家决战，那可是超级财团啊！

驾车的青年微微侧头，看向王煊，发现他是那样平静，眼神澄澈，看着路边的风景。

驾车的青年心中轻颤，不得不感慨，不愧是敢与孙家对抗的人，面对不久后注定要开启的大战竟这么镇定。

他确定这如果传出去，必然会引发热议，一张照片便能引爆各大平台。

现在，他们是在杀向孙家啊！

驾车的青年身体在轻微地发抖，他也是参与者，很多年后，这件事是否会有记载？他曾在今夜送一个名为王煊的年轻人疾驰千里，大战孙家。

事实上，外界已经无法宁静了，各方势力都被惊住了。

孙家宣战，不愿就此结束，结果当日傍晚王煊就用实际行动回应了，既然要战，那就战到底！

他在星夜疾驰，只身杀向孙家大本营！

在外面战舰巡视、各种探测器监控的情况下，王煊竟然无畏地出城，令各方瞩目。

"老王太猛了，这样都敢出城，要单人闯入孙家老巢？"钟诚手心都在冒汗，听到消息后，一阵出神。

周云得悉后，打了个冷战，道："王兄弟太刚了，要与孙家死磕到底。今夜要大战一场了，孙家的战舰多半都要起飞了。"

财团、大势力的特殊圈子里，消息传得最快，在王煊出城的瞬间他们就知道了，皆倒吸凉气。

"剑仙出城了，这下孙家该紧张了，如果不能快速找到他，这个夜晚他们将无比焦虑。"

年轻人中，许多人面露期待之色，现阶段他们还没有高层成员那样的戒备心理，都还有剑仙梦。

一名靓丽的少女眼神灿灿，道："太帅气了，年轻的剑仙夜奔千里，我仿佛已经听到了剑鸣的声音，看到了绝世剑光！"

很快，这名少女就被家中的长辈训斥了。长辈严厉告诫她，超凡者十分危险，尤其对于财团来说是变数。

"如果有一天，那个年轻人御剑凌空千余里，斩向我们家怎么办？"

这名青春洋溢、充满活力的少女振振有词，道："所以啊，让我去修仙，我想拜他为师，让他成为我们自己人！"

"似乎……也有些道理。"中年男子沉思了片刻，道。

财团与超凡者不见得非要对立，亲情、友情、爱情……人与人之间逃不过各种关系，财团完全可以与超凡者接触、接近，将对方拉入自家的阵营。

大机构、顶级组织中的一些老头子现在心情复杂，从本心来说，他们乐于见到超凡者与孙家对上，消耗超级财团的力量。但是，他们也绝不希望超凡者崛起，不愿看到超凡者变强。

尤其是王煊在景悦城外大战，飞剑凌空，将孙荣廷斩首，这对他们的触动太大了！

今天王煊能斩孙家的核心人物，那么明天或者后天，他就可以深夜来袭，斩灭他们。

可随后王煊表态，他想低调修行，没有野心，不愿与各家为敌。他希望当个神医，为人续命。这让一群老头子根本无法拒绝！

"走一步看一步吧，先看今夜的结果，不知道他是否真要与孙家大战，太强势的话，活不长啊。"

一些人有了打算，准备让人联系王煊。他们觉得不管怎样，近期还是与王煊接触下为好，毕竟先提升寿命的上限最要紧。

此时，热榜的前几名都与昨夜的大战有关，无论是王煊的飞剑冲霄图还是陈永杰的牧城大战等，都在强势霸榜。

"我又来预测了，今夜或有疾风骤雨，雷霆击碎黑暗，目测方向一路向东，直指孙家大本营——康宁城。"

有人在大平台发声，进行预告。

很快，有人注意到，这不是昨夜预报说景悦城将有绝世大战的神秘人吗？

敢这样预测的人，绝对不简单，最为重要的是，他昨夜的话成真了。

所以现在他发帖后，立刻引发了轰动，各方都不淡定了，人们激烈地讨论起来。

"大神，你又出现了。你这是在说，孙家有血光之灾吗？"

"真敢说话啊！看来今夜要出大事，年轻的剑仙要与孙家大决战了？！"

"真的假的？我很期待。孙家只手遮天，上次居然以战舰轰击苏城，实在太恐怖了。我家就在事发地附近，全家人一夜都颤抖无眠。超级财团无法无天，随心所欲，看剑仙能不能在今夜撕裂黑暗！"

随后，一些知情人也来凑热闹，财团、大机构的圈子中传出一些消息，透露出王煊的确在赶往康宁城的路上。

周云发了一张图片，那是王煊的背影，他凌空而立，眺望东方——康宁城。

钟诚立时转发了这张图片。

孙逸晨看到这张图片后，脸色冷冽。这两日他心情烦躁，因孙家损失惨重。看到他们发的消息后，他直接用电话联系两人，言语相当不善。

"这小子居然骂我！"周云气得够呛。钟诚的脸色也不好看，孙逸晨居然警告、呵斥了他。

钟晴见状，亲自发了王煊的侧影图，前方是一柄撕裂长空的飞剑，飞剑一路向东，指向一座朦胧的城市。

"我们又不怕他们孙家，他没有好言语，你不会反过来训斥他？"钟晴数落她弟弟。

"我还没反驳呢，他就挂了。"钟诚说道。

孙逸晨看到图片后心中发堵，但他不想和钟晴针锋相对，对方还真的不怵他，甚至可以说压根儿不怕他们孙家。

"咦，钟大美女发平台消息了，意有所指，直接揭示了今夜剑仙要与孙家大战？"

"钟大美女好久没发动态了，这次没有一展甜美歌喉，却发了一则大消息。"

钟晴在平台上人气很高，刚一发文就引发了大量转载，许多人都关注了她。

据悉，曾有公司看中钟晴清纯甜美的形象，想签她进娱乐圈，对她进行包装，并许诺会热捧她，但被她婉拒了。

后来一些人才知道她的出身来历，便再也无人找她签约了。

"钟晴，你还说不是？果然是想当我师娘，都亲自发图了！"钟晴的某个闺密直接用电话联系她，上来就是一顿噼里啪啦的话语。

……

夜空下，悬空飞车如流星横穿大地，一路向东。

不好的迹象出现了，夜空中开始浮现出各种小型战舰的影子，孙家似乎发现了王煊的踪迹。战舰正在巡航，处在一级战备状态。

咚！

终于，小型战舰开火了，打向地面，刺目的光束亮起后，带起大片的烟尘。

"不要害怕，稍微偏离方向，贴着山林继续向前。"王煊安慰青年驾驶员。

王煊很清楚问题所在，一路上他们不时会遇到一些探测器，虽然他提前做了布置，但正是沿途这些监控装置不时出故障，泄露了他的行踪。

新星上，从天上到地下，无论是路上还是山林中，都有微型探测器，监控简直无处不在，若真想查一个人，是没有隐私可言的。

王煊这次打了个时间差，并且途中不断改变路线，所以驰骋了数百千米，没有出事。

现在，孙家调动各种监控，依据探测器出现故障的曲线图等，正在捕捉他的精准轨迹。

王煊坐在车中，仰头看着天窗外的夜空。繁星伴新月，本是一个柔和与宁静的夜晚，他却千里奔波，要去大战。

他默默思量，现阶段想彻底灭掉孙家很难，依照孙家目前的举动来看，肯定要跟他来个鱼死网破。

毫无疑问，康宁城外必然早已布下天罗地网。

这个夜晚，孙家绝对调动了大量的战舰，守在通向康宁城的各个节点上，他真要闯过去，就会遭遇最猛烈的轰击。

他若能够杀进康宁城中，他们肯定会发疯，以战舰击穿大本营，这些显然都在选项中。

此外，如果他今夜真的灭掉了孙家，那么大概率他也要出事。

那样会惊动各大财团，唇亡齿寒，他们会觉得他威胁太大。因此，有人很有可能会对他下狠手，动用战舰，直至将他消灭为止。

孙家不能一口气灭掉，需要慢慢地进行，最起码不是在今夜。

接下来，如果孙家依旧要战，那么双方可以对抗，王煊也可以除掉他们当中的一些重要成员。

这样的话，其他财团估计也乐意作壁上观，看着超级财团孙家受损。

而在此过程中，王煊快速提升修为就是了，积攒足够的力量后，一切就都好说了！

"走二号路线！"王煊开口道，让青年驾驶员按照预定的方案前行。今夜他作势猛冲，杀向孙家大本营，如果顺利，他不介意直捣黄龙。

但现在看来，孙家在焦躁中也准备了各种后手，做了最坏的打算。

因此，现阶段王煊不会以身犯险，他不想付出惨烈的代价。一旦他身负重伤，有些大组织就会像闻到血腥味的鲨鱼一般扑上来。

青年驾驶者长出了一口气。这一路上他的心弦都绷紧了，两人远行，杀向孙家大本营，这种心理压力不是一般人能承受的，这个年轻剑仙的实力与勇气让他敬畏。

青年驾驶者回头看去，年轻的剑仙始终那么平静，让他拜服。

现在他们距离孙家所在的康宁城不足两百千米，真的不是很远了，偏离方向后，他们赶向七八千米外的平源城。

一切都在王煊的预案中，如果不能对孙家发出天崩地裂般的一击，他就会来这里，在近距离内震慑孙家。

平源城在望，此地距离孙家大本营康宁城不过一百八十五千米，如果找到机会，王煊完全可以从这里奔过去。

陈永杰接到消息，长出了一口气。

这样最好，他也不希望王煊今夜就杀入孙家，那样的话，影响实在太大了，各方都会惊悚！

然后，神秘人又做预告了……

这个夜晚对孙家人来说无比煎熬，那个年轻的超凡者王煊居然有办法避开监控，一路东来，欲直插康宁城，让他们整夜都焦虑不已。

万一王煊杀入城中，难道他们只能以战舰轰击了吗？

可是，这样的话，结局可能真的会是两败俱伤。即便他们的许多人可以坐飞船离开，但孙家地下的东西带不走！

孙家本身就建在一座古代遗迹之上。

此外，在这个特殊的时代，他们得到了太多的神秘物件，有些异宝近期复苏了，它们被注入X物质后，变得不可预测。

近些年来，超凡能量消退，列仙洞府自空中坠落，孙家实力强大，自然挖到了不少神物。

现在有些东西彻夜发光，符文缭绕，庇护孙家，可是他们无法将它们搬走。

这些神秘宝物会严重影响飞船与战舰的安全，侵蚀精密元器件，孙家没有人能将它们收起来。

此刻，孙家上下坐卧难安，连一些老头子都心神不宁，走来走去，后背渐渐生出凉意，有些后悔了。

孙家的温和派则直接表明，与其如此，还不如暂时讲和。真要到了不可收拾的地步，孙家将被重创，损失惨重。到时候一定会有财团填补上来，瓜分他们的地盘与利益。

孙家或许不会倒下去，但是经此一战，很有可能要退出超级财团之列。

晚间，孙家发生争执，有些人感到不安，感受到了彻骨的寒意，许多人心弦绷紧，越发忐忑了。

终于，有些人坚持不住了，他们提出建议，想请钟家出面同王煊联系，要求对话。

神秘人再次预言："今夜，仙剑遥指孙家，引而不发。孙家若疯狂，必有裂天一击，剑光落九霄，击穿孙家大本营！"

……

此时，王煊进入了平源城，这是超级财团秦家的大本营。

秦家第一时间得知了王煊到来的消息。

秦鸿原本正在饮酒，听到这个消息，手一抖，酒水洒了出来，打湿了他的衣襟。他失声道："他怎么来这里了？竟接近了我秦家！"

第236章
苦修门真经

秦鸿不淡定了，他对修行者不友善，过去一向很鄙夷他们，现在则担心他们会消灭财团。

"现在他到哪里了？"秦鸿放下酒杯，问道。王煊的剑光给他留下了深刻的印象。

"就在不远处，与我们隔着一片小型园林。"有人禀告道。

秦鸿无语，这都到眼皮子底下了？而他还不敢开口斥责，对方可以精神出窍，万一听到了怎么办？

尽管他在新月上、在秦家，都一再蔑视修行者，但真要面对修行者时，他还是很清醒的，知道不能轻慢他们。

钟家。

钟诚脸上露出异色，道："孙家有人私下里联系二爷爷了？"

钟晴点头，道："孙家估计承受了很大的压力，除非下定决心，以大本营换取王煊的性命，不然他们的心弦始终是绷紧的，很煎熬。"

这个夜晚，王煊行踪难定，不断接近康宁城。孙家的部分人有种窒息感，万一他杀进城中怎么办？

很快有消息传出，王煊进入了平源城，距离孙家所在地不过一百八十五千米。

孙家的众人得到消息时并没有喜悦之色，这样的恶徒近距离震慑，让他们如芒在背，十分难受。

一些老者冷眼旁观，最后有人松了一口气。王煊的表现没有想象中的那么危险，如果他想尽办法杀进康宁城，会让他们觉得他攻击性过强，是个不可控的变数。

当夜，钟长明正式出面安抚孙家，又和王煊通话，调解他与孙家的纠纷与矛盾。

所谓安抚孙家，自然是给他们台阶下，这主要是做给外人看的。

王煊接受调停，表现得很低调，称只要孙家不过分，他便不会有所动作。他希望过宁静与平和的生活，厌恶打打杀杀，将行医天下。

钟诚小声道："我觉得，二爷爷脸上有光，似乎迎来了第二春。"

钟晴微笑着道："当然，现在钟家由他掌权，连孙家都暗中联系他，请他出面调停，再加上续命有望，他的心态肯定年轻了不少。"

钟长明是钟庸的次子，如今七老八十了，在钟庸结出蝉壳陷入昏迷后，成为钟家的话事人。

"小晴，改天把王煊请家里来坐坐。"晚上，钟长明和颜悦色地找到了钟晴与钟诚。

姐弟二人一听就明白了，老头子想续命！

深夜，各方得悉孙家与王煊暂时停止了冲突，这让不少人颇为遗憾。

财团和大机构的特殊圈子都明白是什么状况，这只是暂时的平静，指不定什么时候双方就会死磕，再出手的话有一方可能会殒命，无法翻盘。

"鸷鸟将击，卑飞敛翼；猛兽将搏，弭耳俯伏！"苏城，钱安自语道。

大多数人不知道这些，都很失望，他们还想看剑仙大战超级财团呢，最好再击落几艘战舰。

平源城，秦鸿自语道："找个机会将那王煊引到外太空，或者引他远离城市，甚至选个小点儿的城市，一艘中小型战舰就能解决他！"

205

不过，他又赶紧闭嘴了，怕被超凡者听到。

秦鸿所说的也算是事实，财团如果下定决心在一些地方动手，对现阶段的王煊威胁极大。

短期内，王煊出行需要格外小心谨慎，他有些惦记宋家那只巴掌长的暗金色的小舟了，如果有那件异宝的话，他出行会很方便、安全。

他不急，虽说宋云还有半年可活，但估计会沉不住气，要不了多久就会找他。

"秦鸿，你去隔壁见见那个王煊，和他约一下，明早将他请过来。"秦家的一位老者开口道。

秦鸿闻言，好半天没回过神来。让他连夜去见那个曾经的武夫，现在的剑仙？他从来没想过这种情景。

"明早再联系吧。"秦鸿回应道。他心里一百二十个不乐意，这破事他真不想做！

"现在就联系，明天可能就晚了！"秦鸿被他爷爷呵斥了。

秦家老爷子九十三岁了，他感觉身体每况愈下，渴望青春，希冀续命，此时瞪起眼来让秦鸿都发怵。

秦宏远绝对不是一般的老人，上一次秦鸿敢在新月上轰击大幕后的列仙，最主要的原因就是这个老者点头了。

可以说，那是财团针对列仙的第一次大胆试探，意在掂量列仙究竟有多强，秦宏远就是这方面的领头人。

"老爷子，息怒，我去！"秦鸿在外面十分强势，可是面对爷爷只能毕恭毕敬，不敢多说什么。

秦鸿拜访了王煊，满面笑容，让人觉得如沐春风。

王煊很淡定，他对秦鸿比较了解——小秦当面真诚，背后喜欢鄙夷别人并捅刀子，招人厌恶。但不得不说，这个人胆子很大，居然敢下令轰击列仙，关键时刻手很黑。

王煊觉得，找机会……还是除掉秦鸿吧。但现在还是算了，在这个风口浪尖上，他不宜与第二个财团为敌。

深夜，王煊精神出窍，来到秦家"散步"。很快，他汗毛倒竖，秦家作为五大超级财团之一，果然有过人之处。

他们的园林深处，秘库那里，符文绽放，光芒普照，隐约间传来吟诵声，里面有异常之物！

他的精神被牵动了，要被接引过去，要被度化！

王煊悚然，财团的秘库对精神出窍的人来说十分危险！

宋家黄金树上的几只金色小鸟可击杀精神体，而秦家这里同样有异常之处。

秦家所得之物大多与苦修门有关？王煊倒退的同时，心中也在思忖。

秦家研究月光圣苦修士、烈阳圣苦修士，那是因为他们得到过圣苦修士的骨，另外他们对献上地仙草者给出的报酬是真经！

"昔日从月球上挖出的母舰又被解析出部分资料，疑似有针对精神能量体的办法！"一个房间中，有人在谈论。

王煊驻足倾听了片刻，随后精神远去，回归肉身。

清晨，在秦鸿的陪同下，王煊正式拜访秦家。

秦家很大，在一个澄净的小湖边上，栽种着青翠的竹子，竹林边有间茶室，王煊在这里见到了秦宏远。

"小友，你看我还能活多久？怎样才可以续命？你有什么需要尽管开口。"

王煊看了下，这个老者发丝稀疏，的确很苍老了，以他的状态能活到百岁左右，但他依旧不满足。

"听闻秦家有苦修门真经，如能借来一观，我大概会受到启发，为老爷子续命十年不成问题。"

这种话让边上的秦鸿都神色一动，更不要说当事人秦宏远了，十年啊，远超预期，实在太诱人了。秦宏远虽脸色平静，可是手指早已捏紧。

王煊确实对这篇至高经文感兴趣，不然也不会直接给予续命十年的许诺。

这篇赫赫有名的至高经文如果现在得不到，等列仙回归后，那么就彻底与他无缘了。

在这特殊的年代，虽说遍地是宝，但至高经文是不同的，在什么年代都属于稀世珍物。

同时，这是非常时期，他对外透露这种消息，可为人续命十年，会更进一步刺激一群老头子，让他们做出"理性"的选择，站队要"靠谱"！

事实上，王煊还没有离开秦家呢，消息就传出去了。

财团中年岁较大的人都震惊了，续命十年？想都不用想，必须见王煊一面！

秦宏远控制住情绪波动，平静地开口道："我最近将真经与一些古器放在一起，正在敬香，需要供奉百余天才能取出。"

显然，秦家预感到真经价值惊人，连剑仙都在惦记，越发不想给外人看了。

"小友，看一看其他经文如何？我们这里收藏了不少苦修门典籍，都是历代苦修士留下的手书真迹。"

王煊摇头，聊了一会儿就礼貌地告辞，不想耽搁时间了。他料到可能会出现这种情况，反正苦修门的经文不是他非要得到的，他对先秦的金色竹简最感兴趣，可惜这里并没有。

至于异宝，秦家提都没提。经过牧城与景悦城的两场大战，各大家族都对异宝无比重视，认为异宝比什么都重要，不能轻易流落出去。而真经可以拓印，交换出去部分也无妨。

看到王煊这么干脆，转身就走，丝毫不留恋，秦宏远不淡定了，让秦鸿将他请了回来。

"能一次性为我续命十年吗？"秦宏远问道。

王煊道："最好分几次，效果最佳。如果您实在急切，那我也勉为其难付出些代价，帮您实现愿望。当然，您肯定得先让我看完真经才行，这样我很有可能会受到一些启发。"

"真经共十二页，秦鸿，帮我取来四页。你先帮我续命三四年吧，让我感受下效果怎么样。"既然有所决定，秦宏远很果断。

王煊瞬间精神出窍，可是跟了秦鸿一段距离，他就止步了。果然是昨夜那个秘库，那里有神秘器物，要度化离开肉身的精神体！

不久后，秦鸿取来四页金箔纸，纸张上没有文字，只有刻图。不过当王煊以精神探索时，纸张上瞬间有烙印传递出来，所有刻图都仿佛活了过来！

一刹那，一个苦修士顶天立地，撑开一片大幕，浮现在王煊的心头上，向他展示苦修门的至高奥秘。

王煊闭上眼睛，将经文记在心中。但随后他又惊醒，将苦修士的身影隐去，只记经文本意。

苦修门的经文有些可怕，王煊内心悸动。

不管练还是不练，王煊都决定先将这些经文收着，因为这的确是至高绝学。

"小友，感觉如何？"秦宏远关切地问道。

"太高深了，我以后再研究吧，先为您老续命。"王煊建议去秦家的苦修门祖庭续命，效果更佳。

"冒昧问下，秦家为什么将苦修门祖庭请到家中？"在路上，王煊随口一问，没指望对方回答。

没想到秦宏远居然告知了他，道："一百多年前，我父亲听从一位高人的建议，请来了这座苦修门祖庭。"别的他没有多说。

王煊心头一动，果然有古怪，新星上当年有神秘高人出手，同新月上的手笔估计一致。

王煊借助苦修门祖庭，汲取了这里的内景地中的神秘物质，为秦宏远改善体质，增强其血肉活性，让他切实感受到了一种蓬勃的生命力量。

这不是一天能完成的，王煊在这里待了足足五天，确实为秦宏远花费了一番力气。

在此过程中，王煊将那盏古灯重新"喂"饱。随身携带这件被激活的异宝，让他很安心。

与此同时，消息早已传出去，一些老头子按捺不住了，纷纷约王煊登门。

宋家的老者宋云无法镇定了，各家的老家伙纷纷约王煊，他得排到什么时候？于是他亲自与王煊通话。

王煊表示歉意，告诉宋云，短期内恐怕不行。他元气大伤，帮秦家老头续命时付出了很大的代价，另外别家也与他有约在先了。

"王煊，你什么时候回苏城？有人想给你重建养生殿，也有人想拜你为师，等你出现呢。"钟诚和王煊通话，最重要的是，他二爷爷想请王煊续命。

"对啊，我的养生殿……报警，上次孙家击毁了那些建筑物，赔偿其他人了吗？我也需要他们补偿！"

钟诚发呆，确信自己没听错，很想问，你是认真的吗，要报警？

"小友，干脆就在平源城居住吧，我为你建一座养生殿。"秦宏远开口道。他还在慢慢体会生命力提升的好处呢，目前来看，效果确实极佳，因为他忽然发现身边的女助理竟是这样年轻貌美，现在他重新有了一双善于发现美好事物的眼睛。

秦宏远决定等上一段时间，如果确定自己的身体机能也增强了，就将剩下的真经交给王煊，让他为自己续命十载。

然而，王煊差点儿连夜跑路。他放松下来后，精神出窍，夜游平源城，以精神天眼看到了极其恐怖的生物在城中游荡。在这座现代化大城市中，竟有怪物出没，这让他汗毛倒竖！

王煊虽然头皮发麻，但还是想弄清楚事情的真相。他在苏城高楼上眺望时，也曾看到地平线尽头的寒雾山上黑影幢幢，这到底是什么状况？

第237章
形势复杂

王煊曾在逝地中看到过瘆灵，黑暗中那一双双通红的眼睛，小的如同灯笼那么大，而更恐怖的则堪比山岳，摆渡人得悉后都深感惊悚。

现在，新星的大城市中为什么也会有神秘莫测的怪物？

虽然这种怪物与瘆灵不同，形态不一样，但两者有一个共同的特点，那就是只有用精神天眼才能看到，连陈永杰这样的超凡者都感应不到。

王煊在城中神游，仔细观察，同时也在谨慎地躲避。

夜晚，一栋栋摩天大楼外缭绕着立体光影，悬浮车在城市的低空交织与穿行，一艘艘小型飞船划过夜空远去。

霓虹灯闪烁，这是一个现代气息浓郁的大城市，拥有千万人口。可是，王煊数次在街道上看到怪物，它们狰狞而恐怖。

一条长着九颗头的大蛇有浴缸那么粗，满身青色的鳞片，其中八颗头被粗长的箭射穿，从车辆较为拥堵的路上爬过。

在这大蛇的背上，一个披头散发的人被黑色的斗篷包裹着，露出的手脚已经腐烂。

在王煊离开时，大蛇背上的男子像是有所察觉，蓦地回头，但什么都没有看到。他的一个眼窝黑洞洞的，什么也没有，另一个眼窝没有瞳孔，脸上都是伤口。

王煊夜游，数次精准地避开怪物，心中思忖着，他们到底是什么来头？

古代的经文杂篇中有过相近的记载，曾提及超过地仙级的天才神游，晚间归来时，精神体被吞噬，惨叫了大半夜。最后有神秘的生物取而代之，入主他的肉身，最终羽化登仙。

王煊琢磨，杂篇记载的恐怖怪物是他现在所见到的这些吗？

很快，在一条宽阔的步行街上，王煊看到了一只殷红的大鸟，它的每个眼窝都有两个眼球，满身伤痕，像是刚刚搏杀过，此时正在街上优雅地迈步。

王煊心中一凛，这该不会是重明鸟吧？神话中的生物！

不过，这只重明鸟有些怪异，脖子上有绳索。王煊谨慎地避开重明鸟，远离了这片区域。

不久后，王煊又看到了一个怪物。它有一张女人的面孔，只有一只眼睛，长着牛的耳朵、豹子的身体，发出震耳欲聋的兽吼。可是，街上的行人听不到。

王煊露出异色，这是……诸犍？传说中的怪物！

诸犍的颈项上有铁环，像是项圈，它曾被人豢养过？

下半夜，王煊看到几个人穿着宇航服，和新星的人穿得有些接近，但是似乎更古老，给人古老的年代感。

他们牵着诸犍、重明鸟离开了，也有人坐在穷奇背上。而那条大蛇也在队伍中，它背上的男子身上竟也穿着残破的宇航服。

王煊心惊，这是什么组合？

科技时代的人类牵着神话传说中的生物，正在离开这座城市，这样的队伍……极其怪异！

王煊在城市中眺望，看着他们在夜色中远去，出现在地平线尽头的山区，而后沉入地底深处。

"他们不像是后文明时代的人类，似乎是古人类，掌握着科技，驯服了神话生物。"王煊自语道，有些出神。

次日，秦宏远旧事重提，想为王煊修建一座养生殿，被王煊婉拒了。

在随后的闲谈中，王煊问及城外那片山地是什么地方后，捕捉到了秦家人的部分思维，那里竟是秦家最重要的基地！

基地深处藏着一艘母舰，是昔日从月亮上挖出来的，秦家的很多黑科技都来自那艘古老的母舰！

王煊暗暗心惊！

一直有传说，昔年旧土热战过后，一部分人逃到月亮上，在那里挖到了各种舰船，从而科技大爆炸，人们最后迁移到了新星。

现在看来，差不多就是如此！

王煊心神颤动，昨夜他以精神天眼看到了古人类宇航员牵着神话生物，那是回归母舰了？

显然，那不是活人，难道是古人类宇航员化成了类似瘆灵的生物？

这就有些恐怖了，新星上的形势越发复杂，让王煊脸色凝重，他还是得变强！

……

钟诚、周云亲自接走王煊，他这才结束平源城之旅。

当看到一艘小型飞船远去时，秦鸿眼神冷漠，道："机会难得，一艘中小型战舰足以铲除后患。"

不得不说，他真是心狠手辣，居然想着以超级能量光束摧毁飞船。然后，他就挨了一巴掌。

秦宏远最近几天身子骨硬朗了很多，打人颇有力气，此时他神色不善，道："你爷爷我的命也在飞船上！"

秦鸿叹道："这个武夫明明可以一次性为您续命十年，偏偏要分开进行，故意用以自保，该杀！"

秦宏远瞪了他一眼，道："收起你的念头，钟家、周家的后人也在飞船上呢。再说，现阶段他怎样关你什么事！"

秦鸿摇头道："我自然不会动手，我只是在推演孙家到底有没有这种魄力，用一发能量光束解决一切！"

孙家已得到王煊离开平源城的消息，内部有人如释重负，毕竟被一位剑仙盯上，而且相距不远，确实让人很难受。

但更多的人眼底冰寒，孙家与王煊之间的事怎么可能就此结束？他们早晚都会想办法灭了对方！

咚！

高空中传来大爆炸声，火光烧穿云朵，蘑菇云蒸腾而上，一艘小型飞船失事，被人击毁了。

"孙家还是有些魄力啊，不管是否有钟家的后人在飞船上，都在关键时刻出手了。"秦鸿得到消息后，暗自点头。

"出大事了，王煊所在的飞船坠毁了！"

消息迅速传开，引发了轩然大波，有人将这个消息发到各大平台，快速冲上了热榜。王煊在与孙家的大战中都无恙，却这样殒命了？

没有人相信这是意外，飞船在高空就瓦解了，连残骸都没剩下多少，敌人动用的高能武器可想而知有多么惊人。

据传飞船上除了王煊，还有钟家后人以及周云，这引发了很大的波澜，所有人都看向了孙家。

从内心来说，人们认为孙家还是很有气魄的，该出手就出手。但舆论一面倒，各大平台上，人们都在热议，对孙家的狠辣行径表示不满。

"停战了还暗中出手，太歹毒了！一位剑仙啊，就这么死了？"

很多人感到惋惜，刚知道世间有超凡者，见到他对抗机械人、击落战舰，结果他还是死在了财团手中，而且是被有预谋地加害。

"哈哈……"孙逸晨大笑道，觉得神清气爽，这些天来他都觉得心中发堵。

"不是我们！"孙家第一时间否认，并通知各大平台立刻撤掉此次事件的热搜，不然后果自负。

而这个时候有人声称对此次事件负责，落款是灰血组织，顿时再次引爆了舆论。

"不是我们！"灰血组织的高层火速出来辟谣，声称此次事件与他们无关。

直到两个小时后，王煊在苏城低调地出现，争执与热议才告一段落。王煊没有死！

"绝对是孙家干的,他们居然想把我与钟诚一起干掉,简直无法无天、肆无忌惮,太狠毒了!"周云脸色发白,他与死神擦肩而过。

这次,他们是坐悬空飞车回来的,临时改换了出行方式。

王煊觉得钟诚与周云虽然来自财团,但终究不是核心高层,万一孙家发疯,说不定就会发狠将他们一起灭掉。

"估计孙家不会留下什么证据。等着瞧,我钟诚不是这么好欺负的,他们居然想干掉我,我早晚将他们家的一些人灭了!"

陈永杰、关琳、秦诚第一时间来接王煊,几人在苏城中相聚。

外界,一群老头子长出了一口气,他们还真怕王煊殒命,都准备向孙家发难了,孙家难道想斩断一群人的寿元上限吗?

孙家有人暗自叹息,一次试探性的出手失败了,结果还承受了很大的压力,一群老头子都要庇护那个王煊!

王煊可以为人续命十年,这件事影响极大,他的续命方法比新术效果更佳,没有任何隐患。并且,王煊为人续命时,并未说这是上限,似乎以后还能提升,这种暗示更加让人躁动。

王煊在苏城对外宣布,他一个月出诊一次,排期已经到了两三年后。这让财团、大机构的实权人物都有些发呆,熟人之间的竞争这么激烈?!

有些老头子真的等不起,但也不好咄咄逼人,想和王煊沟通一下,私下联络感情,准备插队。

"爷爷,这很简单啊。我正要去苏城拜王煊为师,你给我一篇所谓的绝世经文,我帮你去沟通。"一名少女说道。

不只是老头子们想续命,谁不想多活十年?中青代也有不少人躁动了,因此许多人想插队。

宋家的核心人物宋云确实急了,电话都打到陈永杰那里了,让他务必说服王煊,并表明必有重谢。

晚上,钱安为王煊接风洗尘。陈永杰用精神领域同王煊交谈,他们两个得分开,现阶段在一座城市较为危险,避免让人一锅端。

王煊点头，觉得这很有道理，告知陈永杰平源城是个不错的选择，道："秦家收藏的全都是苦修门的经文。"

他说了真经的事，建议陈永杰适当去露一手，将剩下的经文集齐。

"我最近练的全是苦修门祖庭的绝学，如果再去收集真经，我该不会踏上苦修士之路吧？我有点慌，得防着点！"

在钱安的庄园中，王煊自然又为他调理了下身体，同时为陈永杰身上的五色羽扇注满神秘因子，确保陈永杰的战力处在巅峰状态。

现在陈永杰无论在哪里，都能给孙家造成极大的困扰，可有效震慑对手，为王煊分担了很大的压力。

陈永杰已经将兽皮袋还给钟诚，并真诚地表达了谢意。如果没有兽皮袋，牧城大战时陈永杰就很有可能会被人干掉。

"恭喜有情人终成眷属，老陈在密地时就说过，他青春复归后，回来就娶妻生子。"王煊举杯，笑着说道。

关琳落落大方，脸上没有羞赧之色，相当淡定，她微笑着，拉着陈永杰一起举杯。反倒是陈永杰直摸寸头，脸居然红了！

"祝老陈和关姐万年好合，早生贵子！"钟诚、周云、秦诚第一时间笑着恭贺道，站起身来敬酒。

钱安更是当即有所表示，送了陈永杰和关琳一对古玉，古玉内部有符文，很有可能是古代的宝物！

当夜，关琳与陈永杰便离开了苏城，相当果断。说到底现在超凡者还是不够强大，需要谨慎行事。

后半夜，电闪雷鸣，大雨滂沱。王煊从梦中惊醒，他很久没有梦魇了，有些心悸，身上出了一层冷汗。

梦中，他看到大幕后的世界里列仙正在厮杀，争夺正在枯竭的仙界最后的大造化，有仙人准备回归。

王煊心中沉重，这是日有所思，夜有所梦吗？难道列仙真的要回来了？

他看着夜空，大雨落下，闪电划开黑暗，似乎真的有什么生物在雷霆中一闪而逝。

"真要是回归,第一个找上我的,估计就是红衣女妖仙。不知道她还要多久才会出现,或者说若她来到现世,我要怎样才能收拾她?!"

第238章
树欲静而风不止

深夜，闪电划破雨幕，王煊站在窗前盯着漆黑的天穹，久久未能入眠。

新星的形势太复杂了，有穿着宇航服的古人类驯服神话生物在大城市中游荡，但常人不可见。也有列仙要回归了，王煊似乎已经听到了他们的脚步声，声音从那雨幕中传来，让他十分不安。

次日是个艳阳天，乌云暴雨散去，像什么都没有发生过一样。

"老王，什么时候举行收徒仪式？部分人都到苏城了。"钟诚联系他。

王煊愕然，道："我什么时候说要收徒了？"他真没那时间与精力，自己的路都还没有探索明白呢。

"收吧，都是各家的热血少年，而且还有不少美女！"钟诚压低声音，道，"你想啊，都是一些大组织的后人，他们拜你为师，不就等于和你一个阵营了吗？"

"我现在真没工夫。"王煊说道。他已经将一群老头子绑上了他的战车，大体上没什么问题了。

钟诚劝道："又不用每日指点，大体传一些功法，让他们自己去练就行了。师父领进门，修行在个人。"

王煊觉得有道理，老少"通吃"的话，估计短期内会非常平和，而他最缺的就是这种宁静期。

"有道理，找个时间吧。我现在先解决房子的问题，房东联系我呢，要我赔偿！"王煊无奈地道。

他真没有那么多钱，一栋房子没了，被孙家一记能量炮炸成大坑，土石都熔化了。最近那里成为"网红打卡地"，天天有人拍照，说是剑仙旧居。

"老王，你也太穷了吧，不就是一栋房子的事吗？我送你个独栋！"钟诚说道。

"何不食肉糜？你是晋惠帝转世吧？我问了，周围被震裂的房子都得到了赔偿，凭什么不赔我的？我要报警，该死的孙家！"

然后，王煊就真报警了，不惜把事情闹大，让孙家赔偿他的损失。

钟诚放下电话，好半天没有回过神来，心想：你将人家的战舰都击落了，大家彼此彼此，差不多就行了。

可是钟诚不知道，王煊身上真的没多少钱，账户余额不足一百万新星币，那还是他在新月上帮秦诚讨公道时得到的分红。

虽然房东对王煊这位剑仙很钦佩，但好感毕竟不能当饭吃，知道王煊回来后，房东抹眼泪问他能不能赔偿。因为孙家似乎认定这是王煊的房子，没有谈补偿的事。

然后，苏城很多人都知道了，剑仙由于没钱就报警了，要孙家赔偿损失！

接着，王煊又在秘网表明如果孙家不赔款的话，他就去接收孙家在苏城的产业。

钟诚、周云、钟晴等人都无语，知道王煊是真的没钱，但孙家不这么认为，觉得王煊是在羞辱他们，类似索要战争赔款！

孙家觉得王煊这一行为伤害性不大，但侮辱性极强。

最终还是钟晴在秘网发声，帮王煊解释："王煊真的没钱，他来新星的船票还是别人赞助的。他现在被哭泣的房东索赔，没有办法，所以孙逸晨，你们还是尽到应尽的义务吧。"

各方都无语了，原来这位剑仙真穷啊，不仅租房度日，连一次远行都需要别人帮助。

孙家捏着鼻子认了，赔偿了原房东。

这就好办了，一群老头子想续命，正没有突破口呢，于是纷纷解囊赞助王煊。

如果这样能省一些经文的话，那就再好不过了！

不过，王煊拒绝了，钱财虽好，但以后可以挣，现阶段至高经文与异宝等更为珍稀，列仙回来都要抢，他怎么可能为了钱财而放弃？

周云道："你穷得都要去抢孙家的产业了，我们做朋友的脸上都无光，送你一座养生殿吧。"

钱安也看不下去了，他在城中有空置的房产，直接将其挂上养生殿的牌子，让王煊先搬过去。

养生殿重新开门营业，业务相当繁忙！

当日，钟诚、周云领来一群人，全都是年轻的男女。他们前来拜王煊为师，想要学御剑术，成为剑仙，目标很明确。

这些人有二三十个，其中最小的才十二岁，最大的没有超过三十岁。这些人眼神火热，充满了期待。

"这是我表妹，你得好好教！"周云开口道，拉过来一个小姑娘。

王煊一眼认出，这不是凌启明的小女儿吗？他在新月曾经见过她，还摸过她的头呢。

王煊看了一眼周云，这家伙故意搞事的吧？把凌薇的妹妹都拉来了！

"是我自己想学！"小姑娘聪明伶俐，一看王煊的眼神就知道什么状况。她告诉王煊，她想成为剑仙，与其他人无关！

很快，王煊又看到一个熟人——李清璇，他曾在旧土见过她。

当初，李清璇与吴茵、周云等人走在一起，曾招揽王煊进她家的探险队。

李家的大本营就在这座城市中。

李清璇拢了拢长发，嫣然一笑，道："我只是来看一看，真想不到你走到这一步了。"她有些感慨，并不是要拜师。

"真是你……王无敌？！"李清璇的身边，那名充满活力的年轻女子吃惊不已，而后又释然了。

王煊对这名女子有印象，她是开元大学的学生，自己第一天去找林教授时就遇到了她。

"这是我舅舅的女儿，和我血缘关系极近的妹妹。"李清璇介绍道。周佳是为了拜师来的。

"我教你，咱们一个学校的，熟，而且我尽得老王的真传！"秦诚拍着胸脯说道。

周佳没搭理秦诚，看着王煊，一阵无语，世界真小啊，看着剑仙的模糊照片时她就觉得眼熟，没想到真的是他！

拜不拜？周佳一阵犹豫，最后还是咬牙，决定拜剑仙为师。她是来学御剑术的，不应该有过多的杂念。

然后，钟诚也介绍了个关系户——一个美女，她的睫毛很长，眼神迷人。

"师父！"美女莲步款款，风姿动人。

王煊打了个冷战，这是什么状况？

钟诚小声道："我姐的闺密之一！"

这时，钟晴终于也来到了养生殿，和众人打了个招呼。

"小晴，你要帮我啊！"美女将清纯靓丽的钟晴拉到一旁，这样说道，接着她又故作凶恶之态，补充道，"如果你不帮我，就说明你心虚，真的想当我师娘！"

钟晴直接敲了她莹白的额头一下，道："注意影响，你乱说什么呢！"

王煊的精神领域何其强大，他听得真切，暗自感慨，这都是些什么人啊！他总觉得收这群人当弟子，会有各种乱七八糟的事情，这些人成分太复杂了！

这里面有"学霸"，目前在战舰动力研究所实习，但想改行学剑了；似乎还有一名歌星，她最近的新歌风靡大街小巷。

王煊估计这里面有浑水摸鱼、故意接近他的人，抱有其他目的。

王煊觉得还是回头将林教授请来代教吧，林教授更负责。

一些老头子来了，总算帮王煊解了围。钱安陪着王煊，为他介绍一群老头子，如本城的李老头、云起城的周老人、永安城的赵姓老者。

当介绍到赵姓老者时，王煊心头一动，该不会是赵清菡的亲人吧？他发现对方正在温和地笑着，仔细打量他，最后似乎还满意地点了点头。

"小王，你瞒得我好苦啊，谁知道我欣赏的王霄竟然就是你！"又一个熟人来了——吴茵的亲叔叔吴成林。王烜对他印象不错，他很会做人，在旧土时和"王霄"关系处得相当好。

"放心，吴茵没事，暂留密地，是场机缘！"王烜告诉吴成林不要担心。

吴成林是陪着他的父亲，也就是吴茵的祖父来的，王烜自然没有怠慢，和一群老头子热情地交谈。

这一天，养生殿很热闹，八名老者捧场，都来自财团。各大组织格外关注此事，暗自叹息，王烜的神医计划成功了。

事实上，八名老者插队成功，得到王烜的承诺，近几个月就会为他们续命。这也意味着，一些经文、古代器物会重新焕发光彩！

深夜，众人都离去了。王烜很平静，沐浴月光，有种脱离尘世之感，那些所谓的财团、喧嚣的红尘，都渐渐离他远去。

他仰头看着星空，有些出神。这新星的繁华城市、霓虹灯夜景，与他的路有些远，所谓的荣华富贵、红尘权势，都是烟云，不是他想要的。

"接下来的路该怎么走？我要怎么选择？"王烜轻语道。

金丹大道吗？他不想走，纯武者之路也有弊端。采药境界过后，就要定路了。

"三年后，影响很大吗？列仙坠落，沦为凡人。我的路是否会出现问题？"王烜自语道。

夜幕中，一道红光如同闪电疾速而过，让王烜瞬间汗毛倒竖。他全副武装，手持短剑，暗藏古灯与葫芦。

他感受到了强大的超凡者的气息！

"树欲静而风不止！"王烜轻叹道。

他真的只想安静地修行，思忖自己今后的路，闲时帮人续命，研究下古代的经文与异宝，这种平静的生活才是他想要的。可是，外界总有干扰，财团不时针对他，想用战舰将他轰杀，现在列仙似乎也来了！

"我不想与人为敌，你们不要逼我！"王烜沉声道。

第239章
列仙有请

王煊心情沉重，最近一件事接着一件事，颇有暴风骤雨即将到来之势，让人几近窒息。

他原以为与财团的对峙暂告一段落，会迎来一段平静期，但事与愿违，他疑似听到了列仙的脚步声。

各种事一桩桩、一件件，时刻在威胁着他！

刺啦！

漆黑的夜空中像是有电磁波划过，那种波动让人强烈不安，真的有什么东西来了。

一道红光自夜空中闪过，速度极快，普通人什么都看不到，但王煊察觉到那是一道身影。

仙吗？常人遇仙会惊喜、会意外、会满心期待。但对王煊来说，这是惊悚的，一切都变得不可预测。

王煊的步履很轻，但很坚定，他来到天台上。事到临头，他退缩、害怕有什么用？不如从容、冷静地面对，即便不敌，也要与列仙一战！

他不是完全没有机会，对方从大幕后的世界回归，大概付出了惨烈的代价，修为必然大跌了！

清风拂过夜空，云层有些厚重，没有月光与星辉，周围静悄悄的。

灯光闪烁的城市夜景暗淡了，附近起雾了。霓虹灯、摩天大楼、高空中穿梭的小型飞船都不可见了，整个世界都仿佛失去了声音。

刺啦！

如同旧时代的电视失去信号后发出的噪音自雾中传来，并时断时续。

王煊在城市的夜空中，等待疑似列仙的生物出现。这气氛与神圣无关，与仙气相悖，有的只是危机与恐怖。

他看到了，那道红光来了，不是实体，是以精神能量展现的吗？

这个生物远比孙荣廷强大，比王煊见过的任何新术领域的人都要厉害。王煊感觉到了威胁，严阵以待。

是列仙回归了吗？

那是一个穿着暗红色甲胄的女子，头盔将面部都覆盖了，精神体都披了甲！

她身段修长，容貌不可见，正在审视王煊，其实力难测，王煊一时间不好精准判断她在什么境界。

王煊也在看着她，面对不速之客，他十分沉静，以不变应万变。

"可以神游了？"身穿暗红色甲胄的女子衰虹开口道。这自然是精神领域的沟通。

王煊回应道："差得远，只是精神出窍，可以在有限的距离内徘徊。"

唰！

一页纸如电光般落下，出现在王煊的近前，悬浮于空中。这不是真正的实体纸张，而是由精神能量与超物质组成的。

这是一张请帖，邀请王煊参加十日后的源池山芝兰法会。只是一张简简单单的帖子，没有其他东西，可以用精神领域将其收起来。

为什么邀请他？源池山在哪里？芝兰法会又是什么？王煊一头雾水。

这是超凡者才能参加的聚会吗？是谁主持的？列仙吗？他充满疑问，神色凝重。

然后，他直接开口询问。

今夜太意外，怎么突然就有这种生灵找上了他？

"地点就在新星现世的源池山。很久以前，世间有瑶池盛会，随后人流散了，变成了瑶池散会。后来瑶池不可去了，在另一地变为芝兰盛会，直至现在，只有芝兰法会了。"

嗖！

一道红光破天而去，那道身影消失了，她没有过多的话语，更未久留，如同飞仙，瞬间就不见了。

与此同时，大雾散开，周围的声音重新传了进来。灿烂的灯火、耸入夜空中的大厦，还有各种交通工具，让王煊感受到了新星大城市的红尘气息。

刚才他竟与世隔绝般，周围的一切都不可感知，那就是羽化登仙路上的冷寂感觉吗？

王煊皱眉，预料中的一战没有爆发，对方到底是什么来头？是超凡者，还是回归的列仙之一，抑或是超脱红尘的生灵？

此前，新星只有他、钟庸、陈永杰三个修仙者，其他超凡者都因为超星崛起，来自新术领域。

现在突兀地冒出一个身穿暗红色甲胄的女子，精神出窍，来到这里送了一张请帖，实在异常。

难道说，新星自古以来都有修仙者，修仙之路并未断绝吗？

王煊不怎么相信，如果有这种人，原住民还会有那样的处境吗？

新星形势复杂，王煊认为肯定是这次他与孙家碰撞后暴露了，进入了某些人的视野中，所以对方才找到了他。

按照王煊早先的预想，他应该低调修行，不引人注意，快速成长，如此当实力足够时就不惧怕一切了。

但是，超级财团主动出击，非要灭了他与老陈，让他与老陈想埋头隐伏起来苦修都不行。

"一百多年前，有高人在新月布局，移来本土教与苦修门的祖庭。也是在一百多年前，各家听从神秘人的建议，开始疯狂挖掘旧土，将两教祖庭整体搬迁过来，在新星上复建。很早以前，就有人在准备着什么！"王煊到了现在很确定，那不是无意为之，而是早有铺垫。

现在，给他送请帖的人是一百多年前的高人吗？或者说，那是一个组织？

他们是古代的修行者，还是说其实就是列仙？难道在一百多年前，就有列仙提前回来了？

王煊不能不多想，当前局势微妙，而他现在并没有站在有利的位置上，过早地曝光了。这必定会引得神秘者瞩目，说不定对方还会审视他！

他深刻体会到新星远非表面看起来那么简单，一百多年前就有异常的波澜了！

"老谋深算者都躲在幕后，伏在迷雾中，没有露头！"王煊感叹自己还是太年轻了，怎么就突然暴露了呢？他越发憎恨孙家，一切都是他们逼迫使然。

一刹那，王煊又警醒，孙家是否也是受人误导，以战舰等来打草惊蛇，将新出现的超凡者揪出来，从而实现躲在暗处的少数神秘生灵的意图？

"不管是一百多年前的高人，还是古代残存下来的修行者，我都需要提高警戒，暂时将他们当作列仙面对！"

王煊催动黄澄澄的小葫芦，将那张由超物质与少许精神能量构成的请帖收了起来。

他站在原地，默默思忖，想了很久。

"财团的异宝未失，无上经文还在……"

王煊皱眉，暗中的神秘组织没有他想象的那么强大吗？还是说他们随时能激活异宝为己用，所以现在并不急？

片刻后，王煊笑了。在充满科技感的城市中，他在修行，想着同古人作战，还真是有些古怪。

"嗯？"突然，王煊的精神领域扩张，感应到了特殊的波动。这个夜晚还真是不平静，一轮接着一轮，又出现了异常情况。

数百米之外，一座复古的景观铁塔上，一只大鸟落在上面，正在窥探他。

这让王煊的感受不是很好，略带敌意的大鸟又是从哪里来的？一夜两名超凡者莫名现身在苏城中，都是冲他来的！

王煊再次体会到了过早曝光的坏处，各种牛鬼蛇神都来了。

与此同时，他不可避免地想到了钟庸，这老家伙在回来前突然结蝉壳，陷入了昏迷中，是故意的吧？

钟庸不知道王煊崛起了，但肯定了解陈永杰，那时，这老家伙就想到了很多吧？他让老陈在前方撑着，自己在暗中昏睡。

那只鸟带着敌意，不知道什么来历。它停留片刻后，拍打着翅膀飞出苏城，没入了城外几千米处的密林中。

王煊注视着那只鸟落下的地方，回到房间，然后开启了自己挖掘的密道。密道直通地下，临着穿城而过的苏河。

他快速沿着苏河出城，避开大量的监控，朝几千米外的丘陵地带赶去。

王煊潜行匿踪，速度极快，朝大鸟的落地处而去，希望它还没有离开，抓个活着的俘虏。他想确定这只超凡猛禽的敌意因何而起，还想知道它源自哪里，是属于妖族，还是某个特殊的组织。

他心情沉重，在表面科技感十足的新星世界之外，似乎还有一个暗世界！

"没准儿是我多想了，神秘生灵与超凡者或许也是近期才出现，意外发现了我这个出头的椽子。"

没有星月，密林中伸手不见五指，王煊如同暗夜中的狩猎者。他发现了不少痕迹，这里有麋鹿的残骸，也有爪印，是那只大鸟进食后留下的。

然后，他就看到了大鸟，这只大鸟有些像金雕，身长有两米多，褐黄色的羽翼在黑夜中略微发光。

既然它有敌意，那没什么好说的，王煊准备先来一击，避免它逃走。

这只大鸟警觉性很高，发现了王煊，眼中神光迸发。

狂风大作，这片地带顿时炸开了，所有草木都化成了齑粉，岩石碎裂，大鸟冲天而起。

咻！

一道红色光束追击了上去，即便大鸟扶摇直上数百米，快如闪电，也还是被击中了。

古灯发出的光束打穿了大鸟的一只翅膀，并且有能量激荡，轰的一声，那只翅膀受创了。

一声凄厉的鸟鸣响起，大鸟坠落了下来，它的身体居然变大，比以前更威猛了，真实的躯体有五米长。

早先，大鸟施展了某种秘术，血肉绷紧，收缩得厉害，这才是它的本体。

"不想死的话，就自报来历！"王煊没有好言语，上来就恫吓道。他身前悬着飞剑，明灿灿的，寒光流转。

"超凡者，我来自伟大的库曼星球，追随吾主的脚步，聆听神音，来到这颗荒芜的星球，对你没有恶意。我只是在探索神圣的足迹，意外地发现了你……"

王煊愕然，外星的鸟来了？

新星被域外文明发现了？还是说有本土势力勾结域外超凡者，将他们带回了新星？

"超凡者，请放我离开。你我之间没有冲突，我将随吾主远行而去，不会再打扰你。"大鸟开口道。

但是，王煊分明感觉到了大鸟的精神波动剧烈，隐藏着敌意，它在撒谎。

砰！

他二话不说，一把拎住鸟脖子，威胁道："别给我鸟言鸟语，给我说人话，说真话！"

"我本来就是鸟！"这只淡金色的大鸟恶狠狠地看着他。

王煊直接动手，将大鸟的另一只翅膀也折断了，然后想探索它的精神领域，希望洞悉它的来头与秘密。

大鸟长鸣，叫声凄厉，奋力抵抗。从它的精神领域中竟冲出一团神火，神火散发着惊人的威压，那是某个生灵留下的印记，保护着这只大鸟。

轰！

王煊眼神冷厉，催动古灯。一团灯焰飞了出去，轰在大鸟的精神领域上，直接将那团神秘的精神火光毁灭！

某个生灵留在大鸟体内的印记被毁，大鸟也惨死了。

王煊精神出窍，在这片地带寻找了一番，再无其他发现。他快速动手，将大鸟的精华收进福地碎片中，然后引出古灯的火光将残骸烧了个干净。

随后，王煊远去，消失在夜色中。

第二天，宋云又来了电话，他的姿态很低，与王煊沟通，对上次的事表达歉意，说到底还是想请王煊续命。

王煊对宋乾的家人没什么好感，不过看在宋云诚意十足的分上，而且他现在有了一种紧迫感，需要迅速武装自己，便点头答应了。

"我最近在炼丹，也在研究食补，近期你可以过来。"王煊答应了宋云的请求。同时，他告诉宋云，他不要经文，除了上次那些古器，还要另外再选一些，他从中只挑选一件即可。事实上，王煊对那只暗金色的小舟志在必得。

宋云顿时有些激动，这些日子他后悔不迭，觉得自己上次真不该拿捏王煊。

"能为我也续命十载吗？"宋云问道。听说秦宏远可以续命十载，这样一对比的话，他只续命五载，太不甘心了。

"那要看你所携带的古器能否补偿我付出的惨烈代价。"王煊说道。他准备请财团分担伤害。他捕捉的那只大鸟具备超凡属性，为大补之物，让一群老头子尝尝鲜，可以续命。而如果将来有麻烦，大家便可以一起应对。

第240章
补足短板

王煊发出一些请柬,想安排一场长寿宴,为老头子们进行食补,从而快速解决部分问题,重要的是能够迅速武装自己!

王煊有种非常强烈的危机感,总觉得列仙离他越来越近,他似乎已经看到了他们模糊而恐怖的身影!

大幕后的真仙对王煊来说不是神圣的,而是惊悚的,动辄会要他的命!再说,那只鸟的背后不知道是否真有什么库曼星的生灵,也得防备。至于超级财团的威胁,时刻都在,从未远离。

"什么时候能成为地仙?"王煊自语。若真到了那个时候,或许他就能从容、淡定很多,而且说不定他就可以开始攻击刚踏上归程且原有境界跌落的各路真仙了!

"既然要分担伤害,绝对不能少了孙家,给他们一个名额吧。我这算是大度地示好吗?给了彼此一个和好的机会。"

王煊也给孙家发了张续命帖,并没有委婉,直接告知孙家想来的话须带上经文与异宝,进行等价交换。

孙家的先秦金色竹简王煊近期肯定没可能得到,只能有朝一日自己去取,对方是不可能主动资敌的。

在长寿宴开始前,王煊挑选超凡血肉精华送给熟人,并郑重告知对方悄然进补,不要声张。

这个名单上自然包括了林教授、秦诚、周云、钟晴、钟诚等人。

出乎王煊的意料，接到请柬的老头子们居然不热情，找了各种理由与借口，确定赴会的没几个。

什么状况？王煊不解，他们对续命不热情了吗？

钟晴告知王煊："物以稀为贵，他们觉得你这样大范围地'施法'，过程多半会很粗糙。这些都是什么人？他们活得无比精致，不想有任何瑕疵与不完美。"

接着，她补充道："尤其是知道你给孙家也发了请帖，他们越发觉得这次的续命含金量不高。"

王煊一阵出神，最后叹道："得不到的永远在躁动。普降甘霖不会被珍惜，还是要搞饥饿营销啊，古人诚不我欺！"

最终确定要来的只有五个人。宋云最主动，保准会过来；秦宏远的身体机能不断增强，也是迫不及待，想要继续加强体验；钱安是老客户了，又是帮忙打广告，又是借房子给王煊住，王煊不好意思再让他付出太多。

然后就是钟晴的二爷爷钟长明，他知道内情，得悉孙儿辈享用了珍肴进行食补，自然很放心。

最后就是孙家，孙荣盛答应要亲自赶过来。

至于别的老头，全都找借口拒绝了王煊。

养生殿中，一群男男女女又来了，他们执意要拜师，向王煊学御剑术，这次更是送上了拜师礼。

王煊没有拒绝，告诉他们，将为众人介绍一位名师，早先自己就是和此人学的旧术，才走到今天这一步。

林教授被请来了，教他们绰绰有余，他现在旧伤已经痊愈，实力不仅在恢复，还在迅猛地提升！

王煊当了甩手掌柜，转身离去。

"师父！"钟晴的闺密快速拦路。

王煊差点儿直接祭出飞剑，暗中用短剑丈量了下彼此间的距离。最近对于任何敢突兀接近他的人，他都暂时当成妖仙附体来对待，严加戒备。

还好钟晴来了，将人拉走了。

王煊让一群行了拜师礼的人各自打道回府，告知他们以后他与林教授会在网上教学，帮他们解决修炼中的所有问题。

"剑仙师父太高冷了，都不怎么和我们交流啊。"有人抱怨道。

"估计他现在有压力，正琢磨怎么对抗孙家呢。超凡与战舰的碰撞并未落幕，这才刚开始！"

王煊并未敷衍他们，他在钱安那座庄园中阅读了很多经书，再加上这些人的拜师礼大多为典籍，他优中选优，为他们安排了修行的课程，是否有人能够崛起，那就要看他们自己了。

至于石板经文、五页金书、苦修门真经等，对不起，这些肯定不是为他们准备的。

两日后，秦宏远、钱安、钟长明、孙荣盛、宋云五人来了。

秦宏远带来了三页金箔纸，至此王煊收集到了半部苦修门真经。

钱安被告知什么都不用带。

钟长明送上几本经书，王煊瞥了一眼，根本不想去翻。看在钟诚与钟晴的面子上，王煊给钟长明上了一盘鸟爪子，也不管他能不能啃得动。因为钟长明送的经书对王煊没什么大用，不是王煊已经练过，就是经书本身的价值不高。

钟长明看着盘中之物，感觉真下不了嘴，这是什么食材？虽然被切成了小段，但是皮质太粗糙了。

"可以续命几载？"他问王煊。

"一个月。"王煊开口道，随后又告诉钟长明，经书可以带回去，他用不上。

钟长明也是个体面人，不好多说什么，他知道自己带来的东西人家根本看不上。

孙荣盛带了一本地摊书——《太极拳谱》，而且是公园里老大爷们每天清晨练的简化版，毫无价值。

王煊直接给他上了块"好肉"。

孙荣盛怎么看都觉得那像是鸡屁股，感觉恶心，连筷子都不想去碰。

孙荣盛非常沉静，从头到尾都没有说话，他这次来主要是想近距离看下王煊这个人怎么样。

"快了，等当年消失的那群人回来，再同你清算！"孙荣盛眼底深处是无尽的寒光。他收敛心神，不敢多想，怕被王煊捕捉到思维，而他身上更是戴着一块玉佩，可以保护他的心神不被入侵。

王煊看了几眼，没搭理孙荣盛，觉察到他身上有宝物，可以阻挡精神领域的探索，决定送别时将他的宝物夺过来。

孙家做得了初一，他当然做得了十五，离开平源城时，对方居然敢用战舰轰击他的飞船！

宋家这次不算小气，带了一些旧物件，其中自然包括上次的暗金色小舟，甚至连那方玉印也被他们放在当中，他们不再说那是宋家先人的遗物了。

对于宋云来说，再好的宝物也没有他的命重要。再者，他早就找专业人士筛选过了，宋家那棵树杈上有金色小鸟的黄金树十分特殊，他不可能带上。

王煊不想让孙家人看到这些宝物，便将宋云带到茶室，请他喝茶，自己则研究起宝物来。

一堆古器中宝物不少，但只有两件是异宝，无论怎么看，巴掌长的小舟都是首选，毫无疑问，是稀世神物！

王煊翻过来倒过去地看，最终发现了一些异常之处，小舟上有凹槽，凹槽有剑形的，也有长矛形的，还有盾形的。

王煊心头一动，这只小舟似乎比他想象的还惊人，不只是飞行工具，还攻守兼备。

"实不相瞒，这只小舟我看中了，但它是残器，缺失了一些小物件。"王煊开口道。

宋云是什么人，立刻知道自始至终王煊都在惦记这件古器。他问道："你可以为我续命十年吗？"

"如果让小舟变完整的话，十年没问题。"王煊点头道。现阶段这东西对他来说比什么都重要，即便老宋要求续命十几年，他都会答应。

宋云立刻联系家中，让家里的人去追查暗金色小舟凹槽上的三个小物件的去向。

很快，宋家那边有了调查结果，那三个小物件被宋云的重孙女制作成吊坠、手链等饰品了。

宋云吓了一大跳，问道："打孔了吗？是否损坏了？"

家里人告诉他并没有，三个小物件特别坚硬，钻不了孔。

"立刻送过来！"

最终，一只完整的暗金色小舟落在王煊手中，他热情地请宋云、钱安、秦宏远吃了一顿长寿宴。

王煊仔细观察，发现即便是超凡血肉也不可能为他们续命数年，最多续命几个月，效果并不是很理想。

王煊私下告知几人，近日他会拜访他们，为他们巩固寿元，提升生命上限。

临别时，王煊不动声色，果断以精神控物的手段取走了孙荣盛的玉佩。

接下来的三日，王煊准备履行诺言。有飞舟在手，他心中有了底气，不介意四处走动一番。

当然，王煊之所以这样主动，是因为想"喂"饱飞舟，光靠他自己注入神秘因子根本填不满，这东西就像无底洞。

接连三日，暗金色小舟复苏得越发明显，到最后彻底被"喂"饱了。同样为暗金色的小剑、小矛、小盾跟着共鸣，整个舟体上浮现出神秘的纹路，纹路交织在一起，最后更有神禽异兽图共振、齐现。

王煊心中一动，这只小舟绝非一般的异宝，他越看越喜欢，恨不得立刻去找孙家人检验一下！

最后，王煊只是在苏河中试了试，异常满意。

毫无疑问，他补足了最为严重的短板！

"低调，这种底牌不能暴露。多事之秋，各种牛鬼蛇神都出来了，马上就要发生大乱了。"王煊提醒自己。

宋云、秦宏远两个九十几岁的老头子越活越年轻，参加完长寿宴后，又经过巩固，效果很明显。其他老头子打探到这些详情后，很后悔。

一些人纷纷表示，近期想来养生殿拜访。

王煊婉拒了这些人。他没时间了，再过五天就该去源池山参加芝兰法会了，不管去不去，他都要先准备好各种预案。

钟诚联系王煊，支支吾吾，有些不好意思。他告知王煊，他二爷爷对上次续命效果很不满意，想请王煊再为其出手一次，王煊究竟需要什么，可以提前讲好，钟长明会去准备。

"你二爷爷太精明，不舍得当然难有所得，我这里奉行等价交换。"王煊说道，并且告知钟诚近期他要远行一趟，不知道能否活着回来。

"老王，别冲动，别和孙家死磕，冷静！"钟诚吓了一大跳，显然他误会了。

钟长明得悉这个消息后，脸色顿时变了，让钟诚务必请王煊在远行前来一趟坤城，包他满意。

"去坤城可以，但你二爷爷能给我看一下先秦金色竹简吗？"王煊问道。

钟诚叫道："好你个老王，果然被我姐姐说中了，你在打我们家至高经文的主意，你是不是还惦记我家的五色玉书呢？"

王煊道："这话就见外了，你还差我半本经书和你姐姐的半本写真集呢！"

钟诚的脸都要绿了，因为他姐姐就在不远处偷听呢！

"钟诚！"电话那一端传来钟晴的尖叫声，显然她被气到了，而后钟诚的惨叫声传来。

钟诚的鬼哭狼嚎太刺耳了，王煊将电话拿得远一些，等那边安静了才开口："等价交换，先秦金色竹简能为你二爷爷续命十五年，可以让钟诚你三年内踏足超凡，也可以让你姐姐三年后踏足超凡，并且美容变成大钟！"

"我能……达到超凡，三年内成为钟剑仙，真的假的？！"钟诚深受震撼，双目中有火光在跳动，他感觉自己离御剑凌空、剑斩战舰的梦想似乎近了不少。

王煊确实对先秦金色竹简志在必得，孙家的那部分他早晚会自己去取，钟家的这部分他想交换过来。

"王煊！"电话那一端传来钟晴拔高了的叫声。

"你们研究下，不用急着回我。"王煊挂了电话。

"姐，趁着太爷爷沉眠，你又能进他的书房，要不要……"钟诚的眼神格外明亮，补充道，"老王这人真不错，而且潜力巨大无边，你呢，也老大不小了……哎哟，嗷！"

第241章
广积粮

"喂，王煊，先秦的金色竹简没法儿动。我太爷爷沉睡前，曾经严厉警告过我姐与二爷爷，这关系钟家的兴衰，不能妄动。"

钟诚打来电话，很遗憾地告知王煊。他的剑仙路因此变得崎岖，心痛无比，同时他的身体也非常痛，被他姐殴打了一顿。

先秦的金色竹简在那久远的古代都属于至高经文，羽化登仙者都要为它疯狂。现在超凡者出现，神话归来，这种东西自然越发被财团重视。

钟诚补充道："不过我二爷爷还是想与你见上一面，希望与你等价交换。"

"可以。"王煊想了想，点头答应了。

关于金色竹简，他认为只是暂时无法和钟家交换，因此他决定先想办法从另一家入手，不久的将来拜访孙家。

约定时间后，王煊当日就乘坐悬空飞车赶向坤城，去和钟长明会面。

得悉王煊又离开了苏城，孙家的一些人脸色阴沉。

"他是不是觉得，快速在各大城市间穿梭，我们不方便用战舰袭击他？最近这些天，他不断外出，真以为我们不敢灭了他吗？"

"不要急，再出手就是雷霆万钧，一击必杀，千万不要像上次那般平白击毁一艘飞船，却误中副车。"

孙家内部早有共识，必须灭掉王煊，而且最好是短期内解决他，不然的话，接下来的三年他们会很难受，极其危险。

"根据母舰中最新解析出的资料，我们有了惊人的发现，有证据证明，消逝的科技文明可以攻击神魔，捕捉强大的神话生物，这意味着他们的前沿战舰、机甲等，恐怖得不可思议！"

孙家内部顿时一阵骚动，一些老眼浑浊的老头子都精神剧震，极其重视。

"具体说一下。"孙荣盛严肃地道。

"母舰中的黑科技证实，精神能量可以解析，超物质可以利用，即便是呼啸天地间的神魔，也可以击杀。当然，神话物种等级不同，捕猎难度也不同，想针对顶级仙魔等，大概率要付出巨大的代价。"

孙家的众人深受震撼，连神魔都被视作猎物，一切超凡都可以解析，这是怎样璀璨的科技文明？

"这样说的话，如果全面复兴母舰中的科技，即便列仙回归，我们也能将其捕捉，让其为我们所用？！"

连孙家年近百岁的老家伙都忍不住了，不再死气沉沉，眼中像有火光在跳动。

如果超凡可以解析，仙人可以捕猎，那就意味着，古人类多半也破译了长生密码，不然的话，凭什么可以对抗神魔？

孙家的核心成员呼吸急促，眼神发亮，对关于母舰的研究成果充满期待。

有人叹气道："不过，那些资料相当复杂，短期内不可能出成果。不说其他，单是有些材料都难以凑齐，比如太阳金、秘银、魔法晶石，这些东西在超凡星球上都较为稀少，更不要说在新星上了。"

"我们曾经从福地、密地等星球上挖回来部分稀有矿石，再和西方人联系下，同他们交易，换取巫师世界特产的魔法晶石等，或许能解决问题。"

孙家人在密议。这是关系孙家蜕变的最高等级的一次大事件，若成功，他们将屹立在这个时代的最高处，连神魔都可俯视。同时，他们想到了其他几家，钟家、秦家等也各自拥有一艘母舰，不知道如今取得了怎样的成果。

"母舰中有几台机甲，还有几个机械人，我觉得全力解析的话，可以让它们运转起来。"

"先不要走那一步,那是参照物、是样机,万一出意外的话,损失太大了。"

这样的消息,让孙家高层成员一扫多日的沉郁,心中越发有底气。在彻底解析出母舰的黑科技后,不要说王煊这样的超凡者,就连捕猎仙魔都不是空谈!

"也不要盲目乐观,毕竟母舰文明消亡了,后期必然遭遇了什么。"有人叹道。

"我们要多管齐下。最近又损失了一批探测器与救生舱,好在事情有了最新进展。经过监测,那个地方的超物质正在持续消退,很多年前留在那里的人大概率可以回归。在那种地方修行多年,有人应该已经成为超凡者!"

孙家满怀期待,形势似乎对他们有利,现阶段他们要做的就是广积粮!

王煊带着暗金色小舟,一路上高度戒备,来到坤城,在一座景色别致的园林中与钟长明会面。

这里亭台水榭成片,复原了旧土的江南风情。钟晴与钟诚姐弟二人也在,钟晴看王煊的眼神明显不对,瞪了他几眼,王煊装作没看到。

钟长明带来了一堆老物件,他告诉王煊,这些都是他收藏的珍品,世所罕见。

王煊看过去,东西摆了一桌子,五花八门,从五帝钱到鸡缸杯,再到元青花以及汝窑瓷器等,各种杂物什么都有。

"这鸡缸杯现在已成为孤品,旧土战争爆发后,就剩下这一个了。"钟长明介绍道。

王煊很想说,你逗我呢,真以为我鉴宝来了?

好在钟长明的收藏很多,让人撤下去这些后,又摆上来一桌子,从殷商古玉到西周铜鼎,再到东汉铜镜等,应有尽有,琳琅满目。

这些收藏大多数是凡品,当中也有些宝物,但没有一件是异宝。

王煊诧异地看了钟长明两眼,这可是钟家现在的掌权人物,怎么会这样寒酸?

钟长明叹息,这都是他的私人藏品,少部分是秘库中外库的东西,内库不好动,钟庸以前警告过众人,未经同意不要乱伸手。

王煊意兴阑珊,顿时失去了兴趣。好在外库中的东西也很多,钟长明让人换了一批又一批,为了续命他也是拼了。

"嗯？"终于,心不在焉的王煊郑重起来,一个木盒吸引了他的注意,木盒上刻着一些细密的符文。

王煊打开木盒,顿时无比失望,里面放着一堆符纸。符纸上的鬼画符确实看起来有些不俗,可是他稍微一摸,这符纸就碎掉了。

王煊尝试为符纸注入神秘因子,结果最上面的几张直接燃烧了起来,他赶紧动手把火扑灭,即便这样,也有些符纸化成了灰烬。

这东西被钟庸扔在外库,估计也是看它破损得太严重,根本没法儿动了,彻底放弃了。

但王煊没有放弃,依旧在尝试,将断裂的、缺角的各种残缺的符纸都以精神控物的手段取了出来。

那些看着要腐烂的、整体还算完好的符纸被注入神秘因子后,渐渐有了灵性,纸张似乎变得厚重,不再是要破碎的样子了。

王煊不禁感慨,被老钟过了一遍,还能有好东西留下,实属难得。

他仔细研究,认真解析,他专门向其中一张符纸中注入超物质,结果符纸很长时间都没有被填满,上面的纹路在闪烁时,他知道这东西了不得！

王煊看了下,最起码有二十张符纸烂掉了,不可挽回了,上面的鬼画符都消散得差不多了。

木盒中仅剩下十几张符纸较为完好,损失了一半多,王煊对此感到有些惋惜。这都是强大的符箓,也间接说明老钟家是真的底蕴深厚,垃圾堆中居然还能找到重宝！

钟长明老眼昏花,肉眼凡胎,看不到王煊眼中的光,也没看清符箓刚才微微迸放的神芒。

但钟晴不一样,她相当敏锐,立刻觉察到了。她很清楚,被王煊看上的东西肯定是了不得的宝物。

"你不要在我们家坑蒙拐骗，得等价交换！"钟晴美眸发光，一把将盒子抱在怀中。

"小心点儿，别压碎了！"王煊真的紧张了，这可是宝物，他刚向几张符纸中简单注入一些神秘因子，其他符纸还很脆弱呢。

"老王，你可不能杀熟！"钟诚也开口。

王煊点头道："放心，童叟无欺！"

他在钟家的一座庄园中待了两天，帮钟长明续命数年，约定以后再聚。

在此期间，钟家姐弟二人也被神秘因子滋养，血肉活性激增，实力有所增长。

"钟晴，金色竹简的事情你再考虑下，到时候双赢，三年后你就是超凡大钟！"临去时，王煊笑着开口道。

现阶段，钟晴是能进钟庸书房的，机会难得。

"你立刻给我消失！"钟晴瞪着王煊道。

钟诚对钟晴耳语道："姐，人生不可重来，机会难得，不就是竹简吗？又不是送给他，只是让他学而已。再说了，这不仅关乎你的人生大事，也关乎你弟弟我的命运啊，超凡错过不可再来。再说了，金色竹简摆在那里也没用啊，老钟都练不成！"

他赶紧又解释："我这可不是单纯地为自己捞好处，你也能达到超凡，难道你不想吗？！"

王煊马不停蹄，迅速返回苏城，又去找钱安了。他想为符纸补充超物质，在钟家的庄园没有彻底完成。

这些符纸虽然都是消耗品，但是如果利用好的话，现阶段可能比异宝还要好用。

王煊仔细研究，有的符纸上画的是剑符，当真正充满超物质时，纸张变得结实了，稍微催动就有凌厉的剑光要透纸而出！

有的符纸画的是雷符，还没等他催动呢，隐约间就有恐怖的雷鸣声传出。

这些符纸大多不重样，各有用处。王煊深受震撼，这是何人所留？大手笔啊，曾经是一盒子利器！

"可惜啊，毁了那么多。"一想到二十几张符纸都腐烂了，王煊就心疼不已，不然的话，那些都是撒手锏。

"找机会试试效果，如果真是稀世神物，以后找机会补偿钟晴与钟诚。"王煊自语道。

距离芝兰法会还有三天，他依旧在做准备，谁知道会遇上什么怪物，万一真的是列仙回来了呢？

王煊琢磨，自身的武装确实很强大了，他能斩灭境界大幅度跌落的真仙吗？

第242章
亵渎

王煊觉得自己在芝兰法会可能会见到一些神秘强者，吉凶难料，至于那里的机缘，估计还不如财团秘库里的多。

"不去的话，有可能被针对。"王煊蹙眉，从本心来说，他并不想去。

钟长明精神矍铄，看上去年轻了好几岁，顿时引起了人们的注意，很快，人们知道他私下里联系王煊续命有了效果。

然后，许多电话就打过来找王煊了，一群老头子纷纷效仿钟长明。多活几年，就能让一群很有身份的老头子相互竞逐。

长生果然是世间一朵妖娆而又绚烂的奇花，扎根在天边，虽遥不可及，但那些传说让历代人都渴望接近。

王煊接听后，告知他们，他现在真的没时间，但可以赠送他们一些长寿食材，很快就会邮寄过去。这一切他都交给秦诚去处理。

"西洲有重要财团来访，在和孙家密切接触。外面都在传那些人中有超凡者，你要小心。"周云告知王煊这一情况。

最近两日，这个消息上了财经头条，西洲的阿贡财团来了，声势不小，和孙家达成了一系列合作。

王煊叹道："当个超凡者真不容易，又要懂医术帮人养生，又要去鉴宝，现在还要关注财经领域，有比我更累、业务更繁忙的人吗？"

西洲在大洋彼岸，居住的大多为西方人，虽然整体实力不如中洲的东方人，但是也不容小觑。

阿贡财团是西方的超级势力之一，背后是德根家族，一点儿也不比超级财团孙家弱。

人们很意外，东西方两强竟突然进行合作，近乎结盟，是什么状况促使他们走到了一起？

秘网上有人揭露，两家可能要共同解析母舰，研制跨时代的新型战舰，那将改变现有的体系。

不过，德根家族与孙家都否认了这一说法，他们表示两家只是想在深空探索方面加强合作，进而结盟。

孙家希望和西方的财团一起进入巫师所在的星球，探索那片宇宙的秘密。

今日的孙家，宴会大厅中都是名流，各方相谈甚欢。

"合作愉快，太阳金、秘银、魔法晶石……这些材料收集齐全后，我们将改写世界格局，掌握未来。"

真正的首脑在密室中，此时双方轻轻碰杯，达成了共识。

两家都拥有从月球挖出的母舰，同属于超级大势力，他们虽然对外否认了武器领域的合作，但其实就是想暗中共同研发新型战舰。

随后，孙荣盛等几位孙家核心成员陪着金发老者格兰特来到大厅，两家高层再次公开露面，引人注目。

格兰特的孙女克莉丝汀也出现了，来到他的身边。

格兰特介绍，他的孙女是一名天赋极高的修行者，曾多次出入巫师世界，有很惊人的战绩。

"我要着重介绍一位勇士，我们在探索巫师世界时，战舰开不进去，唯有超凡的勇士才能在那片恐怖的世界为我们开路，获得各种资源，他的名字是——汉索罗。"

超级财团阿贡的核心高层格兰特虽然已经六十岁了，但是保养得很好，只是和他介绍的两人比起来，他确实显得有些迟暮了。

克莉丝汀身高一米七八，吸引了很多人的目光，她的金发如同太阳般闪耀，碧眼深邃，肤色雪白，美丽动人。

超凡者汉索罗身高一米九，十分英俊，同样拥有一头金发，甚至连带着面庞和身体都像沐浴在阳光中，周身神圣气息弥漫，宛若太阳之子。

孙荣盛赞叹道："神秘的超凡者，英俊的外表，强大的体魄，蓬勃的生命力，让人羡慕啊！看着这样充满活力的年轻人，我感觉到自己老了。"

尽管知道这是他在这种场合下说的礼貌性语言，但是参加晚宴的人依旧有不满者，不久前孙家还与超凡者王煊起冲突呢。

"听说，东方这边也有较为活跃的超凡者，最近有个叫王煊的人很出名，他是否在这里？我想与他交流与切磋。"汉索罗开口道。

孙家的人顿时蹙眉，因为他们很反感"王煊"这个名字，不希望在晚宴中听到这两个字。

"他在苏城，我们很快就会去拜访他。"克莉丝汀金发飘舞，白皙而美丽的面孔带着微笑，鲜红的唇很性感。

"我很期待。"汉索罗点头，灿烂如阳光，但隐约间给人一种压迫感。

参加晚宴的许多宾客都听到了，皆心中一动，西方的超凡者要与王煊会面，是单纯的交流吗？该不会是要进行超凡大战吧？！

一时间，所有人都留意了，私下议论，而后很快就将此事传到了秘网上。

钟晴、周云等知道了，立刻告知王煊，最近他或许会有麻烦。

秘网上，不少人谈论着，西方的超凡者来了？

"真的假的？西方的巫师、狼人、吸血鬼，还是骑士？抑或是神之血脉者？这种生灵也出现了？传说照进现实，要与我们东方的剑仙切磋？"

"在我看来，一剑破万法，西方那边的神祇复活，也挡不住我蜀山飞出的一道剑光！"

宴会上简单的对话，传到外面后被各种解读。这还是在财团子弟等关注的秘网上，如果被各大平台报道，还不知道会引发怎样的波澜。

"西奥哪里去了？它跑出去很久了，怎么一直没有出现？"克莉丝汀低语道。

汉索罗也皱眉道:"西奥是神的使者,实力不弱,这几天竟断了音信,早该出现了才对。"

孙家年轻一辈的孙逸晨走来,此时他没有表现得阴冷,也没有郁气,言行得体。他加入两人的谈话中,举杯轻碰后,问西奥是谁,表示他或许能帮上忙。

"西奥是神的使者,嗯,就是西方的神鸟后裔。在东方神话中,它或许是金翅大鹏的后代。"克莉丝汀认真地告知孙逸晨。

西奥是神的使者,神话生物的后代,具备超凡的力量,原本让他们很放心,可是它消失多日了,他们有些担忧。

"神很喜欢它,希望它蜕变成鹏王。"汉索罗开口道。

孙逸晨腹诽:哪里冒出来的野神?一切超凡者,连带列仙等,都该被征服!

孙逸晨身上戴着特殊的玉坠,倒也不担心超凡者捕捉他的精神。到了现在,孙家对超凡者越来越了解,有了一些应对之法。

"孙,我听说你被东方的超凡者搞得焦头烂额,要我帮忙吗?"阿贡财团的核心成员格兰特问道。

孙荣盛对格兰特的这种称呼皱眉,但也懒得纠正了,解释起来太累,他点头道:"有些小麻烦,不是什么大问题。"

如果孙家借西方财团的力量压制王煊,估计会被人耻笑,堂堂超级财团自己都解决不了问题吗?

随后,孙荣盛瞥了一眼不远处的超凡者汉索罗,如果汉索罗与克莉丝汀真要去苏城,他会颇为期待!

孙荣盛微笑着道:"格兰特,我这里有种极其珍贵的食材,是从老朋友那里花费高价求购的,可以续命,请你品尝。"

"是吗?孙,听你这样赞誉与推崇,我有些迫不及待了。"格兰特微笑着说道。

克莉丝汀、汉索罗自然也被邀请享用了特供的珍肴。他们很惊讶,因为感受到了浓郁的活性物质,这对修行很有好处,珍肴的味道也还不错,只是量太少了，让人意犹未尽。

次日，阿贡财团一路西行，接连两日马不停蹄，拜访了部分财团，得到了很好的招待。

"这种珍肴让人难忘，尽管我已经不是第一次享用了，但还是要赞美它！"格兰特在秦家举办的宴会上对主人表达感谢。

然后，在宋家、周家，他都吃到了这种美味，不得不感叹，东方的财团居然每家都有这种食材。

格兰特被告知这是一种龙肉，这让他越发惊叹，那不是超凡生物吗？

克莉丝汀、汉索罗起初觉得这种食材确实是补物，非常不错，但到了后来，他们渐渐有些狐疑了，真是龙肉吗？

东方有人屠了一条龙，然后，各大财团一同分享了？两人心中不安，为什么在他们询问时，对方都没有告知他们详情？

很快，克莉丝汀打听到了内情，"龙肉"是王煊提供的，来自一个叫养生殿的地方，那个地方在苏城。

克莉丝汀在赵家吃了部分"龙肉"珍肴后，当场哭了！

"我要杀了他！"汉索罗暗中低吼。

"他在亵渎神，可恶，这个东方超凡者对神明大不敬！"克莉丝汀抹去眼泪，不想在餐桌上失态。

阿贡财团一路西行，进入苏城。

许多人看到超凡者汉索罗脸色冷漠，金色长发璀璨，散发着神圣气息，整个人显得很强势。克莉丝汀美丽的面庞上带着寒意，由一个热情奔放的美女变成了一个冷艳的丽人。

秘网上，许多人在谈论，认为这是要开战的前奏！

周云、钟诚赶紧联系王煊，告诉他，西方的超凡者到了苏城，多半不服他，要与他碰撞。

一时间，各方的目光再次聚焦于苏城！

"东方的剑仙即将遭遇西方神圣超凡者的挑战，各位，你们准备好探测器了吗？"有些人看热闹不嫌事大，推波助澜。

王煊很无奈，他招谁惹谁了？他要精通医学、懂得鉴宝、了解财团，难道现在还得关注时事，时刻准备当陪练？听都没听说过的超凡者，也要他提前注意？

进入苏城后，汉索罗与克莉丝汀直冲养生殿而去，没有任何迟疑，恨不得立刻见到那个人。

隔着很远，王煊便感受到了一股浓烈的杀气。一男一女如同沐浴着太阳神火般，向他走来，那个男子背着一杆缭绕着神光的长矛！

王煊不想进行无意义的争斗，最近他遇到的烦心事够多了，实在不愿再节外生枝，什么剑仙对抗西方超凡者，他暂时没心情。

"两位，我厌恶打打杀杀，这不是我擅长的领域。有些不凑巧，不管你们为何而来，我都没时间。明天我就要去参加超凡者聚会了，算算时间，也该动身了。"王煊很客气，摆出一副无奈的样子，同时透露了很多信息。

"超凡者聚会？在哪里？我们可以参与吗？"克莉丝汀压下心中的悲意与杀机，快速问道，她对这种聚会很感兴趣。

超凡者汉索罗被她拉住手臂，暂时站在原地，一言不发。

"你们没有接到请柬吗？"王煊说着，取出一张由超物质与少许精神能量组成的特殊的纸。

接着，他又恍然道："这是东方超凡者的聚会，大概你们西方有自己的组织与聚会吧？"

克莉丝汀心头震动，她带着特殊任务而来——寻觅东方的超凡者，探索这边的神秘组织构架，看是否与列仙有关，现在她似乎探听到了一些了不得的秘密。

"能给我们看下请柬吗？"克莉丝汀问道。她的态度变了，不再冷漠，而是露出了笑容。

"这东西不好让你们用手触摸，对了，你们西方有类似的组织吗？"王煊问道，接着对他们展示请柬，但没有递过去。

其实，王煊巴不得这两人出手抢走请柬，他其实并不怎么想去源池山参加芝兰法会，可不去的话，又怕被针对。

克莉丝汀道："我觉得东方的列仙和我们西方的神灵可能是同一批人，嗯，我看下请柬，仔细感受下那种力量气息。"

"赶紧抢啊！"王煊在心中呐喊。

偏偏这两人很绅士，仔细看了又看，而后态度完全不同了，竟好得出奇，不仅没有与王煊开战，还与他聊了很久，最终礼貌地告辞。

王煊很失望，暗中叹了一口气。

深夜，苏城，元初酒店中。

一个西式风格，装修尽显富丽堂皇的套房中，克莉丝汀正在摆弄一面水晶镜子，上面有各种符文闪烁，映现出她今天所见到的那张特殊的请帖。

"汉索罗，快，将请柬取来！"她急促地喊道。

汉索罗立刻向水晶镜中注入超物质，并且将那杆缭绕着神光的长矛抵在镜子前，释放神秘力量。

深夜，王煊假寐，感受到了身边的异常之处，他特意从葫芦中取出的请柬就在身边。此时请柬在挪动，同时在微微闪烁，要消失了。

他没有阻止，依旧"熟睡"，然后请柬就凭空不见了。

很快，微光流转，一张几乎可以假乱真的仿制品出现，王煊自然是懒得理会了。

王煊在琢磨，既然有人替他赴会了，那他就有了借口，并不是他自己不想去。接下来他也该想办法通知孙家，让他们知道他去源池山了。

当然，他确实要走上一趟，不过嘛，还是以远观为主。

王煊很期待，想知道那里究竟会发生什么事。

第243章
屠"龙"开始

王煊一大早和林教授、周云、钟晴等人分别通话，平静地告知他们，他即将远行，但没有细说。

"孙家在监听我吗？"王煊琢磨，以孙家的作风，再可耻的事都干得出来。

接着，他又与陈永杰通话，用密语交谈，再次确定源池山的芝兰法会即将开始时，陈永杰依旧没有被邀请。

陈永杰气得够呛，这是歧视他吗？不管他愿不愿意去，但同为超凡者，凭什么将他遗忘了？

王煊安慰陈永杰，好好度蜜月，早生贵子，便挂断了电话。

他认为，孙家将他与老陈的密语破解得差不多了，现在应该可以听懂。

王煊没有刻意去引导孙家，就这样自然点儿比较好，他确定财团现在可以把握他的动向。

"'恶龙'出巢！"

某个基地中，数队人马的脸色都变了，他们都是相关领域的专业人士，先后洞悉了"恶龙"要有某种非凡的举动。

"快，禀报上去，这次非同一般，请上面早做决断！"这个基地的负责人开口，神色无比严肃。

这一次"恶龙"出巢后，似乎要见其他几条"恶龙"。这是一次罕见的聚会，也算是一次不可多得的机会。

"这是破解后的密语，事实上，很早之前我们就可以解析了，根本没有什么难度。"另一队人马补充将要上报的资料。

"很好，继续监控，时刻精准定位他的轨迹！"

然后，这些人汇总，将最新的信息上报给了孙家。

现在，有一大群专业人士时刻关注王煊，想掌握他的一举一动，了解他的最新状况。

孙家高层得到禀报后，很重视，他们仔细看过密报后，脸色都变了。

眼下竟出现一个极其难得的机会，或许可以除掉"恶龙"王煊，永绝后患！

"不止王煊，竟有数条'恶龙'要浮现啊！"

孙家的重要人物都倒吸凉气，这次得到的消息有些惊人，疑似是超凡者聚会！

王煊与陈永杰已经让孙家丢了一次脸，现在居然又冒出几个超凡者，这要是让他们私下聚会还了得，他们是要联手吗？

"给我盯紧了，深挖下去，这次你们立了大功，会有重奖！"孙家的核心层无比重视，亲自关注此事。

"妄想挑战新星规则的人活不长久，超凡者是毒瘤，各家都有义务维持现有的秩序！"一名老者平静地说道。

孙家的重要人物都神色凝重，"恶龙"齐聚，事态有些严重，如果放任他们发展下去，后果不堪设想。

毕竟王煊与孙家对立，大概会用"挑拨"与"劝解"的手段，将另外几个超凡者绑上他的战车，从而成为大患，严重威胁到孙家。

值得庆幸的是，孙家发现得及时，此事刚出现苗头时就被他们获悉了。

"一定要把握住，地点在源池山吗？呵呵，真是千载难逢的好机会，平日超凡者不可见，蛰伏在水下，现在居然主动出现了，正好可以一网打尽！"孙荣盛寒声道。现在的他不再和气，面孔看起来有些狰狞。

既然要出手，那就来一把大的！

孙家的几个重要人物一致通过，迅速下了密令，调动战舰，有条不紊地准备起来。

当然，这是绝密行动，孙家并没有交给外围的雇佣军等，而是由最高层直接掌控一股强大的力量，以免走漏风声。

"做好各种准备，万一事败或者有漏网之鱼，后果会很糟糕。要有各种预案，确保我们能撇清关系！"孙荣盛严厉叮嘱，这极其重要，各种保障工作甚至比调动战舰攻击还重要，绝不能留下线索。

一大早，王煊便离开苏城，开着悬空飞车一路向西。沿途他很小心谨慎，路过一座又一座城市，从不在野外耽搁时间。

由于只需要晚间赶到源池山即可，因此他时间相当充裕，一路欣赏风土人情。

王煊清晨就出来了，总的来说还是早了些，只能走走停停来消磨时光。有时候在沿途的城市短暂休息时，他也会研究那堆符纸，进一步挖掘它们的奥秘。

现在，他弄清楚了部分符纸的功效，当中有剑符、火符、雷符等，更有稀有的神游符。

克莉丝汀与汉索罗比王煊更先动身，昨天半夜盗走真正的请柬后，两人便立刻启程，乘坐小型飞船远去。

他们的飞船有强大的防追踪系统，可以避开天眼监控等，属于阿贡财团的最新机型，短时间内无人知道他们去了哪里。

源池山位于中部偏西的地域，附近的自然风貌非常秀丽，原始山林密集。有些地带绝壁千仞，缭绕着白云，宛若仙境，而有些地带则山谷通幽，内部别有洞天，更有湖泊点缀，如同世外桃源。

"这个地方确实很美，很像传说中列仙的居所。"克莉丝汀惊叹道。他们早就赶到了，太阳还没有落山便开始攀登主峰。

源池山沐浴在晚霞中，整座宏大的山体都在发光。千年古松伸展到崖壁外，奇石兀立，藤萝攀爬，白雾缭绕。山畔，偶尔有白鹤飞过，有五色禽鸟鸣叫，像极了世外仙境。

两人接近峰顶时，清晰地感受到了超物质，立刻意识到他们找到了正确的位置。

克莉丝汀金发灿烂，肤白貌美，一米七八的高挑身段，亭亭玉立，站在沐浴着晚霞的山地中，让人颇为惊艳。

汉索罗身材高大，十分强健，像一只黄金狮子，体内藏着一股爆炸性的超凡力量。

"东方的超凡者会不会对我们缺少善意？"

"无妨，最糟糕又能怎样？反正我们身上有接近神器的宝物庇护，真要有意外，也能走脱。"

一想到与神有关的事物，他们就一阵糟心。西奥死了，出现在财团的盛宴上，实在太过分了！

那可是神的使者，居然沦为了食材。最为关键的是，他们两个也是参与者，跟着享用了那种"珍肴"。

最让他们觉得羞愧与无法原谅的是，他们还曾称赞那是东方最为美妙与让人难忘的高端食材！

"找机会一定要将那个东方超凡者干掉！那是个恶魔，如果不是急着赶来参加这次的法会，不想打草惊蛇，怎么会允许他活下来！"

"一定要将他送上祭坛，为神明献祭，让他在痛苦中忏悔，在恐惧中哀号，慢慢失去生命！"

两人心中充满恨意。

他们的身上都有特殊的装置，那是阿贡财团的最新研究，可以屏蔽新星无处不在的探测器。

此时，他们都披上了黑色的大氅，连头部都遮住了，尽显神秘，这种带着岁月气息的衣物属于超凡物品。

两人登上山顶，在晚霞中，峰顶的源池湖白雾迷蒙，超物质极其浓郁。毫无疑问，这里就是聚会地。

克莉丝汀身上的请柬发光，指引着他们接近白雾中的湖岸，一股神圣祥和的力量弥漫，让人心中宁静。

"是与列仙有关的势力，还是东方的超凡者自己成立的组织？让人期待！"

两人就是冲着东方的超凡组织架构而来的，现在接近了真相，有神在后方作为倚仗，他们无所畏惧。

王煊一路都很谨慎，甚至丢掉了手机等新星的科技物品，无比小心地没入山林。

他暗叹，每次行动都很"费手机"，最近这段日子他买了好几部手机。

孙家一直在捕捉王煊的行动轨迹，看他穿梭在各大城市间，不时消失，尤其是进入密林后，更是没了踪影。

他们并不在意，早已预判了王煊要走的各种路径，在通往源池山的各处节点都布下了探测器。

此时，他们已经不是在捕捉王煊的行踪了，而是在验证，结果发现他的确是在赶向那个目的地。

孙家人冷漠以对，"恶龙"再谨慎、再小心又有什么用？就算他途中消失也无妨，终点不变，一切都在他们的掌控中！

"你的结局已经注定，命运不会改变，等你授首！"孙家有人冷冷地开口道。

这段日子，"恶龙"给他们造成了不小的困扰，让他们的利益与声名皆受损。

屠"龙"计划已经开启，一切准备就绪，到时候超级能量炮齐发，不要说几个超凡者，就是源池山所在的那片地带都将崩解，不复存在！

"由域外那支队伍出手，从太空发动！"孙荣盛开口道。

这次，不管是否能够灭掉所有超凡者，都要保证孙家置身事外，不会暴露。

王煊走走停停，在山林中穿行。事实上，如果不是让孙家确定他来到了源池山，他都不会远行。他更希望安静与舒服地待在城市中，等到最后收拾残局。

他也很期待，想看一看这次都会有哪些牛鬼蛇神出来，是否有其他财团涉足当中。至于列仙，一切随缘吧。

王煊看了一眼身边的仿制请柬，一夜过去，它越发暗淡，都快消散了，他直接将它收进了葫芦中。

他来到了源池山，快速登山，而后动用葫芦隐去行踪。他瞬间远去，又以强大的精神领域提前避开一些微型探测器。

王煊跑路了！

将孙家的目光引到这里，让他们确定与验证自己在这里后，他就没有必要在这里待下去了，于是消失在山地间。

事实上，王煊刚靠近源池山就觉得不妥，总觉得这个地方对他来说不是善地。随着他的离开，那种不好的感受渐渐消散。

"神秘组织，抑或是与列仙有关的势力，想对我不利？"王煊冷笑道，想看这里最后究竟会怎样收场。

孙家高层亲自关注这件事，确认王煊登山了，顿时都露出冰冷的笑意，有些人嘴角的笑意尽显残忍。

"真是迫不及待啊，天降神罚，毁灭之光临世，除掉所有与超凡有关的生灵！"有人笑着开口道。

第244章
神与仙

孙家的人充满期待，认为超凡者覆灭在即。

现在时间还早，他们认为超凡者还未到齐，因为通过王煊与陈永杰的密谈可以知道，芝兰法会在晚间才开始。

"擅猎者要懂得隐忍、静心、戒躁，我们有的是时间，一晚上都留给他们，超凡者即将聆听到地狱的召唤！"

他们有足够的耐心，默默等待，有种即将收获的满足感。

时间不长，他们就有了新的发现。一位老者出现，看起来十分老迈，但是攀爬山峰时如猿猴般敏捷，他沿着绝壁上去，没有走山路。

孙荣盛很惊异，果然有超凡者未曾浮出水面，他过去从未见过此人，中洲的水有些深，让他心中一动。

"这个老人虽然发丝花白，但可以看出部分头发是淡紫色的，他是原住民吗？"孙家人心头一跳。

一直有传说，原住民的祖上是真仙，而且他们有很可怕的遗传病——天人五衰病。

现在看来，那些传言大概率是真的，原住民当中竟还有高手，在如今这个时代依旧有超凡的力量！

"还好，这次将他们都找出来了，他们竟这样自寻死路，聚集到了一起！"

眼下，孙家满意，克莉丝汀与汉索罗满意，王煊亦非常满意。同一轮新月下，在不同地点的三方人马都露出了笑容，皆大欢喜！

老者来到山顶，眼神有点儿凶，眼睛略带淡紫色，肉身散发着腐朽的气味，整个人有些不对头。他大步走入山顶的白雾中，身影渐渐模糊。

克莉丝汀与汉索罗来到湖边，这里超物质浓郁，白雾中有断壁残垣，破败的建筑物呈现在源池湖畔。

淡淡的水光荡漾，一层薄薄的光幕覆盖在遗迹上，他们试着走过去，用手去摸，但被阻挡住了。

当请柬触及光幕时，光幕分开，两人走了进去。

这里有大树扎根，枝繁叶茂，遮住了遗迹，再加上白雾弥漫，平日即便是卫星天眼，也捕捉不到山顶的真实情况。

两人踩着瓦砾，路过断墙，来到废墟中。一座倒塌的神殿中供奉着一尊无头神像，其头部与手臂等都碎掉了。

"这供奉的是谁？列仙？山神？土地？"克莉丝汀低语，她对东方的体系多少还是了解一些的。

地上有几个蒲团，彼此都有些距离，两人了解东方的习俗，是让人盘坐在这上面等待吗？

他们确定这里没有什么陷阱，于是安静地坐下，等待其他人出现。

两人知道，他们来得太早了，到现在太阳也才刚开始落山而已。

不过，他们觉得不虚此行，单是这片超凡光幕就很神秘，如果不借助神灵赐下的宝物，他们不见得能闯进来。

突然，他们回头，看到一位老者无声无息地出现，很突兀，像凭空冒出来的。老者看了他们一眼，径自坐在蒲团上。

两人露出异样的神色，老者发丝稀疏，部分为紫色，部分已经雪白。

让克莉丝汀与汉索罗有些受不了的是，老者身上的气味特别难闻。可以清晰地看到，老者的腋窝有汗渍，打湿了衣服。

这是天人五衰病到晚期的典型的体现，按理说，一般人到这时都活不下去了，但是这位老者还能勉强支撑。

"您好……"克莉丝汀向老者打招呼，想与其进行简单沟通，结果发现老者眼神冷厉，看了她一眼就不再搭理她了。

现场的气氛有些尴尬、沉闷，她也不再开口说话，只是暗中拿着水晶镜子，保护己身。

外面的天色彻底黑了，繁星出现，新月高挂，山上青松翠柏，清泉汨汨，湖泊蒸腾白雾，在夜月下显得颇有意境。

这时，又有人来了，他身穿锈迹斑斑的甲胄，像是古代的将军，面色苍白，身体略微僵硬，手持请柬走进废墟中。

克莉丝汀心中惊讶，这个人看起来有些像西方传说中的吸血鬼，从气质到神韵都有相近的特质。

这该不会是东方的僵尸吧？她暗自狐疑。

同时，克莉丝汀注意到，这个身穿甲胄的人与那个散发腐烂气味的老者有一个共同点——眉心有火焰纹路，而且是一模一样的。

汉索罗右手用力攥着长矛，严肃地戒备，周身有金色光芒覆盖，超物质蒸腾，体内有爆炸性的力量运转。

传说，列仙不是缥缈出尘，就是神圣祥和，但是先后出现的这两个人都太诡异了。

克莉丝汀与汉索罗都觉得情况不对，这难道是东方某位邪恶神灵的从属？

新月渐渐升高，源池山再次出现了两个人，他们的穿着与普通人无异，进入遗迹中后，他们各自脱下了外套。

前者是一位炼气士，后者是一位苦修士，他们的年岁都很大了，但看起来还算正常，对几人和善地点了点头。

他们的眉心也有火焰纹路，那像是一种特殊的标记。

克莉丝汀与汉索罗意识到这是一个组织，不像是一般意义上的超凡聚会。

人似乎到齐了，很长时间都没有新人再出现。

孙家的人此时都皱眉，居然有数位超凡者登山，太惊人了，或许还有他们未曾捕捉到的画面。

事实上，克莉丝汀与汉索罗登山时，孙家的人就没有发现，因为两人身上有特殊装置，屏蔽了探测器。

"差不多了吧？万一他们聚会后突然四散而去，那就很难一举消灭了。"孙家有人开口道。

"再等一等，我觉得午夜前都不算晚。"孙荣盛开口道。

残破的建筑遗迹中很沉闷，没有人开口，克莉丝汀与汉索罗等得有些不耐烦了，难道要枯坐到午夜，甚至到天亮吗？

唰！

突然，一个身穿暗红色甲胄的女子出现，她是飞进来的，克莉丝汀与汉索罗都吃了一惊。

"幽灵！"两人看出这个女子是灵魂形态，精神体披着甲胄。

女子名为袁虹，此时，她在无头神像前施礼，并点燃了一炷香，这炷香发出淡淡的光芒，可以看到有符文在跳动、在闪烁。

散发腐烂气味的老者、僵尸将军、炼气士、苦修士都起身，跟着施礼，像在恭迎什么人。

很快，无头神像的背后出现朦胧的景物，那像是一片塌陷的空间，又像是一片模糊的世界，一道身影浮现出来，而后渐渐与神像交融在一起。

无头神像中出现一个男子的身影，那身影不是很清晰，像是一位神祇复活了，他俯视着所有人。

他看向克莉丝汀与汉索罗，道："有新的血液加入，可惜，人还是太少，超凡消退，昔日盛况难现。"

"原本是另外一个人，不是他们两个。"袁虹开口道，连面部都被头盔覆盖着。

"请问您是东方列仙中的一位伟大的存在吗？"克莉丝汀感受到了对方的强大，呼吸都有些困难了。

她带着敬意，道："我们来自西方世界，我们信仰的神灵想与伟大的东方仙人沟通。"

无头神像中的男子眼睛中有符文交织，看着克莉丝汀与汉索罗，似乎瞬间洞穿了一切，看透了他们的本质。

"自顾不暇的西方神，其神火都要熄灭了，有什么资格与列仙合作？"无头神像中的男子冷淡地说道，一点儿都不在乎。

"你……"汉索罗顿时动了怒，他有虔诚的信仰，对这种渎神者最为憎恨。即便对方很强大，他也坚决站了出来，想维护神的尊严。

"我只是一位绝世真仙的随从，但除掉你们身后的那个神明应该没什么问题。"无头神像中的男子开口道。

此时，其他几人低着头，无比恭谨，像在聆听仙音，不敢有任何不敬之色。

"你这样侮辱一位神灵会惊动他，神的目光会投向这里……"汉索罗忠诚于信仰，手握长矛，身体因为愤怒而在发抖。

无头神像中的男子不惧这种威胁，都懒得回应，他对袁虹开口道："既然这两人来了，也给他们打上印记，破例让他们成为我的追随者，终究还是人手太少啊！"

袁虹准备动手，要在这两人的眉心打上火焰印记。

"伟大的东方仙人，您不能这样，我身后的神明希望与您合作，而不是开启神战。"克莉丝汀开口道，语气温和，想让对方改变心意。

"你们找错了合作对象，我身后的绝世真仙曾一剑斩灭过你身后那样的神明数位，你们的神明有些弱啊。"

无头神像中的男子摇头道，相当轻慢，看不上两人身后的那位神灵。

然后，他又对袁虹开口道："有时间你将早先选中的那位超凡者也带到这里，给他打上印记。"

"是！"袁虹点头，向克莉丝汀与汉索罗走去。

远方，王煊早已离开了源池山所在的地域，但没有回到城市中，他在等待此地的事情落幕，打算一切成为定局再现身。

这时，王煊感受到了冥冥中的一种恶意，那恶意来自源池山方向，他不禁皱眉。

他还是凡人时就开启了内景地，这让他拥有了一些远超其他超凡者的特质，比如不可想象的敏锐灵觉等。

"不是良善之辈啊！"王煊低语。

他也在准备，到时候是去源池山"补刀"，还是等孙家出意外后杀向孙家大本营？一切都要等尘埃落定后再说。

不急，他得稳住！

轰！

汉索罗手中的长矛璀璨，腾起刺目的光芒，古矛被他激活了，炫目的符文闪烁，在他的背后仿佛有一位神明睁开了眼睛。

他与克莉丝汀动用神明赐下的宝物，想接引神灵的力量对抗渎神者。

"这个地方不能毁掉，未来我追随的那位绝世真仙将从这里借道，进入现世中，凭一个野神赐下的兵器也敢在这里放肆？！"

无头神像中的男子发出威严的声音，然后探出一只模糊的手掌，撑起朦胧且很薄的大幕向前压去。

"差不多了，让外太空的战舰开火！"孙荣盛寒声道。他站在落地窗前，看着夜空中的新月，露出残酷的笑容。

他相信，这将是一个美妙的夜晚，超凡者的噩梦开始了，那些想打破秩序的变数将被消灭，成为过去。

咚！

刺目的光束从天外降落，打向源池山。光束粗大无比，带着毁灭万物的气息，将扼杀一切生机！

超级能量光束像是通天之光，一道又一道，将源池山所在的区域覆盖。

"古人类可以借机甲、母舰等捕猎神魔，新的时代，新人类也将踏足这个领域，最新型的战舰一定会问世！"孙家有人开口。

"谁？绝不允许有人击碎这处节点，毁掉这条通道！"源池山遗迹中的生灵提前有所感应，愤怒地咆哮起来，整尊无头神像都龟裂得要炸开了。

"现世中人，你们竟敢如此？绝世真仙会报复的！"他模糊的身影在发光，符文交织，心中充满了怒意！

远离源池山的地域中，王煊坐在一块青石上，手持一杯酒，看着远方那一道又一道接连天穹与大地的恐怖光束。

他听到了源池山的吼声，举杯平静地开口道："敬孙家，敬列仙！"

第245章 击破神话

"多么柔和的夜晚，多么灿烂的光雨，多么动人的人间烟火，一切都是如此美好，让人沉醉。"孙承乾开口道，同孙家其他人一同举杯，看着大屏幕上那一道又一道通天的光束，脸上带着笑容。

"这是一场视觉盛宴，人间繁华，世上璀璨，最盛烈也不过如此。不安分的超凡者妄想颠倒新星秩序？想太多了。"另一名中年男子也开口道，充满了收获的喜悦感。

今夜，孙家一战解决了所有问题！

一群人碰杯，共同畅饮珍藏百余年的美酒，脸上的笑容都略带冷意，目送超凡者覆灭。

"新术领域的人早已低下头，被植入芯片。所谓的超凡者王煊，不自量力，早先我们不动用战舰杀你，是不想新星流太多的血，现在结束了。若你不低下所谓的高傲头颅，那么将你扫进垃圾桶就是了！"有人说道，这也是孙家大部分人的心声。不接受管控的超凡者，终究会成为最不安分与危险的变数，只能去死！

最近这段日子，他们有些烦躁，明明有力量消灭超凡者，却因为要遵守新星的规则，不能以战舰轰击，束手束脚。现在好了，一切都清静了！

源池山大爆炸，震动了各方。那些光束照亮夜空，连接天上地下，第一时间就被各种天眼与探测器捕捉到了。

各大组织都被惊住了，全都在第一时间进行防守，怕有不可预测的大战爆发。

"现世中的人，你们的胆子太大了，连列仙耗时多年构建的通道都敢摧毁，我跟你们不死不休！"

源池山山顶，废墟间的无头神像中，那个身影模糊的男子疯狂了，竭尽所能地出手，不断对抗，想要保住这里的一切。

断壁残垣间，铜匜飞起，残破的大钟轰鸣，地下基石也在发光，符文交织，光束滔天，笼罩此地。

咚！

然而，域外打来的超级能量光束太恐怖了，即便超物质沸腾，也抵挡不住这种毁灭之光。

符文光幕被击得暗淡了，山体在熔化，四野更是在崩开、在毁灭，只有山巅这里得到超凡力量庇护，暂时没有炸开。

哧哧哧！

空中出现了数柄飞剑，但都是断裂的，它们原本被埋在源池山峰中，此时被催发了出来，冲向天空。

可惜，这些是破损的器物，顷刻间就被打崩了。

咚！

残破的大钟飞起，与一道光束撞在一起。一刹那，大钟轰鸣，远处烧红的山地都炸开了，激起岩浆大浪。

大钟并非仙器，且是残次品，在光束中爆碎，部分碎片更是熔化了。

无头神像中的男子强行干预现世，释放的符文光芒不断闪烁，但所能保护的范围越来越小了。

现场几个活在现世中的人都面色苍白，如果没有无头神像庇护，他们早就死了，即便是超凡者也挡不住这样的能量光束。

"弑神，究竟是谁在做这种事？"克莉丝汀脸色煞白，手中的水晶镜流转光晕，将她包裹。她无比恐惧，一次超凡聚会而已，何以演变至此？

她后悔了，自己为什么要盗取那张请柬？

汉索罗用力攥着长矛，黄金神火爆发，在他的身后浮现一道虚影，接引来了他所信仰的神明的部分力量。

"伟大的东方仙人，请动用您的伟力洗尽黑暗吧！"克莉丝汀叫道，希望有奇迹发生。

她惶恐的同时也无比震惊，东方的财团太有魄力了，连神仙都要照杀不误吗？

无头神像中的男子通过稀薄的大幕传送出来恐怖的力量，一时间，仙光普照，在源池山上蒸腾而起。

显然，外太空中的战舰清晰地扫描到了这里的情况。

由于山顶区域被光芒笼罩，因此迟迟没有炸开。

一时间，又有数道光束降落。这是真正的科技对决神话，勾连天地间的光束又一次释放、倾泻！

仙光被打穿，神圣力量被击毁，隔着大幕，那个神秘男子力有未逮，挡不住天外的恐怖攻击。

他怅然，而后长叹。虽然他有无尽的愤怨，但是眼下大势已去，他侵入现世中的力量不够，这里要被毁灭了。

"记住，你们坏了一位绝世仙人的好事，这不是结束，祸端才刚开始！"无头神像中的男子怒吼道。

"尽管大幕熄灭，超凡能量消退，列仙有可能会沦为凡人，但现在我们终究没有坠落呢，你们挡不住绝世真仙的怒火！"男子低吼道。虽然不甘心，但现在他已经无力回天，只能眼看着神像崩碎，一个虚淡的世界浮现出来。

神像中有残骨露出，连着一片内景地，与大幕后的仙界交融。

这里有如新月上的月坑，古代一位强大的教祖以自身和内景地为通道，成全列仙，让他们得以回归。

此地更为特殊的是，如今它被祭成了一处特殊的节点，渐渐化为有形的通道，想转移走都不行。

只是不知道这位教祖当年是自愿的，还是被人囚禁在此，那枯骨出现裂痕，现世中的攻击作用到了白骨架上。

"你们能逃就逃吧！"无头神像炸开了，神秘男子开口道。随后他释放仙光，笼罩在场的几人，尝试将他们送走。

男子是大幕后的生灵，终究无法亲临现实世界。

老者第一个行动，结果肉身直接被击灭了，只留下了精神体。

"跟我走！"袁虹本身就是精神体，冲着老者的精神体喊道。

然而，她在脱离神秘男子的庇护后，即便是精神体状态，也受到了恐怖的影响。因为精神体中除去灵魂能量外，也有超凡属性的物质，人活在现实世界中，怎能彻底不依托现世？

袁虹遭遇了重创，她身上的甲胄直接炸开了，而她的精神体也被撕裂，有超物质属性的部分在溃灭、在消逝。

无头神像被毁掉后，还留下了一些残骨。那个神秘男子最后看了一眼现世，向残骨注入部分力量，庇护废墟中的几人将他们送了出去。

"不！"克莉丝汀惊叫。那个东方仙人的身影最后一闪，从这里消失了，这意味着他们无人庇护，即将被毁灭。

昔日教祖留下的残骨燃烧着，带着他们冲了出去，很可惜，在途中就彻底炸开了！

微弱的光一闪过后，这里再无任何超凡属性的力量了，通天的光束毁灭了源池山，秀丽的主峰消失，地下岩浆沸腾。

外太空中的战舰接连开火后，迅速远去，眨眼间消失了。

王煊喝下杯中的酒，坐在高山上看着天际尽头的光束渐渐消失，源池山所在的那片区域彻底改变了地貌。

"列仙干预现世的力量也没有想象中那么强啊，他们终究离人间太远了。"王煊自语道，又为自己倒了一杯酒。

他知道，这件事不是落幕，而是开始，列仙怎么可能会善罢甘休？

尤其是，如果只剩下最后三年的辉煌了，大幕后的生灵必然要在沦为凡人前展开疯狂的报复。

"一切都与我无关，我只静静地看着。"王煊没有起身，也没有赶到事发现场去。目前看来，那里全部被毁灭了，他可不想跑过去"背锅"。

王煊知道，孙家必然会被列仙盯上，近期可能就会出现一些问题。他时刻准备着去抄了孙家！

孙家有人守着大屏幕，目睹了这一切，而后又看回放。

"源池山的大爆炸真是绚烂啊，调高爆炸现场的音量，聆听超凡者的葬歌。对，这种有穿透力的声音才是最美妙的音符。"孙家有人大笑，举杯邀明月，为超凡者送行。

源池山附近出现了大量的探测器，还有小型的无人飞船与战舰横空，一些微型机械人降临，各方都在探索，想弄清楚到底发生了什么。

很快，有机械人发现了熔化后冷却不久的合金疙瘩，晶莹灿烂……

大幕后的世界，早先在无头神像中出现的男子单膝跪在一座高峰下，望着云雾上方的宫殿，心都在颤抖。

他知道，事情办砸了，他负责守着的重要通道居然被现世中的凡人全面摧毁，等于断了他们这一脉的重要后路。

雷霆绽放，击穿天穹，剑光横空，大地沉陷。在那座宏伟的宫殿中，一个生灵睁开了眼睛，天地仿佛都要倾覆了。

无情的目光从雾霭中穿透出来，让单膝跪在地上的男子战栗不止，仿佛身体都要瓦解了，灵魂都要崩裂了。

男子艰难地开口道："我愿冒死降临现世，如果侥幸活下来，我一定让那些人付出血的代价，灭族！"

"降临现世，沦为凡人，反被人打杀吗？"高峰上，云雾中，那个强大的生灵冷漠地开口道。

"我会想尽办法灭掉那些凡人,并再塑通道!"跪在地上的男子颤抖地说。

"三天,我就要看到初步结果,我们的时间不多了。"云雾间,那个恐怖的强者开口道,有些疲惫之意。

当夜,新星,源池山,电闪雷鸣,暴雨倾盆。红色的闪电划破黑暗,格外异常,竟有种阴森、瘆人之感。

第246章
龙潭虎穴

王煊在远方的高山上看着源池山方向的红色闪电与暴雨，不禁露出异样的神色，这与超凡之力有关吗？列仙报仇不隔夜？

这一夜，各大组织略显紧张，并没有在被击毁的源池山有特别的发现。

孙家装模作样，也加入探索的队伍中，最后匆匆退走了。

次日，外界虽有报道，各家也都在议论，但没有人知道事件的真相，孙家将自己撇得很干净。

他们相当低调，暗中观察，想看一看这件事过后是否会有什么异常情况发生。

王煊并没有回归城市，而是在山脉中出没，他一路横穿山林，向东走去，避开各种监控。

他从福地碎片中取出光脑，这是钟诚给他的，确定是十分安全的设备，可以放心地使用。

王煊浏览新闻，外界并没有特殊的事件发生，关于源池山被毁的事，没有引发太大的波澜。

但是，阿贡财团的格兰特焦虑不已，他的孙女克莉丝汀和超凡勇士汉索罗都消失了，一天多不见踪影。

"克莉丝汀曾给我留密信，说要去参加一个超凡聚会，但她已经离开一天一夜了，难道出意外了？"格兰特发布消息，向东方的财团求助。

孙家得悉这件事后顿时有点儿蒙，战略合作者的孙女难道被他们干掉了？

他们暗自庆幸这次行动没有走漏风声，不然的话，格兰特肯定要和他们翻脸。

"难道他们出事了？"格兰特等不到孙女归来，自然联想到了源池山，那里为什么遭受了轰击？

"神啊，那里发生了什么事？"格兰特震惊了，该不会有东方财团攻击了超凡者的聚会地吧？

"孙，你知道源池山事件吗？"格兰特第一时间联系孙荣盛。

孙荣盛心一沉，暗自感叹，这老家伙太敏感了吧？这次的事情为什么如此凑巧？格兰特的孙女怎么跑去了？

"听说那里遭受攻击，被摧毁了，但还不知道具体的情况。"孙荣盛平静地答道。

格兰特放下电话，眼中寒光闪烁，告诉手下将自己人调过来，全力调查源池山事件。

"孙家与东方的超凡者有仇，会不会是他们得悉了那场聚会的消息，所以下手了，误伤了克莉丝汀？"

格兰特的心沉了下去，无法接受这个事实。他吩咐下去，寻找那个名为王煊的人，看一看他在哪里。

很快，格兰特得到禀报，王煊也消失了。

"神啊！"格兰特感觉自己要疯了，他的猜想可能成真，孙家要干掉王煊，结果确实成功了，同时也将他的孙女解决掉了。

接下来，格兰特亲自与东方部分财团的高层通话。

不久后，秦家、宋家先后给了他一些线索，两家的探测器在现场找到少许特殊的合金疙瘩，以及一小块奇异的水晶。

"克莉丝汀，汉索罗！"

当看到这些碎块时，格兰特的手都颤抖了，合金来自汉索罗的战矛，水晶是他孙女那面镜子的碎片。

这两件器物都是接近神器的宝物，居然熔化了、碎掉了，这让他眼前发黑。

"孙，我要一个说法！"晚间，格兰特愤怒地联系孙荣盛。虽然没有证据，但是格兰特觉得应该是孙家干掉了克莉丝汀！

"老朋友，你不要激动……"孙荣盛皱眉，怎么会这么巧？他有些头痛，真不想承认这件事。

夜晚，王煊在山中烤肉，准备晚餐。这种风餐露宿的生活，远离城市的喧嚣，宁静而又平淡。

突然，他抬头看向夜空，有人飞来了，确切地说，是一道精神体飘落下来，是袁虹。

她有些凄惨，身影模糊了，甲胄破碎并缺失了大半，状态不是很好。

王煊警醒，战舰轰击，连精神出窍都会被重创？精神体中蕴含着超物质，超物质是现实中的物质，自然受到了影响。

"你为什么没有参加聚会？"袁虹神色不善，非常严厉。虽然大致知道了情况，但她心情恶劣，迁怒于王煊。

"被人盗走了请柬。"王煊取出那张即将消散的假请柬，很平和地解释道。

"你认为是谁出手攻击了源池山？"袁虹寒声问道。

她这种立身在高空中的强势姿态让王煊反感，他想说，我又不是你的手下，欠你的吗？但他现在不想翻脸，这女子的身后大概率有列仙，且先看他们的手段到底如何。

现在王煊已经搭建好舞台，交给孙家与列仙去表演，先让他们彼此掂量下斤两，他再做决断。

"目前，只有孙家最敌视超凡者，我曾多次被他们攻击，现在都不得已躲进山林。当然，我没有证据，也不能确定这次究竟是不是他们出的手。"

"你立刻去孙家探察，马上！"半空中的袁虹冷声道，杀气腾腾，完全是命令的语气。

王煊真想除掉她，真当他呼之即来，挥之即去，是她的仆从吗？他凭什么听她的吩咐!

若非忌惮她背后的仙人,王煊真不想惯着她。他想暂时躲在幕后,亲眼看下列仙能否干预现世。

现在这个女子状态很差,精神体几乎被轰散,还敢对他牛气哄哄?

"我的真身如果出现在城市中,会立刻被孙家察觉,根本不适合去探察。我现在出现的话,就是个活靶子。"王煊摇头道。

接着,他补充道:"我躲在山林中也不是长久之计,新星各地到处都是监控,连无人的密林中都有探测器。"

"真没用!"袁虹冷声道,她现在的心情糟糕至极,对别人也没有好言语。

王煊很平和,并不与她计较。他从中看出了许多东西,列仙吃了大亏,在源池山损失惨重。

"我这里有一方神印,可赐予你部分力量。"袁虹开口道,飞落下来并接近王煊。

"哦,送我吗?"王煊看着她手中的鲜红印章,露出笑容。

袁虹面无表情道:"这岂是你能驾驭的宝物?我会在你身上留下烙印,赐予你部分力量。"

王煊倒退,这意思是要在他身上"盖章",打上印记,想什么呢!

"你不愿意?"袁虹寒声道。

这是什么态度,什么语气?王煊想翻脸了,背后有列仙了不起啊,还不是差点儿被孙家灭掉!

要知道,王煊和孙家周旋,还没吃过亏呢。

这女子所在的组织与财团初次碰撞就很惨烈,一个失败者而已,也想拿他来出气?

王煊退后了几步,没有说话。

袁虹还没有从源池山的惨败中恢复过来,心态有些问题。现在她感受到了王煊的抵触情绪,再想到自身实力下降了,深吸了一口气,忍住了。

"你尽快接近孙家,两日内一定要赶到,准备配合我们进攻!"袁虹说道,眼神冷厉，看着王煊。

"没问题。"王煊点头道。他并不是遵从她的命令，而是想去看热闹，随时准备抄了孙家。

他觉得自己必须找机会干掉这个女子！

现在，他无论多么反感与厌恶对方都不能出手，不能将列仙的仇恨从孙家身上吸引到自己身上来。

红影一闪，袁虹消失在夜空中，直接飞走了。

王煊盯着袁虹离去的方向，心想，她以前很强，但是现在确实变虚弱了，她能够在没有肉身的情况下远行，应该与暗红色甲胄有关，那是件重宝！

可惜，那件有形的甲胄被战舰轰得破破烂烂的了。

专为精神铸造的甲胄，这是魂甲、元神甲胄？王煊心中琢磨，很是羡慕。

然后他冷笑，从身上斩下一缕符文，这是他当初接到请柬后对方不动声色留下的，真以为他觉察不到吗？

王煊现阶段就可以短暂地神游，精神感知异常敏锐。这是他故意留下的，就等对方找上门来。

现在，他已经从袁虹口中了解到了非常重要的信息：列仙要对孙家动手了，就在两日内。

古灯出现，一团光焰飞出，将袁虹留下的符文印记烧得虚淡、消散，直至彻底消失。

"自以为是，在我眼中，你只是个'工具人'而已！"王煊低语。此时他不再留着印记，因为不需要冒险和对方存在联系了。

唰的一声，王煊从山林中消失，彻底远离了这里。

王煊朝孙家所在的康宁城赶去，沿着密林，沿着山地，一路向前。

从源池山被轰击后，天亮他就出发了，到现在的深夜，他已经前行了足够远的距离。还有两天，时间很充裕。

在路上，王煊继续研究那些符纸，想弄清楚它们到底都有什么用。

"这是遁符？"王煊相当惊讶，稍微激活某张符纸时，他人嗖的一声远去，他赶紧让符纸暗淡下去。

天亮时，他又弄清了一种符纸的用途——隐身符。

这些符纸都是好东西，王煊眼神灿灿。

王煊像一个幽灵在密林中无声地穿行，到了他这种境界，仅是赶路而已并不疲惫，他即便停下休息，也是为了研究符纸。

白天他更为谨慎一些，除了要躲避探测器，还要避开进入山中的旅行者、探险者等。

傍晚，他沿着山脉，行走在密林中，赶到了康宁城外的湿地，距离那座大城市还有几千米。

王煊感叹，新星的环境确实不错，到处都是森林、湖泊、湿地等，这也为他避开监控提供了机会。

不过，到了这里后，即便是湿地中、河畔也有探测器，他动用隐身符，疾速冲向康宁城。

王煊一点儿时间都没有耽搁，主要是舍不得隐身符。他迅速进入距离孙家很近的一座大酒店中，选了一个无人的房间，"入住"了进去。

他解除隐身符，发现它暗淡了一些，甚至出现了一道细微的裂痕。

他不禁摇头，要学的东西还有很多，什么时候自己能制符，甚至无须动用隐身符，也能掌握这种异术？

王煊提前一天多赶到了，等在这里，准备观看列仙与孙家的大战。

当夜，孙家就出事了！

当……有钟声传来，竟可以震慑超凡者的精神。

王煊讶然，迅速精神出窍，但没有冲出去，而是在窗边眺望孙家，观察动静。

他心中一动，孙家果然非同小可，大本营有恐怖的异宝。在那片建筑物中，神圣符文交织，银色波纹荡漾，夜空都被照亮了。

这些异象唯有超凡者可以看到，景象异常恐怖，银色波纹扩张，将一个紫发老者击中，卷走了他的一魂一魄！

老者是精神体，夜闯孙家，现在中招了！

王煊心中一凛，超级世家的老巢有些恐怖啊，竟有异宝自主复苏，自动锁困入侵的精神体！

然后，王煊看到了袁虹，她飘浮在孙家外的高空中，眼神冷厉。

那个老者踉跄着，飞向她那里，被她收进一块红色的神印中，暂时稳住了精神体。

"现世的财团真是该铲除，挖了列仙的洞府，得到了上古年间的顶级异宝！"袁虹皱眉道。

当年，一位绝代强者忍痛割爱，将这口钟留在人间，送给后人用以镇守洞府，庇护整个道统。现在，大钟却落入了财团手中，用来对付列仙的追随者。

"你去附体，进入孙家试试看。"袁虹开口道，将紫发老者的精神体再次放了出来。

片刻后，孙家门前的一个年轻人被附体，意识浑浑噩噩，向孙家内部走去。

当！

钟声再响，老者惨叫，冲出那个年轻人的身体，霎时逃了回来，他又失去了一魄！

高层酒店中，王煊心中大惊，还好他没有乱来。孙家大本营十分危险，如果他精神出窍，贸然闯进去，可能会出事。

他想到在景悦城遇到的那个内鬼，鬼先生所说的话现在看来还算靠谱，孙家的异宝惊人，可锁人魂魄。

袁虹倒退了几步，自语道："自主激活，没有人掌控也能如此？孙家该不会有什么生灵入主了吧？"

她惊疑不定，但还不想罢手，于是催动神印，再次放出一个精神体，这是一位苦修士。苦修士的肉身在源池山被毁灭了，只有精神体保留了下来，栖居在神印中。

"一会儿我尝试牵制那口大钟，你从后面进入孙家。"袁虹开口道。

苦修士点头，飘了出去。

袁虹催动神印，发出一道殷红的光，打向神钟。与此同时，苦修士从另一个方向飘进孙家。

当！

钟声再响，银色的涟漪扩张到了这里，击在了红色的神印上，让宝印变得暗淡，出现了一道小裂痕！

袁虹惊呼，心疼不已。

王煊大受触动，那口大钟太恐怖了，孙家这是走了什么运，竟挖到了这种东西！

袁虹受惊不轻，快速倒退，她感觉毛骨悚然，这口大钟怎么像有人在催动？！

接着，更为恐怖的事情发生了，苦修士刚才虽然暂时避开银色的波纹，进入了孙家，但是依旧发生了意外。

孙家深处有一面金色的旗子，旗子不过巴掌大，轻轻摇动，在黑暗中顿时发出阵阵波纹，纹路交织。

噗的一声，金色纹路直接将苦修士击中了，他的精神体熄灭，彻底消亡了！

王煊头皮发麻，看得一阵出神。所有这些景象都只有超凡者才能看到，普通人并无感应。

"怎么可能？"袁虹十分震惊，喃喃道，"这东西不是上古时就遗失了吗？居然在这个时代出现了！"

她严重怀疑，孙家是不是栖居着什么强大的生灵，这片地盘有主儿了？一个现世财团的大本营过于恐怖了，简直是龙潭虎穴！

第247章
让列仙动心

袁虹悬在半空，深深地感受到了寒意，她连现世中一个财团的住宅都闯不进去？

她惊疑不定，宏大的园林式建筑群中到底有什么东西？有残存未死的怪物吗？还是说她想多了？

她安静了很长时间，没敢乱闯，盯着孙家深处，非常眼热。别说是她，就连她的主上都不曾得到过那样的宝物！

一个现世的财团竟收得这样强大的异宝为己用，她恨不得立刻闯入孙家，将异宝夺到手中。

"什么状况？那口钟自鸣了！"孙家内部，高层人员有些紧张。他们是凡人，看不到银色大钟在黑夜中发光，见不到银色涟漪荡漾时的瑰丽景象。但当钟声响起时，他们可以听到，他们也知道这口钟的重要性，当年孙家就是这样拿下鬼先生的。

只是如今没有超凡者孙荣廷坐镇，他们不禁皱眉，略感不便。

"先为两个秘库补充超物质。"孙荣盛开口道。那是自密地采集来的冷压缩的空气，日常用来滋养那些古代器物。

这时，天外密报传来，他们的一颗资源星遭到了攻击。

孙家高层的脸色都变了，居然有人进攻孙家？

"哪颗行星？"

"元夏星！"有人神色凝重地答道。

"什么?!"孙荣盛、孙荣坤等核心人物霍地起身，脸色难看。

元夏星距离新星只有几光年，是一颗相当近的资源星，那里矿产较为丰富，有制造战舰的稀有金属。

说是资源星，其实他们在那颗行星上有一处秘密的军事基地，基地虽然规模不大，但属于孙家嫡系，非常可靠。

"大概率是格兰特干的，他在为他孙女报仇！"孙荣盛叹了一口气，道。

上次，他们摧毁源池山，就是利用域外的战舰。格兰特认准是孙家干的，将那三艘战舰给灭了。

"他太过分了，摧毁我们一处小型基地，想开战吗？"有人不满道。在一百多年的较量与竞争中，他们一直处在强势地位，面对西方财团有心理上的优势。

"非常时期，暂时不要妄动，我等格兰特的解释，我认为他并不想撕破脸皮……"

袁虹再次尝试进攻了一次，手中的神印飞出一道殷红的光束，随后她疾速倒退。

她在远空盯着，看是否有人在催动神物。

孙家深处，通体银白的大钟有涟漪在激荡。在超凡者眼中，它简直是一件瑰美的艺术品，是一件杰作。

砰的一声，大钟荡漾出的波纹将红色光束震散，并朝袁虹这里反击，她赶紧遁走。

"没有看到人。"袁虹自语。

锁魂钟昔日的主人异常强大，那个人在大幕后的仙界都属于风云人物，所向披靡，不过两百年前就殒命了。

可以说，现在这口银钟属于无主之物，即便列仙回归，也不会有什么大因果。

当钟声消失时，袁虹才敢回来。她皱着眉头，忽然发现有些可悲，她这样的超凡者连凡人家族都对抗不了？时代真的不同了。

难道她只能守在外面，出来一个对付一个？

在袁虹原本的计划中，她直接就杀进去，让这个财团明白，列仙不可冒犯！但是现在，她感到力不从心，想直接入主这里，根本做不到。

锁魂钟属于上古重器，在异宝中都赫赫有名，她现在是魂体状态，那东西专门克她。

至于那面巴掌大的金色小旗，她就更不敢接近了，连试探都发怵，因为它凶名太盛，属于传说中的东西，在上古年间就遗失了。

它名为斩神旗，虽然名字听起来很一般，但是威力恐怖，专杀元神，当年有绝世人物栽倒在这面小旗下。

袁虹皱着眉头，她的时间真的不多了，三天内必须要有结果，不然大幕后的人会怪罪她，而现在已经快两天两夜了。

她想接着试探一下。

晚间，孙家有人走出，袁虹直接将其掳走、打晕，然后扔在了旁边公园的密林中。

她安静地等待，发现并没有异常情况，难道孙家没有神秘高手坐镇？

袁虹的心又活络了起来，孙家秘库太惊人，纵然是大幕后的人降临，都会忍不住出手将其据为己有。

她前往自己的闭关地，去取一件宝物，想搜刮孙家的神物。

深夜，袁虹又出现了。她搬运来一个黑灰色的石盆，这是一件奇物，虽然没有强大的攻击力，但是可以聚宝。

石盆发光，很快，成片的光没入孙家，她想盗取秘库中的宝物。

咔嚓！

石盆碎掉了，光芒瞬间消散。袁虹的脸色变得很难看，再次怀疑孙家栖居着什么怪物。

"哪位前辈住在此地吗？"她开口道，这种精神波动唯有超凡者可以感知。

王煊在酒店中，安静地看着这一切。听到袁虹这样的话，他自然会产生很多联想，事实上他早先就有过各种念头。

袁虹怀疑有残存下来的怪物入主了孙家，怪物不见得是要庇护这一族，而是看上了这里的神物。

甚至，她心中还有一个恐怖的念头：该不会是列仙提前回归了吧？有人将这里视作自己的地盘，未来这里将成为一个圣地？！

当想到这个可能时，她不禁头皮发麻。

不过，她又摇了摇头，觉得这不太可能，大幕后的绝世强者还过不来，在等待机会。

即便有人实力惊天，送一名手下过来，其实力也会严重受损，根本不敢接近锁魂钟、斩神旗这类东西。

毕竟，大幕后的人刚降临时是精神体状态，想在现世中血肉再生，得找到当年残留的真骨，慢慢培育，谈何容易？

没有人回应她，孙家秘库内静悄悄的，一点儿精神波动都没有。

"难道说不是人，而是有异宝进一步异化了？"袁虹盯着锁魂钟，又看向斩神旗，心中剧震。

"就这么点儿手段？你倒是对孙家动手啊，实在不行就赶紧请列仙降临！"王煊看了很长时间，对袁虹很失望。

事实上，袁虹认为，报复孙家远不及将锁魂钟与斩神旗等传说中的东西取到手中重要。

夜间，孙家没有重要人物出来，她便没有再出手，而是静静地看着，绕着孙家观察每一处细节。

袁虹一直等到清晨，见有孙家嫡系外出，于是直接干掉了两人。接着，她又追上一艘升空的飞船，干掉了孙家一位高层人物。

"什么？！"孙家内部震惊了，立刻吩咐重要成员不得外出。

有超凡者在针对孙家直系，那种手段很诡异，根本不是正常的死法。

"什么状况？还有超凡者没有被消灭干净吗？还是说王煊没死，又对我们出手了?!"

孙家内部一阵紧张,这是有预谋的暗杀,针对性太明显了。

"连克莉丝汀与汉索罗都死了,按理来说,同样在场的王煊也不可能活下来,是谁在报复我们?"

"不是陈永杰,他当下离我们这里很远。是王煊阴魂不散,还是说又出现了新的超凡者?"

王煊没有将精神探进孙家,但当孙家有非重要人物外出时,他捕捉到了他们的思维。

王煊一阵无语,他居然处在"半背锅"状态?

列仙这么没用吗?干预现世的手段不多啊。王煊腹诽,着实替他们着急。

袁虹多次出手,进一步试探,等了很久也没有超凡力量侵蚀她。她确定孙家没有守护者,秘库到底有什么古怪?

她转身离去,凭她这样的精神体没有办法硬闯进去,她要去禀报,这里有让大幕后绝世列仙都眼热的宝物!

依旧是源池山,这里的岩浆地早已凝固,在原址那里,没有了山峰,只有一片很深的峡谷。

地下被开凿出一个岩洞,里面有一个模糊的身影,正是两日前那个在无头神像中出现的男子,他居然来到了现世中!

男子的身影更模糊了,并没有真正的身体,在那个狂风暴雨的深夜,在红色闪电交织间,他被绝世强者送出了大幕。

男子为此付出了惨重的代价,实力骤降,灵魂受损,但能够活下来已经算非常侥幸了。

正常来说,大幕后的人想从仙界回归,进入现世,有九成的概率要化成飞灰。

袁虹对他躬身施礼,神色严肃,道:"锁魂钟在孙家!"

"这……东西居然出现了?"身影模糊的男子露出惊讶之色。这口钟他们一定要拿下，绝不允许它落在凡人手中。

"上古年间遗失的斩神旗也出现了，就在孙家秘库！"袁虹郑重地告知道。

"什么?!"男子心惊，那种传说中的东西居然在超凡能量消退的时代再次出现，这实在古怪。

"原本我还不想动用我的真骨，但现在看来不得不动用它了，不然的话，我现在是魂体，也接近不了那东西！"

男子原本计划今夜神游孙家，灭了他们的大本营，现在看来不出动真骨的话，连他都要吃个大亏。

"真是有些期待啊，没想到还能见到本以为已消失于漫长岁月的宝物。"男子决定立刻付诸行动。

第248章
列仙祸

男子起身，从漆黑的大峡谷中出来后，正好遇上炽烈的太阳，顿时一个踉跄。他轻声道："魂体受创厉害，在雨夜中汲取了阴气，现在被太阳火精冲击，居然有些不适。"

嗖！

男子腾空而起，去找他的真骨，袁虹跟在他的身后，两人在烈阳下飞着远行。

最终，他们在一千五百千米外的一片大山中降落，这里有昔日原住民留下的痕迹，但早已荒芜了。

男子就是这颗星球的人，在他追随的那位强者的庇护下，接受天劫洗礼，身体消失，留下一团精神体，进入大幕后的世界。

从本质上来说，如果依靠自身，男子大概会什么都留不下。

一人得道，鸡犬升天，这种说法还是有些道理的，就是因为那位绝世强者有足够的底气，所以他身边的人才能羽化登仙。

一座大山之巅，男子以精神力量掀开藤蔓，铲除荆棘，终于看到了下方的瓦砾等。

昔日的道场早就废掉了，一切都化为斑驳的历史痕迹，这让男子不禁叹息，多少年了？几千年流逝，昔日红尘中的人都再也见不到了。

男子有些出神，当年这座大山上，那些一起学艺长大的孩童，那些师兄师弟，那些年迈的老者，都消散在岁月中，连他们的坟头都找不到了。

一时间，男子百感交集，他很多年没有这样的感触了，那位可亲的师姐曾洒泪送他远行，看他离开山门。等他成仙前最后一次回来，在这山中渡劫时，她早已逝去了。现在他又来了，眼前竟浮现出她鲜活的面容，几千年了，他竟还记得。

"不成仙，一切都成云烟，尽化尘埃。成了仙又想着逃离，大幕熄灭，万物皆衰。可怜，可叹，可悲。"

这个男子名为周冲，他掘开瓦砾，挖出地宫，从当中找到一个玉盒。开启玉盒后，他发现里面有一小块头骨还保持着活性，焦黑的内里有生机漾出。

紧接着，周冲的脸色变了，谁曾动过他的骨？

当年，他回来渡劫时，这地方就荒废了，曾经的温柔师姐、那些师兄弟，还有师父与师叔们，都殒命了。

现在他吃惊地发现，这块骨被什么生物啃食过，只剩下一半，被夺走了很多活性能量，因此能量没有想象中那么浓郁。

为什么没有全部吃掉，给他留下了一半？

周冲脸色阴沉，想要发怒，却找不到对象，不知是谁所为。

看着地宫，看着玉盒与真骨，他仔细观察这里的痕迹，应该是一两百年内，有人开启过这里。

"一百多年前，新星上有什么特殊的事件吗？是否出现过一些强大的超凡者？"周冲问道。

袁虹摇头道："我近些年才从养魂桃木中苏醒，不知道百余年前发生过什么。"

周冲将残缺的真骨按在魂体中，瞬间，红色纹路从焦黑的骨体内部蔓延出来。他手中出现一个玉壶，超物质从中不断向外涌出，被那黑色的骨块吸收。

在周冲的魂体上，红色纹路蔓延，越来越多，不断交织，渐渐勾勒出一道淡淡的红色身影。

想要血肉重生，谈何容易？他现在强行复原，其实从长远角度考虑，没有什么好处，他也是迫不得已而为之。

"走！"周冲开口道，瞬间飞上天远去。

这里距离孙家所在的康宁城足有两千五百千米，但是对于他们来说根本算不得什么。

袁虹提醒道："你现在得到真骨血气滋养，实力大幅度提升，但是你也露出了部分血气形体，会被探测器捕捉到。如今这个时代，凡人掌握着战舰等，力量十分强大，我们一旦被击中，后果不堪设想。"

"真是麻烦！"周冲皱眉道。这已经不是几千年前的时代了，现在凡人也能重创他，源池山的残酷教训还没过去三天呢。

他让真血回流到骨块中，等到需要接触锁魂钟与斩神旗时再现真身。

烈阳当空，他们早早地进入了康宁城。

两个魂体绕着孙家转了四圈，仔细观察后，周冲确定那面巴掌大的金色小旗便是传说中在上古时期就已失去踪影的斩神旗。

"稀世神物，专杀元神，历代以来，死在这面小旗下的绝世强者加起来最少也有一手之数了。"周冲叹道，没想到能够在这个年代有幸亲眼看到它。

袁虹点头道："我第一眼看到它时，也感觉不可思议。其他宝物出现也就罢了，连传说中的东西都在这个特殊时期出世，就显得有些诡异了。"

周冲皱眉道："即便我有真骨，想要拿下斩神旗也极度危险，毕竟不是真正的血肉之身。我们得先降伏锁魂钟，利用它去接触斩神旗，然后快速将其带走，待我血肉重生后就好说了。"

"锁魂钟也很可怕，动辄卷走人的三魂七魄。"袁虹说道。

"最起码，锁魂钟还算正常。斩神旗非常恐怖，历代主人持有它的时间都不会太长久，得防着点儿。"

当！

王煊下午刚睡醒，就听到了大钟的轰鸣声。他很惊异，那女子这么大胆，光天化日，朗朗乾坤，就开始进攻了？

"嗯？"他感受到了非同一般的气息，一个更加强大的魂体出现了，是列仙来了吗？

王煊让自己心中空明，没有过强的精神波动，静心宁神后，这才去看孙家那里的情况。

王煊即便没有精神出窍，也能看到现实世界中的魂体，他见到了一个神秘男子。

毫无疑问，那个男子的精神体非常恐怖，远超袁虹，他大概率踏足逍遥游层次了吧？即便没有，也无限接近，一只脚已经迈进去了！

这个男子非常生猛，直接动用神通去摘钟，这可是太阳底下，按照普通人的看法，这等于是活见鬼了。

在大钟轰鸣的时候，一块骨浮现，红色纹路蔓延，将男子覆盖。他化成一个影子，身上绽放红色符文，在那里牵引银色大钟，想要将之炼化。

当！

银色大钟猛烈震动后，居然将影子炸开了。

袁虹见状，脸色惨变，惊叫出声。

周冲可是从大幕中走出来的生灵，其真血居然被锁魂钟震散了！

下一刻，真骨发光，散落出去的血液倒飞，重新覆盖在魂体上，形成影子。周冲的魂体被大钟发出的波纹擦中时，虽然没有被拉走一魂一魄，但是被击碎了小部分魂体！

"你说孙家有古怪，的确，古怪就在这口锁魂钟内，有人藏在里面，想要炼化它！"周冲对袁虹说道，脸色难看无比。他刚进入现世，就被教育了，这才攻进孙家，魂体就受伤了！

酒店中，王煊心中大惊，他对这男子的精神波动很熟悉，与源池山被毁那一夜列仙发出的怒吼声一致。

列仙降世了，进入人间！

王煊虽然感觉事态严重，但是又觉得这个人远没有想象中那么强大。

"魑魅魍魉，给我滚出来！"周冲声音冰冷，道，"妄想以其他人的元神祭钟，帮你炼化此钟，相当歹毒！"

说话间，周冲祭出数件强大的宝物，其中有雪白的尺子，有蓝幽幽的盾牌，更有一柄飞剑，尤其是一张符纸似乎极其强大，竟直接贴在了银色大钟上。

接着，周冲探出一只红色的大手向银钟抓去，就要直接将其带走。

"道友息怒，我并非想害你，我是身陷钟内，为了自救，两魂六魄都进来了，不得已在这里尝试炼钟。"

远处，酒店中，王煊知道钟体内藏着谁，是那个内鬼，他身在锁魂钟内。

但是，实际情况与那个内鬼说的有出入，内鬼的三魂七魄大部分进入了钟体内，居然在主动炼化大钟？

王煊当时就没有完全信那个内鬼，现在看来，这个可疑的人物果然包藏祸心，王煊真要救了他，绝对会被祭钟，帮他炼化这件稀世异宝。

王煊眼底深处有寒光闪过。

周冲冷声道："笑话，你真以为我不懂？你刚才分明动用了祭钟的手段。若非你被困在当中，不方便施展，没准儿还真会让你得逞。"

鬼先生道："道友，早先我也只是为了自保，毕竟不知你是敌是友。既然话都说开了，我们就此揭过，如何？"

周冲没有理鬼先生，他贴在大钟上的符纸发光，明显减弱了扩散出来的银色涟漪，随后他探出的红色大手一把抓住钟体，就要将之带走。

袁虹震惊不已，周冲居然这么强，几乎快封印银钟了，但她还是很担心，道："小心啊！"

周冲回应道："此钟只激活了第一层符文，如果第二层符文复苏，我根本不会来，即便有真血覆盖魂体，也挡不住它的波动。"

"道友，你放我出来，如何？这钟我不要了，送你！"鬼先生开口道。

"你是谁？是不是与大幕中的生灵有关？"周冲问道，并不放他出来。隔着长空，周冲探出红色大手，将锁魂钟从孙家的秘库牵引了出去。

"你不放我离去，我豁出去也要玉石俱焚，以自身祭钟，激活它的第二层符文！"鬼先生威胁道。

酒店中，王煊倒吸一口凉气，大钟现在的表现，只是第一层符文复苏的结果？

孙家炸窝了，红色大手探进家宅中震惊了他们，这也太霸道、太豪横了吧？光天化日之下，竟敢如此！

当然，也有很多人战栗，感觉无比惊悚。

一道又一道能量光束冲起，向红色大手开火！

"聒噪！"周冲寒声道。想到孙家摧毁了源池山的通道，他有无尽的怒火，另一只红色大手向孙家的一些人拍去。

当场，孙家的嫡系有六人形神俱灭。

周冲无比谨慎地避开了一个区域，不敢对斩神旗所在的方向出手，即便那东西只复苏了一层符文，他也还是远远地躲着。

"超凡入侵，该死啊！"孙家有人愤怒道。

周冲一边提着大钟，想要退出此地，一边再次挥动红色大手，将孙家的数位高层人物一把抓在手里，而后用力一捏。

孙家的数名高层人物瞬间殒命。

轰！

有能量炮打在了周冲的身影上，他踉跄倒退了几步，现阶段的他对超级能量光束很忌惮。

"世间凡人也敢对列仙张牙舞爪？"周冲寒声道，带着锁魂钟倒退。

酒店中，王煊冷漠地看着，并不同情孙家，但是这样的仙人也让人反感，他有什么资格轻慢人间？

不管怎样，今天王煊都要在这里拿到强大的底牌，先秦金色竹简和斩神旗，都是他的目标。

要是能将列仙与孙家都无声地干掉就更好了！王煊心中想着。

"列仙祸，终于还是出现了。"孙家一名百余岁的老者低吼道，"母舰重启计划，开始吧！"

"这……真要执行这样的计划吗？可是，这存在很恐怖的不确定性啊。"有人颤声道,看到红色身影在退,他有些迟疑了。

"重启!都被人杀上门来了,还犹豫什么?你们这一代太没血性了!列仙了不起啊?!"那名百余岁的老者怒道。

第249章
母舰重启

康宁城外地平线尽头的山地中，一个地下基地内停着一艘巨大的母舰，母舰冰冷的金属光泽让人心颤，人们面对它时无不露出敬畏之色。

"重启……母舰计划？"

有人声音都在发颤。虽然这个基地就是为了母舰而存在的，可激活母舰实在关系甚大，一定到了孙家生死存亡的时刻。

这里常年有孙家核心成员轮流值守，值守的孙家核心成员得到消息后没有丝毫犹豫，第一时间执行重启计划。

巨大的声音传出，尤其是母舰主控室那里，在大屏幕亮起的一刹那，各种未知信息狂跳不止。

"初步复苏，它就又开始向深空发送信息了！"一个老者颤抖着说道。他心中发慌，无法预料事态的最终走向。

他们自然不是百年来第一次重启母舰，他们一直想解析各种前沿黑科技，没有比这艘母舰更先进的存在了。

但是，每一次他们都心惊肉跳，这艘母舰是否会从未知的深空尽头引来什么？这是藏在他们心底最恐惧的事。

所以，如果不是孙家面对生死存亡，他们不会轻易重启母舰。

母舰的系统发出冰冷的声音，问他们有什么需要帮助的地方。

孙家核心人物之一孙荣坤迅速讲出：超凡者入侵，列仙来袭，康宁城孙家到了生死存亡的时刻。

"列仙，堪比先天神魔的生物吗？"母舰解析后告知，常规能源充足，但异物质能源匮乏，不足以支撑对付神魔级生物。

它解释，异物质就是与超凡者和神魔有关的一切能量物质的总称。

孙荣坤十分震惊，他们未曾与母舰提及过列仙，原来它还有关于超凡者和神魔的数据库，过去它面对的都是怎样的对手？

"没有办法对付他吗？"孙荣坤急了，怕孙家的大本营彻底覆灭。

"经过扫描，康宁城中两个较弱的神魔都曾被重创……"母舰系统发出声音。

在它的扫描中，周冲与鬼先生勉强属于较弱的神魔，但目前处在极度衰弱的状态中，可以让舰中的五号机械人去守护孙家。

母舰中有教学机甲以及几个机械人，它建议激活五号机械人，五号机械人消耗的异物质较少，勉强可以解锁第二级能力，或许可保住孙家。

然后，母舰就不发出声音了，只是疯狂发送信号，各种不可解析的讯息传向未知的宇宙深处。

孙家人头皮发麻，但也顾不上了，只能快速激活五号机械人。时间不等人，再晚一步的话，孙家总部可能就被人毁掉了。

五号机械人复苏，冰冷的金属躯体线条流畅，充满了艺术美感。它并不是特别高大，不过两米出头。

很快，五号机械人洞悉了孙荣坤的意图，眼窝中光芒剧烈闪烁，而后恢复平静，踏出母舰。

"没事的话不要打扰我，我要再次沉眠了。"母舰发送出最后一条信息后，主动熄灭屏幕。

"应该没事吧？"母舰中，一名中年男子低语。

母舰来自旧土外的月亮。

当年，人类共挖掘出五艘母舰，驶向新星。一百多年来，这艘母舰多次发送神秘信息，但从未得到过宇宙深处的回应。

母舰曾说过一句话：机会渺茫，或许再也回不去了。

孙家，周冲抓住银色大钟，快速后退，想暂时离开孙家，在这个过程中，他的杀伤力非常大。

剑光横扫而出，孙家成片的建筑物倒下，断面平整。除却斩神旗所在的区域较为平静外，其他地方的人伤亡惨重。

顷刻间，孙家死了五十多个人，当中有安保人员，有家政人员，有旁系族人，也有核心高层。

能量炮等科技武器都对准了周冲，但效果不理想，他的身影即便被打散了，最后也还是能重聚。

不是科技武器弱，而是他的那块骨算是仙骨，生生不息。

此外，这里是孙家的大本营，不可能动用毁灭性的武器，不然的话，一群高层也要跟着完蛋。

"如果母舰重启计划失败，或者来不及执行这个计划，那就用战舰毁灭这里吧，让超凡者为我们陪葬！"孙家那个颤颤巍巍的老头子心痛而又绝望地喊道，命令已经出现在天空中的战舰准备进攻。

咚！

在周冲的剑光清空周围的建筑物后，一道刺目的光束降落在他的身上，噗的一声，他的身影被炸散了。

这次，周冲损失了部分血雾，身影没能完全凝聚起来，而且那块真骨上，雷击过的焦黑痕迹脱落了一些。

再次重聚身影时，周冲霍地抬头，刚才一艘小型战舰发出一道聚合光束，将他击伤了。

"我先找地方炼化锁魂钟。袁虹，你小心一点，不要接近斩神旗，去孙家另一座秘库。我感觉那里有惊人的宝物，都带走！"周冲喊道。

他冷冷地看了一眼天空中的战舰，而后身影一闪，离开了孙家。他不敢在距离斩神旗太近的地方炼化上古重器。

在周冲踏出孙家后,天空中数道光束交织着打了下来,比刚才的光束更强。

周冲在间不容发间避开了,身影没入地下。

孙家前方出现一个大坑,泥土都熔化了,附近的建筑物也龟裂开来,快要倒塌了。

"扫描到他在右前方的地下!"

咚!

又一道光束击穿地表,没入地下深处,爆发出恐怖的光芒,熔化了土石。

周冲境界跌落得厉害,被伤得不轻。他没有逃向地下更深处,而是冲上了高空,多次改变方向,接近那艘小型战舰。

此时,周冲暂时收起了真骨,放弃了血影形态,并扔下了银色大钟,不然的话,他出现在天空中就是个活靶子。

轰!

周冲的魂体祭出一道剑光,将小型战舰击穿了。天空中发生剧烈的大爆炸,震动了孙家的所有人。

不过,那柄冲起的飞剑被另一艘小型战舰锁定,被一道光束击中,横飞出去,暗淡下来,剑尖部分破损。

周冲脸色变了。

当!

同一时间,钟声响起,鬼先生在催动大钟,依旧想尝试炼化。

周冲转身又俯冲下去,再次与真骨合一,红色身影再现,冲过去争夺锁魂钟的控制权。

孙家,袁虹发出惊叫声,狼狈地逃了出来。她催动殷红的宝印,打出成片的符文,对抗身后的黑光。

她快速传音:"孙家那座秘库中有重宝,竟是金色竹筒!但那里有古怪,似乎被人布置过,专门针对超凡者,压制魂魄离体的人,很危险!"

"什么?!金色竹筒,方士的至高经文?"周冲震惊,不得不叹,这真是一个奇异的年代,这种东西都能出现在凡人家族中?

身在大幕后的世界很多年，他怎么会不知道这东西？曾经练金色竹简的人十分厉害，成了最负盛名的高手。

而且，有传言，金色竹简、石板经文等都是不可考证的东西，不知道究竟存在多久了。

即便是羽化登仙者，也想得到金色竹简，从中寻找绝顶方士的破绽。

事实上，金色竹简上记载的法依旧适合羽化登仙者修行，这才是恐怖的。

周冲祭出一张符纸，紫光一闪，落入秘库中，压制住那里的黑光。接着他又祭出那柄破损的飞剑，斩了过去。

轰！

秘库外部区域发出巨大的声响，伴着刺眼的符文绽放。

"有高人布置过，一旦有超凡力量出现，那里的幽冥符就会被激活。是谁先入主了这里？"周冲露出惊讶之色，道。

周冲祭出的符纸快速毁掉了，这让他心疼不已，他身上的好东西并不多了。纵然他是绝世列仙的部下，那个列仙动用了大神通，也只为他传送出来一部分中规中矩的器物而已。

"是你吗？"周冲低头看着银色大钟，道。

鬼先生叫道："不是我，另有其人。我一直觉得孙家有古怪，有人将这里视为自己的地盘，这让我颇为惶恐。我觉得，列仙中的顶级强者盯上了这里，在干预现世，以后这里可能会成为其道场。"

周冲不相信，道："胡说八道！即便是绝世列仙，也无法凭空这样干预现世。你身后是不是还有什么人？有同伙？"

周冲再次回到孙家，一是他惦记上了金色竹简，打定主意要将其拿到手中。这么惊人的宝物如果不取走，他会遗憾三生三世！二是他进入孙家后，天空中的战舰不敢展开毁灭性的攻击了。当然，他也把握了分寸，这次没有再对孙家的人出手。

鬼先生急切地说道："我可以发誓，以修行者共尊的诅咒誓言进行，这真的与我无关，应该是其他未知而恐怖的生灵布置的。"

远空中，五号机械人悬浮，扫描周冲，收集数据，准备发起攻击。

酒店中，王煊神色一动，一个孙家而已，竟有这么多古怪，令人警醒。

这么看来，难道真有什么生灵盯上了秘库，将其视为自己的地盘了吗？但他为什么没有出来，始终不现身？

王煊静静地看着，等局势明朗，有些东西他必须争取在今日得到，错过的话，万一被列仙带走，那以后他多半就没有机会了。

第250章
先下手为强

周冲咬牙，祭出一把雪白的尺子。尺子疾速飞了出去，释放出刺目的光芒，像太阳般落入秘库。

他知道，如今那个地方被激活了，当中有幽冥符，还有其他一些东西。他没有时间耽搁，因为他感觉到远方出现威胁，正在接近这里。

轰！

周冲以强力手段破法阵！

这是雷霆尺，雪白的光芒落下后，雷电交织，剧烈轰击。

可惜，这把尺子被送出大幕时就受损了，上面有四道长长的裂痕，现在爆发的雷电远不及预期，而且尺子在进一步龟裂。

最后雷霆尺炸开了，也终于击穿了秘库那里被激活的近乎法阵般的布置。

周冲心疼不已，如果有足够的时间，这把尺子还是能够修复的，结果现在就这么毁了。

不过，如果能够得到金色竹简，这就算不得什么了。况且他已经拿到了锁魂钟，这属于无价之宝。

远空，五号机械人疾速飞来，咚的一声开火，打在周冲身上。他的身影炸开，真骨上的雷劫痕迹也脱落了一些。

"嗯？！"周冲盯着远空，心头悸动——这个机械人居然威胁到了他。

哧！

一道雪亮的剑光落下，五号机械人手持长剑，瞬间逼到近前。璀璨的剑光照亮天空，劈向周冲。

"科技力量、超凡能量都具备……"周冲盯着五号机械人，用飞剑架开机械人手中的长剑。火星四溅，他感受到了强大的力量冲击。

五号机械人冰冷的金属右臂指向前，一个光圈飞出，向周冲身上落去。五号机械人道："漫长岁月消逝，击杀神魔……恍若就在昨日。"

轰！

周冲掌心发光，雷霆符文绽放，将光圈击溃。他露出异样的神色，似乎听人说起过这种具备超凡属性的机械怪物。

五号机械人没有躲避，接受雷霆冲击，它在收集能量，补充身体所需。

周冲将一面镜子传送到袁虹那里，道："此镜能照出各种古怪，你以此镜护体，避开斩神旗。其他宝物都可以放弃，但一定要将金色竹简取走！"

他自己则提着银色大钟迎向五号机械人，与其激烈交手，并且他快速离开这片区域，怕神秘的超凡机械人针对袁虹。

"这口钟……很久以前似乎听闻过，它的第三代主人极其厉害。"五号机械人看着周冲手中的银色大钟，露出思忖之色。

周冲动用精神能量，想要破坏机械人内部的精密元器件，不过瞬间而已，他的精神力便被吞没了，没起到作用。

周冲的脸色变了，他仔细感应，机械人体内似乎有特殊的转换装置在分解精神能量，为它所用。

"机械怪物堪比异宝！"周冲心中一凛，严阵以待。一刹那，他祭出飞剑，飞剑带着浓郁的超物质，劈向五号机械人的头部。

五号机械人浑身暗淡下去，居然在疯狂吸收超物质——其内部有一个特殊的动力系统——各种能量符文剧烈闪烁。

当！

五号机械人挥剑，挡住飞剑后，它进一步扫描，收集各种数据，同时分解超物质为己所用。

轰！周冲的红色大手拍了出去，一时间，宛若惊涛拍岸，各种神秘的符文交织，对五号机械人造成了困扰。

五号机械人的眼窝中光芒飞快闪烁，疾速解析、分化超物质，对抗超凡符文的侵蚀。

一时间，两人之间的战斗无比激烈。

轰！

五号机械人张嘴间，吐出一道比雷霆还刺目的光束，这光束是由异物质组成的！

周冲的红色大手被震得暗淡下去，险些又一次炸开。

五号机械人眼窝中射出浓缩的能量光炮，打在周冲身上，让他的身影爆碎。

接着，五号机械人胸前探出一条由异物质组成的手臂，迅速抓向周冲的真骨。

周冲快速后退，躲避开来。

在短暂的交手中，起初周冲真的很不适应五号机械人的手段，对方一直在吸收与分解超物质为己所用，利用率很惊人。

轰！

周冲缓缓打出一掌，借助真骨，带出些许超凡规则。刺啦一声，五号机械人的手臂上电火花闪过，金属碎屑簌簌落下很多。

这给五号机械人造成了困扰，它的手臂差点被废掉。

周冲自己也有些不好受，他的大境界跌落得厉害，许多手段难以施展。

两人之间，剑光与能量炮不断释放，异物质沸腾。两人冲向远方，毁掉了一些建筑物，撞碎地面，进入地下。

王煊双目深邃，目送两人远去，自语道："看来列仙进入现世后，大境界连着跌落，实力下降得厉害！"

对王煊来说，这是福音，减轻了他的压力。只要他修行的速度够快，超过回归的列仙就不是没有可能。

而后王煊又盯上了孙家，今天还真是惊人，牛鬼蛇神都出来了。

王煊时刻准备出手，去夺取自己的造化！

孙家秘库前，袁虹出击，手持宝镜，牵引金色竹简从里面缓慢地飞出来，她确实感受到了这个地方的不同。

孙家建在一片遗迹上，秘库连通地下，她觉得有些不对劲，自己没敢深入。

不过，这里最危险的幽冥符被周冲破开后，没有那么危险了。金色竹简在空中飘浮着，向外而来。

这金色竹简总共有二十七片，每片不过八厘米长，晶莹如金色玉石，全都是以羽化神竹雕刻而成的。

"共有四部金色竹简，那意味着共有一百零八片。"袁虹眼神火热，自语道。她听过那些传说，若四部竹简合一，简直不可想象。

要知道，单修炼一部经文，就能造就绝世强者，在大幕后的仙界呼风唤雨。

袁虹向外牵引金色竹简，结果没能一口气带出来，在途中金色竹简坠落，这让她诧异而又警惕。

然后，她发觉秘库中有宝物在发光，锁住了金色竹简。她不得不艰难地发力去争夺，但不敢踏足秘库。

王煊远远地看着，他觉得自己该出手了，机不可失，时不再来！

在出动前，他精神出窍，想要看清斩神旗所在之处的真实情况。

周冲、鬼先生、五号机械人等真正的高手都远去了，他不担心被人感知到他隐伏在畔。

王煊动用精神天眼，窥破超凡迷雾，发现异常情况——有人以特殊手法遮蔽了真相。

斩神旗所在之处的地下有白雾蒸腾，有高手留下的痕迹，密密麻麻的超凡符文在牵引小旗，随时可以催动它。

王煊有理由相信，谁敢直接摘取斩神旗的话，地下白雾中的符文就会绽放，彻底激活斩神旗的威势！

即便有肉身护持精神体，也根本不足以抗衡，巴掌大的金色小旗若全面爆发，接近它的人都会惨死。

要知道，周冲都不敢妄动，想要收服锁魂钟后，再以它来摘取斩神旗。

王煊深刻意识到，想取走斩神旗不是那么容易的。可是，他不能耽搁了，周冲与五号机械人已远去，现在该他出击了！

王煊将隐身符贴在身上，从酒店中走出，快速进入孙家。他看了一眼袁虹，没有打扰她。

这一次，为了得到斩神旗，王煊全副武装。距离前方还有段距离，他就催动古灯，一层光幕覆盖在他的身上，将他保护起来。

接着，王煊取出黄澄澄的小葫芦。他不敢让小葫芦对准斩神旗，而是对准地下区域，悄无声息地吸走土石，让白雾露出来，让密密麻麻的符文浮现。

古灯、小葫芦都是强大的异宝，但现在为了得到斩神旗，这两件东西都沦为普通的挖掘工具了。

咻！

古灯发光，被王煊催发出一支又粗又长的箭矢。箭矢如同神虹，打进地下的符文中——他在搞破坏！

这样做很危险，符文区域确实暗淡了一片，但其他区域变得明亮起来，强行催动斩神旗。

王煊汗毛倒竖，有肉身保护精神也不行，他感觉到了莫大的危机。巴掌大的金色小旗摇动间，金色纹路交织，向外蔓延。

嗖的一声，王煊快速逃走了，以古灯释放的红光遮住身体，用黄澄澄的小葫芦挡在身后。

王煊逃离孙家，从斩神旗蔓延而出的金色纹路居然认人，追击了很长一段距离，他险而又险地避开了。

这个方向的另一侧，袁虹也被波及，她不明白为什么金色小旗突然复苏了。

她原本将金色竹简牵引到半空，都快摆脱秘库中其他宝物的压制了，结果功亏一篑，金色竹简又坠落了。她疾速逃离。

袁虹惊疑不定，因为她没看到身上贴着隐身符的王煊，不知道是王煊搞的鬼。

片刻后，孙家的两座秘库都平静下来。

袁虹前往第一座秘库牵引金色竹简，王煊则再次临近斩神旗所在的秘库。他观察了一下，地下的符文被击穿了一片，效果不错。

这次，王煊退出足够远的距离，在孙家外面动用古灯攻击那片区域，而且是连着催动古灯。几支红色箭矢像长虹贯日，疾速飞了过去，没入地下。

而后，他果断跑路！

袁虹怒吼，这次她都快成功了，结果金色竹简又坠落在秘库中，而且斩神旗发威，比刚才还凶猛，吓得她飞快逃遁。

这次的金色纹路交织，离她不是很远了，她不得已催动手中的红色宝印，放出一个魂体。

失去一魂两魄的紫发老者出现，刚要有所动作，就被金色纹路击中，当场化为飞灰，什么都没有留下。

然而，金色纹路继续蔓延，还是没有消失。

袁虹又惊又怒，再次催动红色宝印，释放出两个魂体。这次被释放出来的居然是克莉丝汀与汉索罗，两人重见天光后顿时惊喜得大叫出声。

可是一刹那，他们的喜悦表情就凝固了，两人的精神体被金色光芒覆盖，化成飞灰。

袁虹逃过一劫，眼神森冷无比，动用周冲给她的宝镜照向四方，终于发现了王煊——即便他贴着隐身符也被照了出来。

"刚才是你想取走斩神旗？"袁虹脸色冰冷，没有立刻发作，因为对方有肉身，确实适合取旗。而且，对方实力不弱，手上有两件异宝，而她现在状态不佳，在源池山被轰炸了一次，元气还远未恢复。

"你我同为超凡者，合作取宝吧。"袁虹心中杀意弥漫，但是抑制着出手的冲动，暂且将王煊当成"工具人"，想让王煊继续去取旗，拖到周冲回来后再解决他。

"好。我再研究下怎么取斩神旗，你先去取金色竹简吧。"王煊点头道。事实上，他很清楚，这个女子不是善类，早先就想以红色宝印给他打上印记，让他受制于她。

他也将这个女子当成"工具人",如果两人同时取宝,会节省不少时间。当然,这次他得注意点,不能再干扰对方了。

王煊看了下,再来一击的话,斩神旗地下的符文就会被毁得差不多,那时他就能取走金色小旗了。

然而,这次袁虹没有再去牵引金色竹筒,就在那里盯着王煊,看他取斩神旗,并暗自持宝镜与红色宝印戒备着。

这是监督他取宝?

王煊感知力超常,突然发觉在他背后很远的地方隐藏着一个女炼气士——袁虹将收在红色宝印中的又一个魂体放出来了。

既然对方不愿当"工具人",而且随时可能会对他动手,还留着她干吗?

为了速战速决,王煊祭出了那张雷霆符纸,他觉得这种东西对付魂体最有效果。

为了不出意外,快速取走斩神旗,他也不惜浪费了。

轰!

王煊先下手为强,一道雷光迸放,粗大无比,直接轰在袁虹的身上。

袁虹惨叫出声,一半魂体被炸没了!

第251章
孙家秘库真正的主人

王煊神色一动，符纸的威力超出他的意料，居然直接炸掉了敌人的一半魂体。他立刻收起手中的符纸，再用的话就实在太浪费了！

袁虹很绝望，她在源池山元气大伤，一直没有恢复过来，现在又被人炸掉一半魂体，多半凶多吉少。

在她的手中，早先被锁魂钟击裂的宝印现在布满蛛网似的裂痕，马上就要瓦解了。

周冲给她的宝镜被传送到现世时，就因大幕而破损了，现在破损更严重，出现了六道很长的裂痕。

袁虹想逃遁，但一道恐怖的光束已经飞来。

王煊怎么可能给她机会？他收起符纸的瞬间便催动古灯，灯焰化成的箭矢如神虹贯日。

咔！

袁虹用手中的红色宝印阻挡箭矢，但没什么用，宝印原本就破裂了，现在直接炸开，数十块红色碎片四射。

她脸色发白，不久前她还想给王煊眉心打上印记，将对方收为仆从，结果现在她被对方压制了。

"杀！"袁虹低声喝道，役使远处的女炼气士来帮她挡住敌人。

王煊的后方，一道身影疾速扑来。

王煊没有转身，只是用手中黄澄澄的小葫芦对准后方。这是一件强大的异宝，此刻它喷出慑人的光芒，将那扑来的身影打散了。

袁虹快速飞遁，并以残破的镜子照向王煊，希冀能挡住他的攻势，为自己争取到一条活路。

这面镜子确实是难得的宝物，发出一道刺目的光束。沿途，各种建筑物都被打穿了，而后熔化。

王煊很平静，手中黄澄澄的小葫芦鲸吸牛饮，将照耀过来的光束分解，全部吸收。

下一刻，葫芦嘴发光，一道更为粗大的光束冲了出去，打在宝镜上，上面的裂痕瞬间扩张。

宝镜炸开，一件难得的神物被毁掉了，镜子碎片散落得四处都是。

咻！

悬在王煊肩头一侧的古灯发出朦胧的光，激射出一支刺目的箭矢，扎在袁虹身上，让她消失了。

王煊确定，如果那一夜他去了源池山，就会被这女子奴役，克莉丝汀、汉索罗的命运就是他的下场。

一刹那，王煊再次出手，没有任何耽搁。古灯光焰跳动，他催发出三支红色的箭矢，使其没入前方的符文地带。

同时，他动用了暗金色小舟，巴掌大的异宝发光，瞬间变大，他坐在上面，化成一道光远去。

果然，在最后这一次攻击之下，符文被毁的刹那格外璀璨，仿佛要燃烧起来的光芒照耀四周，催动斩神旗。

巴掌大的金色小旗轻轻一展，金色纹路蔓延，像一片浪涛朝高空拍击而去。

王煊擦了把冷汗，如果不是准备充足，动用了飞行异宝，最后这一击多半就将他击穿了。

这到底是谁布置的？王煊心里有些发毛，这绝非一般的手段，就算是与五号机械人大战的男子来取旗，也会很艰难。

现世中早就有这种高手了吗？这很有可能是逍遥游层次的生灵的手笔！

王煊收走小旗，颇有虎口夺食之感，心中没底。

还好，他贴着隐身符，始终没有露出行踪，连那个知情的女子也死了。

高空中的金色波纹消失，王煊驾驭暗金色小舟，快速返回。斩神旗变得寂静了，地下的符文被毁掉后，它没有那么危险了。

不过，王煊还是没敢临近，这东西即便没有法阵催动，也极度危险。他祭出黄澄澄的小葫芦，以它来收取斩神旗。

葫芦嘴发光，一道道瑞光缠绕在小旗上，将它拉出秘库，缓缓接近王煊这里。

王煊吃惊，斩神旗还没有手掌大，但收取它时感觉极为沉重，仿佛搬运一座小山般吃力。

而且，随着小旗接近，黄澄澄的葫芦居然颤动起来，像在发抖。王煊一阵无语，这是"血脉"压制吗？

途中，小旗抖动了一下，波纹再现，王煊顿时毛骨悚然，差点儿放弃，并准备砸出葫芦。

还好有惊无险，小旗只是旗面翻动了一下，之后又寂静了。

嗖！

葫芦轻颤，看得王煊一阵无语，他小心翼翼地将斩神旗收进福地碎片中。

至此，王煊长出一口气。虽然时间不长，但是步步惊险，他总算如愿以偿，得到了这件传说中的宝物！

至于是不是与什么人结下了梁子，他也不在乎了。有了斩神旗，只要他抓紧将实力提升上去，即便接下来群魔乱舞，各种怪物齐出世，他也有一定的底气。

要知道，斩神旗对从大幕中走出来的魂体格外有杀伤力。

而后，王煊站在另一座秘库前，继续完成袁虹未曾完成的任务。

他没有进秘库内，怕深陷当中，二十七片金色竹简就坠落在不远处，离出口已经很近了。

王煊以精神力牵引，金光流转的竹简飘浮了起来，但是秘库中的一些神秘器物跟着发光,锁住竹简,不让其离去。

"什么状况?既然有高人布局,他为什么不直接收走?"王煊费力地牵引着金色竹简,满头汗水。越接近秘库出口,阻力越大。

他还得分心,时刻注意四周的动静,怕周冲与五号机械人回来给他来一下狠的,那将是致命的危机。

王煊犹豫着要不要强力破法阵,将这座秘库打穿算了,说不定还能多带出来一些宝物呢。

哧!

突然,一道刺目的剑光自秘库中飞出,差点儿击中王煊的眉心,快、准、狠!

有人躲在秘库中,关键时刻出手了?是那个在此地布局的人吗?

王煊几乎中招,关键时刻,他修行出的景物浮现。虽然这是属于精神层次的奇景,但是可以干预现世,比许多宝物还厉害。

精神领域中的奇景让那道剑光略微受阻,王煊快速偏头躲过恐怖的剑光,同时古灯浮起,释放出殷红色的光幕,将他笼罩在里面。

秘库中果然有生物,王煊看到那个生物时一阵愕然,是一个三寸高的铜人在出手,手持一柄一寸多长的小剑。

这是一个傀儡小人?它险些将王煊击杀,让他冷汗都冒了出来。

王煊二话不说,轰的一声催动手中的剑符。

那个如同小太阳般爆发光芒、疾速而来的三寸铜人,瞬息被剑符覆盖。

隐约间,王煊听到一声低吼,傀儡小人竟眼神凶狠,手中的小剑发出炽烈的光芒。

不过,王煊得到的符纸很神秘,剑光更盛。在可怕的交击声中,铜人被斩得满身剑痕,最终四分五裂,化成碎铜。

王煊头大,孙家真的被某个生物视作了自己的地盘,存在各种凶险,只是不知道为什么,那个生物一直没有现身。

王煊快速牵引金色竹简,这次顺利地将其牵引了出来。

温润如玉石般的竹片仿佛上天最完美的杰作，熠熠生辉，上面刻着各种图案。

现在不是欣赏的时候，王煊虽然心情激动无比，但快速将金色竹简收进了福地碎片内。

一部至高经文入手！

人世间是一个大境界，又分为多个小境界，其中迷雾、燃灯、命土、采药这几个小境界可以说在各体系通用。

达到采药层次后，他就要定下自己的路了。

金色竹简这部至高经文对他意义重大，将成为他选择自己道路的重要参考，是无价之宝。

王煊向秘库中望了一眼，稍微犹豫了一下，最终没有迈步进去。他还是有些心神不安，总觉得里面有古怪。

秘库中一尊金身神苦修士雕像似乎要睁开眼睛，他以为是错觉。

然后，王煊又看到一棵通红的珊瑚树居然开始流动红色光晕。

有句话说得好：有福不可享尽，有势不可使尽。

王煊转身就走，他最想得到的东西到手了，没必要再去冒险，万一深陷此地，那就悔之晚矣。

他身上的隐身符还能用一段时间，在临去时，他横穿孙家的园林式建筑，发现孙家的高层成员早就坐飞船跑了。

王煊颇为遗憾，他还想灭灭他们的气焰呢。

"算了，列仙教训了他们，估计他们会老实本分一阵。但如果他们不识好歹，那以后我再找他们算账。"

"嗯？"

横穿孙家的建筑群时，王煊觉察到一个异常现象：一座古建筑中，神秘因子比其他财团的祖庭都要浓郁。

"这不是苦修门祖庭，不是本土教祖庭，而是一座神祠，供奉的是谁？民间传说中的妖神或天神？这地方很古怪！"

王煊觉得这里的神秘因子过于浓郁,他心有所疑,不敢久留。

他催动暗金色的小舟,直接冲上高空。

王煊坐在飞舟中,瞬间精神出窍,以精神天眼看向神祠,一寸一寸地寻觅,想看个究竟。

终于,他有所发现。在一尊神像内部,神秘因子蒸腾,那里面的一块骨竟长出了血肉,外部覆盖着一层光芒,整体蕴含着旺盛的生机。

以真骨为基础,重塑肉身吗?有一道虚影在当中沉眠!

如果不是有精神天眼,王煊绝对发现不了这个秘密。他驾驭飞舟,疾速远去,消失在天边。

孙家的秘库果然有主了!

王煊神色凝重,列仙、机械人、未知的神祇等都出来了,这世道似乎要乱了。

第252章
剑仙死了

飞舟远去，形成一层光幕，尽管外面风声呼呼，但内部十分宁静。王煊第一次催动这种宝物飞过高空，有种新奇感。

他仔细感应着，万一超物质耗尽，飞舟坠落，那他就惨了。

他在评估飞舟究竟可以远行多少千米，为以后的战斗积累经验。王煊确定，飞舟补充一次超物质后，能飞行很久。

目前来看，他比较满意，难怪上次需要分很多次为飞舟注入超物质，它像个无底洞般。没必要再浪费超物质了。

这时，隐身符要失效了。这样一艘飞舟在高空中航行，很可能被人看到，万一被战舰击落，那就危险了。

王煊远离康宁城，没入数十千米外的山林中，就此失去踪影。

外界一片热议，超级财团孙家遭受攻击，建筑物被摧毁了一大片，人死了数十个，绝对是大新闻。

"进攻孙家大本营，谁这么猛？"

各大平台上，人们议论纷纷，都有种不真实的感觉。超级财团本部被杀得人仰马翻，多少年没有这样的事情了？

"该不会是剑仙出手了吧？孙家做了什么天怒人怨的事，引发剑仙这么大的怒火？"

有人第一时间想到了王煊。没办法，他与孙家对抗得最激烈，上一次双方可是动了真火，不可能善了。

"通过监控画面来看，疑似不是王煊出的手。"有人开口。

今天孙家附近的超物质太浓郁了，各种探测器被冲击得七零八落，大部分损坏，只有很远处的那些探测器才有效捕捉到了部分画面。

"一个红色身影与一个机械人大战，冲入了地下，然后孙家各种事件频频爆发。"

"孙家被收拾了，不过，那道红色身影到底是什么怪物，竟有这么大的杀伤力？"

……

外界无法平静，各方议论纷纷。

现在大战还没有结束呢，周冲与五号机械人在地底激斗，场面一度失控，两人冲出地表时，将一座商场都打穿了。

这波及了普通人，现场很多人受伤，甚至死亡，两人却依旧没有罢手的意思，又沉入地下。

这两人在城市中开战，丝毫不在乎普通人的死活，引发了巨大的波澜。

还好，这次周冲与五号机械人进入地下后，很久没有上来，看样子再出现时有可能已分出胜负。

"那个机械人很特别，你们看到了吗？它能对抗超凡者，竟同样在施展法术，还会变形！"

五号机械人曾冲出地表，化成一艘微型战舰，火力全开，让周冲遭受重创。

但五号机械人对自己目前的能力很不满意，因为各种能量物质匮乏，它只能解锁到二级状态。

周冲更是愤懑，他觉得自己如果在全盛状态，动用超凡规则，就能铲除成片的超凡机械怪物。

地下，两人沿着大溶洞打到了暗河附近。

"你有生命意识？！"周冲又惊又怒，他觉得这个机械人不是寻常意义上的科技物品。

"万物皆有灵,各自都在渡,列仙落伍了。"五号机械人居然摆出一副深沉的样子,这般说道。

它的一条机械手臂被扯断了,能量火花四溅,但它重新将其接上后,那种金属仿佛有生命,蠕蠕而动,黏合在一起,很快就恢复了。

周冲心头沉重,这种金属怪物实在难缠。

外界,财团了解得更多,一些大组织的高层人物神色凝重,尤其是钟家与秦家。作为超级财团,他们也有母舰,因此猜测到了五号机械人的来历。

昔日,月球上挖出五艘母舰,成就了如今的五个超级大势力。

钟家、秦家第一时间与孙家的高层通话,得悉孙家确实被逼重启了母舰,之后便走出了这样一个神秘的机械人。

"你们看到了吧?超凡者一旦作乱,就会惹出多大的祸端!所有大组织都应该联手!"孙家高层语气沉重,不断与其他各大财团的高层通话。

其他大势力都认真询问孙家究竟是怎么回事,敌人是谁,为什么会这样。

孙家高层一时间有些沉默,到现在为止,他们还不知道他们得罪了大幕后的生灵,毁了一位绝世强者回归的通道。

康宁城地下,五号机械人又变身了,化为冰冷的金属炮。尽管它能量不足,但打出的能量光束依旧十分惊人。

周冲的身影炸开后,部分血液消散,没能回归。

他再现后的身影模糊了不少,脸色阴沉无比,不得已催动真骨,消耗自己的仙道本源,施展超凡规则。

咔嚓!

不远处,五号机械人被撕裂成四片,但是并未毁灭,它再次重组,这次化成了一头机械暴龙。

轰!

机械暴龙快如闪电般扑了过去,甘愿再次被超凡规则扫中,断裂为两截。能量炮也在此时轰中了周冲,将那块真骨打了出来。

断落的暴龙头一口咬住了周冲当年渡劫后留在现世的唯一真骨。

咔嚓！

机械暴龙剧烈地翻滚着，想要毁灭那块真骨。

周冲真不知道该怎么评价这个机械怪物了，它一会儿充满科技感，一会儿成为超凡者，一会儿又如同蛮荒巨兽，且无所不用其极，现在都动嘴咬了！

刺目的能量光芒从机械暴龙的嘴里绽放，打中那块骨，隐约间发出一声脆响。

周冲的真骨原本就有裂痕，是当年渡天劫留下的，现在其中一道裂痕变大了。

这次五号机械人真的重创了他！

周冲的各种攻击也都落在对方身上，超凡规则爆发，砰的一声，五号机械人变成了一堆破铜烂铁。

然而，看着真骨上扩大的裂痕，周冲没有一点喜悦之色。这可是他留在现世的活性本源，需要慢慢培养、壮大，从而再塑真身，却在这里消耗了一部分。

活性本源是他的命，这样失去了一些，比元气大伤还严重！

就在周冲催动飞剑，想让地上的金属碎块彻底化为齑粉时，金属碎块疾速冲向一起，融为一体，而后变成一只金属豹子逃走了。

五号机械人觉得，自己处于二级解锁状态，真不是这个神魔的对手，对方渐渐摸清了它的各种手段。

周冲脸色变了，都这样了，对方还能重组身体？他再次动用超凡规则，寒声道："找到你的类似精神的光团了！"

五号机械人很特别，体内有类似精神的物质，这种物质分成多份，在不同的部位都有，很隐蔽。

咻！

超凡规则飞出去，接连洞穿三个那样的光团。

不过，金属豹子没有停下脚步，依旧如同闪电般迅疾，冲出地表，朝康宁城外的母舰基地逃去。

周冲追击，但刚出城他就霍地止步了。他感受到了前方有些危险，立刻转身回到孙家。

然后,他就傻眼了,斩神旗呢?!

时间不是很长,斩神旗被谁取走了?他有些不敢相信。

周冲低头看向银色大钟,道:"你还有一魂一魄在外界,是不是你干的?"

鬼先生喊冤,明确告知周冲,他的一魂一魄在远方避祸,躲在玉棺中,根本不敢轻易临近这里。

"万一我无法炼化神钟,死在这里,那一魂一魄还有复生的希望。我怎么可能让自己的一魂一魄去打更危险的斩神旗的主意?"

袁虹呢?周冲看到地上的宝镜碎片,心沉了下去。他意识到,他离开的这段时间,这里出了变故。

他身体颤抖,眼神森冷,那可是上古时代消失的斩神旗啊,好不容易再次出世,他就这样错过了!

周冲走入孙家,察觉到金色竹简也不见了,不由得一个趔趄。而后,他的身体一阵冰冷。他以为自己是最早从大幕后回归的生灵,现在看来,应该还有更早的人,没准不止一个。

他看出了两座秘库中的凶险,没敢踏足进去。

周冲让自己静下心来,这次他得到了锁魂钟,其实锁魂钟也属于上古传说中的神物,即便比不上斩神旗,也差不了多少。

想到这里,他心中好受了许多。

周冲在孙家无声地出没,想要将这个家族彻底毁灭。他曾对大幕中的绝世强者起誓,三天内解决这群凡人,而后再想办法重新建立通道。

来到那座神祠后,周冲心惊肉跳。

他的真骨就在身上,对神秘因子和羽化登仙的生灵最为敏感。他感应到了神像中的真骨,还发现真骨生出了血肉,对方处在沉眠中。

一时间,周冲汗毛倒竖。这里果然有主了,该不会是一位绝世强者付出惨烈的代价,提前回来了吧?

他手持锁魂钟,脸色阴沉。大幕后的仙界远没有想象中那么和平,要不要趁此人沉眠，将其除掉？

但最后周冲无声地退出了此地，他怕惹出一个大佬级强者来。

他自然一眼看出了对方的意图——占据孙家秘库，接收所有宝物，将这里演化为道场！

若三年后神话时代彻底逝去，列仙再也无法崛起，那么对方也不用太担心，因为对方早已提前布局，入主了一个财团，成为凡人后不至于过得凄凄惨惨，依旧可以呼风唤雨。

周冲叹息，两千多年过去了，沧海桑田，人间变了样，连凡人都能重创列仙了，这是他想不到也接受不了的事。

在他那个时代，一个超凡者出手，可以改朝换代。

而在这个新时代，三日内，他经历了什么？先是在源池山被战舰轰击，毁掉了通道，今天在这里又被一个机械人多次打爆。

"这人间变了天啊！"周冲轻叹，觉得自己要蛰伏一段时间养伤，并熟悉与适应新星现有的一切。

咚！

一道炽烈的光束从天外落下，打在周冲的身上，让他又惊又怒。他走神了，有同层次的生灵在针对他。

高空中，五号机械人坐在孙家的战舰中，亲自指挥战舰轰击周冲。

周冲的真骨咔嚓一声断裂了，他怒吼，带着被震得嗡嗡作响的锁魂钟沉入地下。

他以土遁逃走了！

周冲从来没想过自己会有这样狼狈的一天，回归人世间后，他竟如此屈辱，还有比他更凄惨的羽化之人吗？

康宁城平静了，外界却一片嘈杂。

即便孙家想隐瞒，也根本瞒不住。各方逼问，再加上推演与揭秘，人们解析出很多真相。

源池山有个超凡者的聚会，孙家想要一锅端，以战舰攻击所有人，结果捅了马蜂窝。

揭露真相的人当中自然少不了阿贡财团的格兰特，他悲痛欲绝，常对人说，他做梦都会听到克莉丝汀的哭诉。

"有超凡者报复孙家，但不是王煊。"

"剑仙呢？他该不会被孙家的战舰轰击，死在源池山了吧？"

……

一连很多天，源池山事件不断发酵，有人关注的是那道红色的身影到底有多强，有人在推测那个机械人的来历，也有人在谈论王煊的生死。

"王煊该不会真的被孙家除掉了吧？"有熟人担忧王煊。

一连很多天，王煊都不见踪影，钟诚、周云等人没有一点儿关于他的信息，心头都很沉重。

林教授、秦诚更是忧虑，怕王煊出意外，不断给各方打电话，想要找到他。

"难道王煊真的出事了？"连关琳都皱着眉。

陈永杰摇了摇头，他对王煊很有信心，根本不认为王煊会死，但他还是开口道："如果这小子命短，真出了意外，那以后我儿子就叫陈煊。"

……

一晃两个月过去了，王煊始终没有出现，许多熟人心中没了底，其他人更是觉得他已经死了。

王煊蛰伏在山林中，他觉得没有人打扰，没有财团的监控，这样的修行很纯粹。难得摆脱了孙家等人的目光，他在安静地修行。

这段日子，他主要在研究金色竹简，参悟这部至高经文，一切都是为了定下自己的路！

此外，他也在缓慢地祭炼斩神旗。这东西威力太大了，他只能多花点时间，小心翼翼地接触它。

在王煊消失的两个月里，外界发生了许多变化，关于超凡者的议论不再稀奇，有人甚至提及了列仙的各种传说。

财团中一些高层人物受到了不小的影响，家中时有异常之事发生，比如有古器复苏，还有人托梦！

超凡在接近现实，神话仿佛要重现。

旧术领域以正统自居的那个家族，在古代曾有数人成仙，如今这个家族越发活跃了，似乎有什么事正在发生。

此外，昔日消失不见的几个旧术世家也都冒头了。

"那群人被隔绝在超凡星球上很多年，而今超物质正在消退，或许能将他们接回来了！"财团中，有人这样商议道。

一切都如王煊所料，在这个特殊的时代，牛鬼蛇神似乎都在冒出，新星越发不宁静了。

（本册完）

更多精彩，敬请关注《深空彼岸6》！

本书的复制、发行及图书出版权利已由辰东授予长沙天使文化股份有限公司，并由长沙天使文化股份有限公司授权安徽文艺出版社在中国大陆地区独家出版中文简体版本。未经长沙天使文化股份有限公司书面同意，本书的任何部分不得以图表、电子、影印、缩拍、录音和其他任何手段进行复制和转载，违者必究。